GUADIMIRO RANCAÑO LÓPEZ nació en Grandas de Salime (Asturias-España) en 1945. Estudió en el Instituto Carreño Miranda de Avilés y en la Universidad de Oviedo, realizando otros estudios en el I.N.A.P de Alcalá de Henares (Madrid), en función de los cuales ejerció su profesión de informático hasta la jubilación.

En 1963 fundó en Casa de España de Montevideo el grupo de teatro "Federico García Lorca", y en 1966, en Avilés (Asturias), el grupo de teatro Thalía.

Desde 1968 a 1972 ejerció la crítica y crónica teatral en el diario LA VOZ DE ASTURIAS de Oviedo. Durante este periodo escribió una serie de obras que denominó TEATRO DE JUVENTUD, además de hacer incursiones en el relato, la novela, el cuento y la poesía.

GUADIMIRO RANCAÑO LÓPEZ

NUEL SANFELIZ (PRIMERA PARTE)

EL CAMINAR DEL EMIGRANTE

© Guadimiro Rancaño López

1ª edición: Octubre 2015

ISBN : 978-84-606-8584-5
DL: AS 01343-2015
Impreso / Printed por LULU

GUADIMIRO RANCAÑO LÓPEZ

Dedicatoria:
A mi esposa, hijos y nietos.
Y a la memoria de mis padres.

GUADIMIRO RANCAÑO LÓPEZ

Índice

GUADIMIRO RANCAÑO LÓPEZ

CAPITULO I

LA PRIMERA EMIGRACIÓN

LAS RAICES

El último tercio del siglo XIX y el primero del XX, pese a darse en ellos el inicio de la democracia en la historia de España, como fueron el sexenio democrático en la década de los sesenta y la Primera República de 1872, o los gobiernos de la monarquía, no fueron buenos tiempos para la sociedad española; ni para los habitantes de la ciudad ni para los del medio rural, a excepción, lógicamente, de la burguesía industrial y comercial, y de los terratenientes, incluso de la casta inferior de los caciques, cuyos intereses eran defendidos de continuo por sucesivos gobiernos oligárquicos.

Para los campesinos asturianos tampoco fueron buenos tiempos porque el sistema de minifundios había rebajado las extensiones de los cultivos familiares hasta la extenuación, de modo que la *casería*[1] apenas permitía sostener una familia numerosa.

---

[1] La casería en Asturias está formada por la casa y las dependencias anexas como el hórreo, el pajar y la cuadra entre otros; también por las fincas y el aprovechamiento de los montes comunales, siendo el tipo de poblamiento rural más característico.

El occidente asturiano no era una excepción, pues en aldeas como Cabanela, del concejo de Pesoz, con tres casas y tres familias de seis y siete hijos cada una, el escaso y difícil terreno apenas podía dar sustento a tantos miembros, lo que abocaba a la familia a pensar en la emigración para los hijos mayores, como única esperanza de supervivencia. El cuidado y explotación de los viñedos, la huerta, las tierras de labranza (para maíz, trigo, centeno y patatas) y los prados (para el sustento de tres o cuatro vacas a lo sumo), junto al mantenimiento de los bosques de castaños, perfectamente parcelados por *caserías*, en los que se hacía la recolección anual, dejando la *rebusca*[2] para los cerdos entorno al mes de octubre y noviembre, eran tareas suficientes para todos los miembros de la familia, niños incluidos, quienes, especialmente los de menor edad, se encargaban de pastorear el ganado, con dedicación principal al exiguo rebaño de ovejas que proporcionaba, además de carne y leche para queso, lana suficiente para tejer parte de la ropa utilizada: chaquetas, jerséis, calcetines o *escarpinos*.

En estas aldeas del norte de España la emigración se iba emprendiendo por etapas, mejor dicho por edades: primero el mayor, a América, lo que significaba que se libraba del servicio militar obligatorio, cuyo destino sería, muy probablemente, la defensa de las últimas colonias; al mismo tiempo, la emigración del primero era un engranaje necesario en la reclamación del resto de los hermanos, de un modo escalonado, quedando finalmente la *casería* en manos del último en emigrar, o del primogénito, si este no quería perder el mayorazgo.

Este retrato era el que se daba en casi todas las aldeas del entorno, sobre todo en el limítrofe concejo de

---

[2] Después de "soutar", es decir, de la recolección de castañas, que se dejaban almacenadas en *corripas* en el propio soto, se soltaban los cerdos para que hicieran la "rebusca".

Grandas de Salime, en pueblos como Vilabolle y *caserías* como la de San Feliz, lugares protagonistas de esta historia.

∞

El rio Agüeira, afluente del Navia, había esculpido en sus laderas, según se ascendía a los *chaos*[3], de modo especial en su margen derecha, unas tierras fértiles, bien orientadas, pero con demasiada verticalidad, lo que las hacía propicias para vides y muy dificultosas de trabajar para la agricultura. Esto en Cabanela significaba que en las fincas de labor tenían que hacer bancales, y cuando la tierra se escurría demasiado había que subirla con cestos, los cuales se volcaban en la parte superior. Las márgenes del Agüeira, en algunos tramos, posibilitaban el riego para prados y fincas de maíz, uso que les daban tanto los vecinos de Cabanela como los de Vilarmarzo, en cada una de las orillas.

En la margen derecha, por encima de estas primeras tierras paralelas al río, en la ladera que se extendía hasta San Mayor y hacia el bosque de la Escureda, se escalonaban todos los viñedos pertenecientes no solo a Cabanela sino también a otros pueblos colindantes de ambos concejos. Allí, vecinos de Vilabolle, Santa María, Busmayor o Grandas tenían sus propias bodegas construidas de piedra. Se trataba de explotaciones familiares para consumo propio, aunque, como ocurría con todo lo demás, el excedente venía muy bien venderlo para complementar la escasa economía familiar, por lo que no era raro ver arrieros con mulas cargadas de pellejos de vino que iban recogiendo por distintos luga-

---

[3] *Chaos: Las cuencas del río Navia y del río Agüeira culminan su ascenso en una planicie mesetaria de altitud similar a la castellana, de clima seco, aunque con mayor pluviosidad que Castilla, por lo que se trata de tierras aptas para distintos cultivos, entre ellos el trigo.*

res. En Cabanela, a las faldas del pueblo, se daba la mayor concentración de bodegas, cerca de veinte, mayoritariamente propiedad de vecinos del pueblo de Santa María.

∞

José, de la casa de Restrepo de Vilarmarzo, una aldea situada enfrente a Cabanela, en la margen izquierda del Agüeira, no era el *meirazo*[4], ya que ocupaba un lugar intermedio en la escala de hermanos; quizás por eso se fijó en la hija mayor del Caseirón de Cabanela, que sí heredaría el mayorazgo, iniciando con Carmen un noviazgo que era bien visto por las dos familias. Por ello, prefirió no plantearse marchar para las Américas, como ya habían hecho alguno de sus hermanos, sino dirigir sus pasos hacia los Altos Hornos de Bilbao, donde se reclamaba mano de obra no cualificada.

Este mismo planteamiento se lo hizo otro José, José de la Casa del Blanco de Vilabolle, del concejo de Grandas, una aldea casi de los *chaos*, que compartía con Cabanela linde de viñedos y el bosque de castaños *La Escureda.*

De otra ribera, de la del río Navia, de la *casería* de San Feliz, aguas arriba de Salime, un mozo de edad similar a los dos Josés llamado Manuel, por los mismos motivos, también salió en busca de fortuna hacia los Altos Hornos.

Los tres, sin ser amigos, se conocían; no eran de pueblos contiguos ni del mismo municipio, pero compartían las ferias y fiestas de Grandas y Pesoz. Estas ocasiones de acercamiento y conocimiento de mozas de su edad propiciaron que José del Blanco marchase comprometido con Pilar, y Manuel de San Feliz con la promesa de escribirle a Inés de Sanzo.

---

[4] *Meirazo: el titular del mayorazgo.*

No lo habían planeado así, pero, antes de emprender el viaje a Bilbao en un vapor carbonero, coincidieron en Gijón en la misma pensión, Casa Pepita.

Un mar Cantábrico muy embravecido les quitó cualquier ansia de navegar, temiendo incluso por su vida, forjándose en aquella primera adversidad el inicio de una amistad que se acrisolaría en los riesgos y fatigas de un trabajo duro en los Altos Hornos y en la convivencia, nada fácil, en los barracones de la empresa, donde compartían mugre y miseria con gentes venidas de toda la geografía; también los unía la consecución de los mismos fines: ahorrar unas pesetas que permitieran a sus familias una subsistencia más digna, adquiriendo un par de bueyes o un arado de rejas de hierro para la labranza, o aumentando en alguna unidad las cabezas de ganado vacuno, o duplicando el pequeño rebaño de ovejas, además de dotar la casa con utensilios domésticos que no fuesen de madera y, en especial, procurarse un ajuar con el que obsequiar a su futura novia, y adquirir un traje digno con el que poder casarse.

Así de simples eran las razones que, durante más de tres años, les mantuvieron amarrados a aquellos barracones, sin otra comunicación con su familia que lacónicas cartas advirtiendo de su buena salud y de las ganas de regresar.

∞

Puesto que habían coincidido en la ida, decidieron también juntos poner punto y final a la aventura migratoria; las expectativas las tenían cubiertas y los años trabajados en la siderurgia se los compensaban a efectos del servicio militar.

La vuelta, con su traje nuevo en la maleta, puesto que los tres, a través de correspondencia, tenían confirmado el noviazgo, fue un viaje de esperanza y de gran alegría por haber alcanzado los objetivos. No lo hicieron por mar, sino en tren y por la meseta, entrando en Asturias por el Puerto de Pajares.

La esperanza inicial por el regreso se les hizo pletórica con el verde de las montañas y de los valles en el descenso hacia la cuenca minera, que les hacía presente sus sierras, sus valles y las riberas de sus ríos.

Buscaron una pensión en Oviedo, y estuvieron tentados a darle un pellizco a sus ahorros, adentrándose en el barrio bajo de la ciudad, a espaldas de la Catedral. Solo la sensatez de José de Vilarmarzo logró apaciguar los ánimos de sus amigos, que lo tildaron de *beato*, pues en Bilbao su único asueto era visitar la Iglesia de los Carmelitas y asistir a charlas, las cuales sus amigos consideraban un *lavado de cerebro.*

En este punto José de Vilabolle medió en favor de su tocayo, diciéndole a Manuel que debían respetar las creencias de su amigo; además, él también era religioso, pues en su casa se rezaba el rosario todas las noches. Manuel, asimismo, terminó admitiendo que sus padres eran creyentes y que toda la familia rezaba junta.

La intervención de José de Vilarmarzo y el recuerdo de las raíces religiosas hicieron que los tres recondujesen sus pasos hacia la pensión, y de este modo los ahorros continuarían intactos.

A la mañana siguiente, temprano, José del Restrepo despertó antes que sus compañeros y, sin desayunar, se acercó al Convento Carmelita, al otro lado del parque San Francisco, no demasiado lejos de la pensión, con el deseo de rezar laudes con los monjes y, al mismo tiempo, establecer contactos que pudieran fortalecer su vocación de carmelita seglar, aunque fuese desde la distancia de su aldea y por correspondencia, pero unido a ellos en la oración y devoción a la Virgen del Carmen.

∞

La *casería* de San Feliz se vio fortalecida con lo aportado por Manuel, aunque solo alcanzó para iniciar la compra, ya que continuaron siendo *caseiros*[5] y deudores del amo, por lo que la mitad de todos los frutos agrícolas y ganaderos seguían siendo para él, y solo una pequeña parte de esa mitad contribuía como "quita" de la deuda.

Manuel se casó con Inés de Sanzo, formando su propia familia, aunque conviviendo con sus padres, Celestino y María, y sus hermanos, quienes, en muy poco tiempo, empezaron a encauzar sus vidas por otros derroteros: Cesárea se casó con Alas de Busmayor, una aldea de Grandas que compartía límites con la de Cabanela y Vilabolle; Julián emigró para Santo Domingo; Jesús contrajo matrimonio con una *meiraza* de Los Oscos; Leonor emigró para Buenos Aires, reclamando poco después a Firme y, por último, Isidora contrajo matrimonio con Niño de Paradela, otro caserío a escasa distancia de San Feliz.

José del Blanco, de Vilabolle, formó familia con Pilar en la casa paterna, propiedad de sus padres, y José del Restrepo, de Vilarmarzo, contrajo matrimonio con Carmen del Caseirón, de Cabanela, haciéndose cargo del mayorazgo de la *casería*, que al igual que la de su amigo Manuel también era *a medias* y por tanto *caseiro*, a diferencia de José de Vilabolle que era propietario.

Para José del Caseirón y su familia, la condición de llevar la *casería a medias* iba a representar un mayor sacrificio: primero, porque no podían acceder a la propiedad, y segundo, por la situación de las fincas, demasiado pendientes. Sin embargo, las de San Feliz y Vilabolle, a excepción de los viñedos, eran casi llanas: las

---

[5] Caseiro: aunque su traducción sería "casero", en Asturias y Galicia no tiene el mismo significado que en castellano, puesto que hace referencia a quien trabaja un caserío a "medias".

de San Feliz, por corresponder a una amplia vega dejada por el río Navia en su margen izquierda, y las de Vilabolle, porque estaban casi en los *chaos*.

José y Carmen de Cabanela llevaban estas dificultades con verdadera resignación cristiana, apoyándose en la fe y ofreciendo todos los sacrificios a la Virgen, al tiempo que le pedían que su amor se viera recompensado con el fruto de unos hijos que no llegaban.

∞

En la siguiente generación, la surgida de los matrimonios de los tres amigos y nacida a partir de los primeros años del siglo XX, la situación económica y social no era diferente.

José y Carmen del Caseirón fueron escuchados en sus plegarias y tuvieron seis hijos, lo mismo que José de Vilabolle y Manuel de San Feliz que también formaron cada uno su propia familia numerosa.

Aquel nexo, surgido en la dificultad de la migración de los tres, no se perdió ante las precariedades de la nueva vida en los caseríos, ya con sus propias familias, pues, aunque no eran muchas las oportunidades en que se veían, habían concertado dos momentos en los que no había excusa: la fiesta de San Antonio de Vilabolle el día 13 de junio, y *los roxóes*[6] en las respectivas casas de cada uno con motivo de la matanza.

Esto hizo que entre los hijos de los tres amigos se estableciera una amistad poco común entre gentes de distintos pueblos, puesto que lo que más se daba en los jóvenes de las aldeas era la rivalidad, que solía manifestarse en las verbenas de las romerías con batallas

---

[6] *Es la fiesta, generalmente una cena, a la que se invita a familiares y amigos para celebrar la matanza de los cerdos, y que continúa con cantos y bailes hasta la madrugada, figurando como plato importante, precisamente, los roxóes, que se obtienen del cerdo después de haber derretido la grasa, que se convierte en manteca.*

campales entre mozos, casi siempre por causa de las mozas.

∞

José de Cabanela no había roto sus lazos religiosos con los carmelitas, transmitiéndoles a sus hijos una profunda fe a través de la Virgen del Carmen, cuyo icono, con sus escapularios, presidía el salón familiar y casi todas las habitaciones.

La devoción a la Virgen, que compartía José con su esposa Carmen, hacía que el rosario diario fuese convocatoria obligada, generalmente a la luz del candil, tras haber sido ultimadas todas las faenas domésticas, cena incluida, aunque los más pequeños ya estuvieran vencidos por el sueño. Y no había roto sus lazos carmelitas, puesto que él se consideraba un carmelita seglar, ya que la Virgen, Santa Teresa y San Juan de la Cruz estaban siempre presentes en sus oraciones, que intercalaba a lo largo del día en cualquier faena por dura que fuese.

Sus dos amigos no compartían del todo su implicación religiosa, especialmente Manuel, cuya esposa, Inés, se declaraba poco amiga de los curas, por no decirse atea, que sería un escándalo en aquellos tiempos para una mujer; pero ello no era óbice para que su amistad se fortaleciese, y no solo en las necesidades, como por ejemplo cuando una filoxera se llevó por delante la mayor parte de las vides de San Feliz, y los dos Josés acudieron con sus plantones de reposición e injertos para que la cosecha siguiente no se perdiese al completo.

Los hijos de José del Caseirón, por orden de edad, Carmen, Francisco, Cándida, Cristina, Luciano y María Ana crecieron en la ayuda esforzada a la familia en las distintas faenas del campo, pero, sobre todo, según iban teniendo edad, en la inhumana tarea de acarrear, año tras año, con cestos al hombro o en la cabeza, la tierra que se iba deslizando hacia el fondo de las fincas, teniendo que devolverla a la parte superior. Las demás faenas, salvo la de subir los *feixes*[7] de segado de hierba fresca para las vacas todos los días, desde casi la orilla del río, eran muy llevaderas, y hasta había pelea entre hermanos por adjudicárselas. La faena sobre la que no había duda, era la de pastorear, que todos se la dejaban para María Ana, como protegiéndola de las labores fuertes, pues la consideraban la más desvalida desde la muerte de su madre Carmen, cuando apenas contaba dos años, sobre todo ahora, que ese lugar de la casa había sido ocupado por una madrastra. La atención del *cortín*[8], con todo el cuidado que las abejas necesitaban, quedaba de mano del padre, que además era un maestro en el arte de explotar la cera, confeccionando todo tipo de velas para la iglesia de Pesoz y de otros concejos, siendo artesano no solo de su propia producción sino también de la cera que le hacía llegar Manuel de San Feliz, que disponía de varios *cortines* situados estratégicamente en las laderas de las tierras de su *casería* desde San Feliz hasta casi Salime, por la margen izquierda del río; y como un ritual, José del Caseirón, con la mejor cera que destilaba cada año, confeccionaba con esmero el cirio pascual que enviaba al convento carmelita de Oviedo.

Con los abuelos viviendo bajo el mismo techo y en ocasiones algún familiar que no había abandonado la casa paterna, los padres se veían forzados a buscar para sus hijos nuevos horizontes en la emigración, en

---

[7] Haces.

[8] El "cortín" es una construcción circular de piedra, típica del occidente asturiano, que se utilizaba para tener resguardadas las colmenas de las visitas de los osos. Al estar situados en laderas, la inclinación del terreno permitía que sus muros, de igual altura en toda la circunferencia, no fuesen obstáculo para el vuelo de las abejas.

la esperanza de que les daría bienestar y *luces,* entendiendo como tales algún conocimiento superior al de saber leer y, a duras penas, escribir una carta, que era lo único que les había dado su raquítica escolaridad de tres o cuatro meses a lo largo de su vida. Y esa pauta que se daba en todas las aldeas del contorno, no era una excepción para las familias de los tres amigos.

En los últimos años, de Vilabolle y Vilarmarzo habían emigrado para Montevideo varios jóvenes que ellos conocían y con los que, en algún caso, mantenían correspondencia; además, en Argentina y Uruguay Carmen y Francisco del Caseirón tenían a sus primos de Vilarmarzo, lo que podía significar el engranaje suficiente para ser reclamado el mayor, después irían yendo el resto.

José del Caseirón no se opuso a esta pretensión, aunque ello significaba perder brazos para jornales, sin los cuales la hacienda se vería mermada, y, por supuesto, con la clara oposición de la madrastra.

La primera en irse para Montevideo fue Carmen, en 1924, con 18 años, dos años después de que su primo Antonio de Vilarmarzo fuese reclamado, con doce años, por un tío desde Buenos Aires; a continuación, Francisco, en 1925, con 17 años; luego, Cándida; y, finalmente Cristina, en 1930. En la *casería* quedaron Luciano, que heredaría el mayorazgo, y María Ana, la pequeña, quienes siendo aún niños, tuvieron que asumir trabajos propios de adultos, cuando solo contaban con 14 y 12 años, porque las suyas, junto con las de su padre, eran las únicas manos trabajadoras de la casería. La madrastra, a diferencia de su madre Carmen, que era una más en todas las labores, solo se dedicaba a las tareas domésticas.

∞

En la *casería* del Blanco de Vilabolle, las cosas también se habían ido definiendo, quedando finalmente dos hermanos en la misma, de modo que, debido al número de fincas, se podía dividir: una para Manolín, el *meirazo*, y otra para su hermana, ya que también disponían de dos casas, la del *Fondo da Vila* y la principal del Blanco.

∞

Respecto a San Feliz, los hijos de Manuel e Inés, Nuel, Adela, Mary Luz, José y Firme harían lo propio en su momento, aunque sus primeros años de infancia y juventud estuvieron marcados por la férrea voluntad de su madre, que se había impuesto al parecer de todos, y sus hijos tuvieron una prioridad: acudir a la escuela en todos los períodos del curso, algo que casi nadie de la vecindad hacía, puesto que lo fundamental era el trabajo en la *casería*. En los tiempos muertos del invierno, quizás un mes o dos, lo habitual en las aldeas era asistir a la clase de un maestro particular que se hospedaba quince días en cada casa.

Nuel había nacido en 1904, y desde que tuvo uso de razón convivió con el sentimiento de "emigración" que se respiraba en la familia, pues tres de sus tíos habían cruzado el charco: Julián estaba en Santo Domingo, y las noticias eran que le estaba yendo bien, puesto que todos los años enviaba dinero a San Feliz para que sus padres pudieran ir pagando la *casería*; Leonor y Firme estaban en Buenos Aires, y no había noticias en el mismo sentido que las de Julián, pero tenían salud y no se quejaban.

El sentimiento de emigrar se iba incrustando en las conciencias de los más jóvenes cuando desde cualquier aldea se tenía conocimiento de que habían marchado para América los hijos de fulano o mengano, y cuando, generalmente años después, llegaba la noticia de que habían hecho fortuna.

Para los hijos de los tres amigos, este sentimiento se veía reforzado por lo que estaba ocurriendo en Vilabolle con los hermanos de la casa del Meirazo, pues el mayor, José, había sido reclamado por Manuel de Minguxón, y el segundo, Secundino, les relataba cómo había prosperado su hermano y lo que había conseguido en solo un año en Montevideo, de modo que no tardaría en reclamarlo.

∞

Aquel San Antonio de 1914, como todos los años, los hijos mayores de los tres amigos, Carmen y Francisco de Cabanela, Nuel de San Feliz y Manolín del Blanco de Vilabolle, disfrutaban de la romería, de la procesión, de la subasta para el Santo, de la música de baile, pero sobre todo de los juegos infantiles que los mismos niños se proporcionaban: el escondite, el pilla pilla… y, muy especialmente, el de la caza del palo de los cohetes que caían en los alrededores de la ermita, teniendo que adentrarse en trigales, maizales o huertas próximas, con la preocupación de los propietarios que los seguían con la vista, aunque sin mostrar su enfado, en deferencia a San Antonio.

Aparte de lo anterior, propio en cada fiesta, este año el día de San Antonio estuvo marcado o impactado por lo que les dijo Secundino del Meirazo, algo mayor que ellos: que su hermano José, que había emigrado hacía tres años, era ya una persona muy importante en el Almacén Universal de Montevideo, y que para el próximo San Antonio, él ya no estaría, porque José, por fin, lo reclamaba. De hecho, su padre ya estaba preparando los papeles. Esta noticia, y que el siguiente sería su hermano Ricardo, los dejó perplejos, pues aquello ya no eran las historias de emigrantes que se contaban en las noches de esfoyaza, sino que se trataba de chicos casi como ellos.

Aquella noticia sí era una experiencia directa sobre cruzar el charco, puesto que afectaba a sus amigos; lo anterior solo habían sido historias de indianos; pero José y Secundino eran jóvenes que conocían y, quizás por ser mayores que ellos, admiraban. Nuel, además, presumía que el Jardón del segundo apellido de su padre era el mismo que el segundo de la madre de Secundino, lo que podría significar que a lo mejor eran parientes, lo cual rechazaba Manolín del Blanco, pues él también se apellidaba Pérez y no era pariente de Nuel, que tenía como segundo el Pérez. Manolín, quizás por la vecindad, debía tener algún problema pendiente con los del Meirazo, cosa normal entre chicos del mismo pueblo, pues sentenció que él nunca emigraría, ya que su padre tenía tierras suficientes para él, y no entendía por qué lo hacían los del Meirazo, dueños de medio pueblo. Esta sentencia le hizo sentirse incómodo a Nuel, por sí mismo y por Francisco y Carmen, que era tanto como decir que... *cosa diferente* era la suya, puesto que no tenían tierras propias y eran *caseiros*.

∞

En la fiesta de San Antonio de 1915 (Nuel 11 años, Francisco 9 y Ricardo 8), el grupo ya no contaba con Secundino, y en su lugar estaba el hermano pequeño de los del Meirazo, Ricardo, que los puso al día de los progresos de sus hermanos, sobre todo de José, que había logrado una posición importante en Montevideo. A Manolín del Blanco no le interesaba lo que relataba Ricardo y se apartó de ellos, preocupándose por el valor que alcanzaría el cerdo pinto que había donado su padre para la subasta de San Antonio, y que en aquellos momentos alzaba Benigno repitiendo la consabida frase: *¿Quién da más?*

A Francisco, la posibilidad de emigrar se le presentaba como la solución para no tener que enfrentarse cada día a las duras tareas de la casería y así poder después ayudar a sus hermanas, algo que compartía con Carmen, que esperaba irse primero que él. Nuel lo veía como una posibilidad remota, pues lo primero era asistir a la escuela, como decía su madre. Lo que voceaba Benigno atrajo su atención, apartándose de Ricardo.

Finalizada la subasta, Ricardo, un tanto molesto con ellos porque le cortaron el relato, volvió a captar su interés narrándoles las nuevas aventuras de los hermanos Villarmarzo, ahora aplicando una cierta dosis de imaginación.

—Tienes razón, Ricardo, si queremos hacernos ricos hay que ir a América —le contestó Francisco convencido.

—Pero, si hay que marchar, es porque aquí no tenéis tierras propias —dijo Manolín del Blanco mirando a Francisco y a Nuel.

—No es por eso, es porque las *caserías* no dan para todos los hermanos —le repuso Francisco casi indignado.

—Eso no es verdad, sino... ¿por qué en muchas casas están trayendo niños del hospicio?

—Del hospicio los traen porque les pagan —intervino Nuel queriendo cortar aquella discusión que superaba el entendimiento de los tres.

Pero no le faltaba razón, era algo que estaba ocurriendo en muchas familias necesitadas del entorno para lograr una ayuda que paliase la absoluta falta de recursos.

∞

Los hijos de los tres amigos solo festejaron juntos dos fiestas más de San Antonio, puesto que en 1918, tras silenciarse la Gran Guerra, sobrevino una gripe devastadora que dejó asolados los hogares como si de un auténtico campo de batalla se tratara.

Carmen y Francisco, como hijos mayores, acudían con su padre José en ayuda de la casa paterna de los Restrepo en Vilarmarzo, todos bajo el mal de la gripe, para ayudar a los enfermos y atender al ganado. Esta familia ya había quedado mermada con la partida de algunos miembros para América. Pero la gripe no entendía de necesidades y se cebó sobremanera con aquella casa, dejando huérfano al primo Antonio, junto a dos hermanas poco mayores que él. La impotencia para sacar de las garras de aquella terrorífica pandemia a su familia finalizó cuando, una lúgubre mañana, José del Caseirón unció al carro una yunta de vacas, y en él, con ayuda de sus hijos, amontonó cinco cadáveres que llevó a enterrar al cementerio de Pesoz. Por el camino, no eran los únicos, se encontraron con otras familias que hacían lo propio. Era como si la parca se cebara con la margen izquierda del Agüeira, pues justo enfrente de Vilarmarzo, en Cabanela, la gripe no tocó ni una sola casa. Este también fue el año en que José y Carmen se vieron recompensados con el nacimiento de María Ana, nombre con el que José quiso honrar a la Virgen María y a su madre.

Aquella desgracia en la casa de los Restrepo de Vilarmarzo, casa paterna de José, quedando tres niños huérfanos, pretendía ser paliada por vecinos, amigos y familiares que se turnaban en las distintas faenas para que a los niños no les faltase nada; pero la solución vendría en forma de *ser reclamados* por la familia de América. Antonio, con apenas 12 años, partió para Argentina en 1922, con destino a Rio Negro, donde un tío se ocuparía de él. Las hermanas harían lo propio, pero para el Uruguay.

Para Antonio, *las américas* se le presentaron, al desembarcar, en forma de cárcel, pues nada más poner pie en Buenos Aires, tras saludar a su tío desde lejos, fue internado en una institución de *cuarentena,* creada a tal fin por la psicosis de la gripe europea. Cuando salió, a los cuarenta días, fue conducido a una estancia del interior, donde su destino era trabajar como un adulto pese a su corta edad. Tendrían que pasar casi ocho años hasta que pudo reencontrarse con sus hermanas en Montevideo, al igual que lo hizo con sus primos de Cabanela.

∞

Pasada la gripe del 18, que en San Feliz se había cobrado la vida de Mari Luz, la hija pequeña, allí también se vivía la escena de la "partida" por parte del hijo mayor, Nuel.

LA PARTIDA

Primavera de 1919

El río Navia, cuyo curso transcurría encajonado, dejándose habitar solo en las laderas de sus vertientes, precisamente en San Feliz había formado una preciosa y extensa vega, con una fértil tierra de cultivo que permitía a Nuel y su familia no solo subsistir sino vivir mejor que la mayoría de las familias de los pueblos del entorno.

Nuel había sido y era feliz en aquel pequeño paraíso, y no entendía la necesidad de aquella salida a la emigración, pese a que había convivido con ese sentimiento desde que tenía recuerdos.

— ¡Nuel, despierta!, son las cuatro de la madrugada y a las cinco tenemos que marchar; ¡levántate! —le dijo su padre casi al oído.

Apenas había dormido y, sin embargo, no le costó mucho despertarse y hacerse con la realidad: el río, con el constante susurro tras los cristales de su habitación; el sollozo de su madre, confundido con los ruidos propios de encender la cocina de leña; el sueño profundo de sus hermanos José y Firme, en camas contiguas, y el de su hermana Adela en la habitación de al lado; los abuelos Celestino y María, a los que se oía hablar y sollozar al mismo tiempo en la habitación de enfrente, y los preparativos de su padre bajando a la cuadra para alimentar a la caballería que los llevaría hasta Vegadeo.

Inés, un poco repuesta, dejó el desayuno preparado en la cocina y se acercó a la cama de su hijo susurrándole:

—Hijo, levántate, todo está preparado.

Comprendió que no debía añadir más dolor al que ya adivinaba en el corazón de su madre y, diligente, saltó de la cama, cogió la ropa, preparada la noche anterior, la apretujó contra su pecho, mientras con la otra mano agarró los zapatos y, descalzo, abandonó la habitación hacia la galería, donde había una especie de baño con un lavabo, espejo, y una jarra de agua.

Aquel espejo fue testigo de sus únicas y últimas lágrimas. Ya vestido, se compuso y se dirigió a la cocina, donde su madre tenía preparado un copioso desayuno para él y para su padre, que les mantendría con fuerzas durante las largas horas de viaje, a pie y a caballo, hasta que hicieran noche cerca de Vegadeo, para que al día siguiente, madrugando, les diera tiempo a llegar temprano y coger el autobús hacia Gijón.

Inés no era una madre al uso, permitía que sus hijos la tuteasen y había librado una dura batalla para que su marido también lo hiciese, algo que no era bien visto por los vecinos más próximos, en especial del pueblo de Salime, a donde acudían sus hijos a la escuela; y lo hacían no solo por un tiempo, sino durante todos los años permitidos de escolarización, lo que tampoco era al uso, ya que la mayoría de los niños solo asistían uno o dos años, o ninguno.

Este coraje le permitió a Inés abrazar a su hijo, besarle, mirarle a los ojos y decirle:

—Hijo, ya no eres un niño, ahora tienes que ser una persona adulta con esos casi dieciséis años a cuestas. Vete a darles un beso a tus hermanos pero no los despiertes. Después te despides de los abuelos que no han dormido nada.

Así lo hizo. Los hermanos no se enteraron, pero con los abuelos fue otra historia: los dos lloraban sin disimulo, lo tuvieron abrazado entre ambos un buen rato y la abuela le susurró:

—Nuel…, tienes que ser un buen muchacho, cuídate mucho, no te metas con nadie, ve a misa, y si tienes problemas habla con el cura, con cualquier cura, él te ayudará; ten cuidado con las malas compañías, y no frecuentes lugares de mala reputación… Y si lo pasas mal, vuelve; el abuelo y yo queremos verte antes de morir….

—Abuela, no se preocupe, tendré en cuenta todo lo que me dice.

El abuelo no gorgoteó palabra, solo lloraba, sacó su mano temblorosa de debajo de las mantas, le cogió la mano y le hizo apretar unas monedas y algún billete. Lo abrazaron fuertemente, lo besaron y lo soltaron al unísono, para a continuación introducirse debajo de las mantas.

Nuel abandonó la habitación a punto de llorar, pero no lo hizo porque lo esperaba su madre en el pasillo. De todas formas ya se había desahogado la tarde anterior cuando fue al palomar a ver los últimos pichones y estuvo sentado en la puerta del mismo contemplando el ocaso. En San Feliz era un espectáculo, porque en el momento en que empezaba a ocultarse el sol por la ladera occidental, inmediatamente esa ladera quedaba a la sombra, mientras en la de enfrente la línea de penumbra partía desde el río, ladera arriba, moviéndose a la misma velocidad con la que se ocultaba el astro rey.

Salió de la habitación y su madre lo abrazó por la cintura, avanzando por el ancho pasillo que atravesaba la casa de galería a galería hasta que llegaron a la mitad, torciendo a la izquierda en dirección a la antojana donde estaba su padre sujetando el caballo con la maleta ya atada sobre el cuarto delantero derecho, permitiendo que, en un momento determinado, pudieran cabalgar los dos, pues Perla era un hermoso ejemplar de carga, con suficiente fortaleza para llevarlos y hacer todo el recorrido.

Nuel se volvió hacia su madre, y en su rostro vio reflejadas las primeras luces de aquel amanecer primaveral, casi veraniego. Se abrazaron intensamente y se soltaron de repente como impelidos por el efecto de un resorte, para a continuación tomar Nuel las bridas y gritar:

— ¡Perla, arre!

Inés se metió de inmediato en la casa a llorar desconsoladamente, mientras su esposo y su hijo se perdían en el primer recodo que conducía a la carretera. Cuando llegaron al cruce, sentado en el pretil, estaba Lucas, el criado, quien se excusó ante el amo.

—Me despertó el jabalí... y ya aproveché para subir al prado y quitar el agua de riego y volverla al reguero.

Era una pobre excusa, porque no se escuchaba al jabalí desde la casa, y el reguero, por el estío, ya no llevaba agua suficiente para regar. Lucas deseaba despedirse de él y aquella le pareció la mejor manera. Se acercó a Nuel, lo abrazó y le metió la mano en el bolso de la chaqueta dejándole caer unas monedas.

— ¡Adiós, que tengas buen viaje!

Cruzaron la carretera y pasaron junto a la casa de su tía Isidora en Paradela, no dando nadie señales de vida, pues a sus tíos y primos los había ido a despedir el día anterior, y serpenteando por los atajos, ladera arriba, llegaron a la vuelta del Marco, el último lugar desde donde se podía divisar el río Navia. El horizonte de la vertiente contraria se iluminó de pronto, y los primeros rayos cegadores le invitaron a volverse y a continuar el camino.

—Padre, ¿crees que llegaremos a dormir a ese pueblo, antes de Vegadeo, para mañana coger a tiempo la línea?

—Sí, si no hacemos muchos altos, Perla nos lo garantiza. Anda, súbete ahora que el camino lo permite.

La complicidad con su padre no era la que tenía con su madre y, aunque no era mal padre, como hijo mayor sabía de su comportamiento en el matrimonio: asistía con mucha frecuencia a la Villa, no se perdía una feria y de vez en cuando tenía algún viaje con motivo de los salmones...; además también sabía que la bebida y las mujeres... eran las causas del sufrimiento de su madre.

Llegaron a Grandas cuando apenas había nadie por las calles, solo se cruzaron con un vecino que azuzaba a una pareja de bueyes que tiraban por un carro del país repleto de aperos de labranza, mientras el chirrido de sus ruedas rasgaba el silencio de la Villa, lo cual agradecieron, pues hasta entonces solo eran los cascos de Perla los que delataban su paso. Pasaron delante del Ayuntamiento y Nuel miró la torre como esperando un toque de la campana del reloj a modo de despedida, pero no era el momento de sonar. Miró a la derecha, y los arcos del cabildo que bordeaban la Iglesia le trajeron recuerdos de sus correrías infantiles, quedándose con las dos imágenes: la del Ayuntamiento y la de la Iglesia, como lugares emblemáticos para recordarlos. Se encaminaron al atajo que cruzaba el *vilar*[9], que en aquella época del año era un mar de trigo. Cuando lo estaban culminando, al retomar de nuevo la carretera por donde transcurría el viejo Camino de Santiago, al volver la vista a atrás, a Nuel se le antojó que debía ser lo más parecido a un mar verde, ondulado, inclinándose a favor de la brisa. Le sacó del ensimismamiento el ladrido del perro de la casa que coronaba el *vilar*, la de Firme el gaitero, que en realidad no se dedicaba a tocar la gaita sino a fabricarlas.

Les faltaba poco para llegar a la sierra, desde donde se veían todos los pueblos y las tierras de los *chaos*. Cuando lo hicieron, pudieron contemplar toda la plani-

---

[9] Parcelación de tierras de cultivo próximas a una aldea o villa.

cie iluminada, sin sombras, ya que los rayos planeaban por aquella superficie sin apenas ondulaciones.

A Nuel, la zona no le resultaba desconocida, ya que había pasado por allí en varias ocasiones: cuando visitaban a familiares, o asistían a la fiesta de San Antonio, o a los *roxóes en Vilabolle*; sin embargo, lo que se divisaba en el horizonte, todos los Oscos, a donde llegarían después de pasar la ribera del Agüeira, era nuevo para él, desconocido y fantástico. Muchas de las historias que pasaban allí eran objeto de narración en las noches de esfoyaza, durante el invierno, en el desván de su casa, como la historia de José de Mon, el *cantor de lobos,* que se le hacía presente ahora, al imaginarse aquellas sierras nevadas durante el invierno.

Recordó la noche en que la escuchó; estaban todos en círculo, alrededor de un montón de *panoyas*[10], cuando llegó el primo de Paradela. Le agradecían su asistencia, no por el rendimiento en la esfoyaza, sino porque narraba cualquier historia, con tal grado de veracidad, que los dejaba a todos embobados, sintiéndose transportados al lugar de los acontecimientos. La historia de *José el cantor de lobos*, le vino nítida cuando miró hacia el puerto del Acebo:

El viento rugía por entre las losas del tejado; la lúgubre luz de dos candiles, colgados del techo, ambientaba la estancia de la esfoyaza para la teatralidad que el primo imprimía a sus palabras y gestos. Los miró fijamente, uno a uno, y les preguntó:
— ¿Sabéis lo de José, el tratante de Mon?
Lógicamente nadie sabía nada, es más, no conocían al tal tratante de Mon, pero no importaba, porque lo interesante era la historia que les iba a contar.
—Pues, estaba en la Manceba, en el bar...

---

[10] Mazorcas.

Este lugar sí lo conocían todos..., todos menos Nuel, que solo sabía, de oídas, que se trataba de una casa de comestibles-bar situada en uno de los lugares más altos de los chaos, muy cerca del puerto del Acebo, y no lejos de los Oscos; eran aquellas unas sierras muy propicias para las grandes nevadas y para las historias de lobos, por lo que Nuel se temía lo peor, una historia de miedo; y el primo, aunque afanado en su tarea de la esfoyaza, continuó narrando lo que había ocurrido hacía algunos días:

—José, el tratante de Mon, acababa de comprar las mercancías que le habían encargado en casa. Nevaba y decidió esperar a que escampase, haciendo lo que más le gustaba: beber un buen tanque de vino blanco caliente con azúcar. El dueño del bar, viendo a José muy enfrascado en la conversación con los parroquianos, y a la vez afanado en la consumición, salió, soltó el caballo de la argolla junto a la puerta y lo llevó al cobertizo, pues ya tenía la montura cubierta de nieve. El perro, de José, esperaba a su compañero en el cobertizo, resguardado de la ventisca. El cantinero regresó al bar y se lo comunicó al dueño.

—Ya tienes a los dos en el cobertizo.

— ¿Metiste a los dos? ¡Ese perro es imbécil, no sabe ni guarecerse de una ventisca!

—No, hombre, solo el caballo, el perro ya estaba allí.

La ventisca no cesó ni tenía apariencia de cesar. Con varios tanques de vino caliente encima, José inspeccionó el exterior a través de una ventana que apenas tenía unos centímetros sin nieve pegada, y sentenció que era el momento de largarse antes de que oscureciera.

Todos los presentes: el cantinero, su mujer y algunos vecinos de los alrededores le aconsejaron que no lo hiciera, pues, si en condiciones normales tarda-

ría en llegar a su casa más de una hora, en aquella situación no lo haría ni en tres, si es que llegaba.

No escuchó los consejos, pues llevaba más en la cabeza que en los pies; se echó por encima la capa que usaba en los inviernos, desamarró al lustroso y potente caballo, que le servía como transporte en sus largos viajes de tratante y, siguiéndolo su fiel perro, puso rumbo a la tormenta. En el horizonte aún se adivinaba con mayor fuerza la ventisca de nieve.

En el bar todos quedaron preocupados; conocían bien los efectos de las fuertes nevadas en aquellos parajes, ya que, en tan solo unas horas, podían dejar atrapados a cualquier caballo y su jinete; como así fue. José anduvo los primeros kilómetros a duras penas, luchando contra el viento y contra la nieve; primero, subido a la montura, luego, bajándose y caminando en paralelo, apoyándose en el caballo. El perro los seguía con dificultad, hasta el momento en que la nieve les impidió continuar. El caballo se vio imposibilitado de sacar las patas por encima de la nieve y el perro se rindió en el empeño de avanzar.

Se había echado la noche encima, la oscuridad de la tormenta empezó hacerse claridad al abrirse el cielo en una noche estrellada. La superficie de la nieve se heló rápidamente, lo que le sirvió al fiel perro para sacar las patas y arrastrarse hasta el dueño con el fin de darle calor. El calor del cuerpo del caballo, el del perro y el del propio José hicieron que en torno suyo, mediante sucesivos movimientos, para no entumecerse, apareciese una oquedad que les permitía no estar en contacto continuo con la nieve; también le sirvió al tratante para darse cuenta de la considerable altura de la misma, lo que le indicaba la imposibilidad de avanzar: estaban atrapados.

A su alrededor había un escampado con ondulaciones de intensa blancura, donde se reflejaba el *resplandor de la luna llena recién aparecida. A cincuenta o sesenta metros, en dirección al naciente lunar, el escampado terminaba ante un monte de xestas[11] que espigaban por encima de la nieve con un halo de sombra que difuminaba el comienzo del monte. En dirección opuesta, a un centenar de metros, la planicie comenzaba donde finalizaba un bosque de robles que no proyectaban ninguna sombra, ya que la misma caía sobre su interior haciéndolo aún más sombrío, más lúgubre, más misterioso. De frente y de espaldas continuaba la vaguada ondulada en ambas direcciones.*

La comprobación del escenario no tranquilizó al tratante de Mon, que no halló salida alguna. En cualquier dirección que intentase continuar, la espesura de la nieve sería la misma, ya que no había un valle cerca donde pudiese menguar; menos aún le tranquilizó un aullido que, de inmediato, le resultó conocido...: era el aullido de un lobo..., no, de dos, no, de tres... Se trataba de una manada de lobos, que emergían de dos lugares: del monte de xestas como prolongación de sus sombras, y del bosque de robles como minúsculas y destellantes luces dobles moviéndose delante de un cuerpo de animal, del cual sobresalían dos puntiagudas orejas por él bien conocidas.

La situación se ponía tensa por momentos; los lobos se reorganizaron, apareciendo en semicírculo desde los dos montes. Las intenciones de la manada se adivinaban poco beneficiosas para los cercados. José, con una lucidez a la que debería su vida, se subió encima de la montura y de pie empezó a cantar con todas sus fuerzas, al tiempo que desató la capa blandiéndola en continuos remolinos que le servían también como ejercicio para combatir el frío.

---

[11] Retamas

El perro pareció captar la intención y lo acompañó sin cesar con continuos ladridos y esforzados saltos por encima de la nieve. El caballo, que no quiso quedar por menos inteligente, aprovechaba los intervalos para lanzar atronadores relinchos, con exagerados movimientos de cabeza.

Aquella extraña figura de molino de viento rugiente contuvo la manada de lobos, que deambulaban desorientados, sin tomar una decisión. A la mañana siguiente, cuando despuntaba el alba, la voz casi agotada, la capa casi inerte, los ladridos y los relinchos entremezclados en un sonido indescriptible, unos vecinos, que habían salido en su busca, los encontraron exhaustos, a punto de derrumbarse. El griterío de los recién llegados, las antorchas y el alborozo del encuentro hicieron que los lobos se dispersaran. José se dejó caer de la montura, abrazando a su caballo por el cuello a la altura de las orejas, y con el otro brazo atrayendo hacia sí a su fiel perro, susurrándoles a ambos al oído: Me habéis salvado la vida.

Durante estos dos últimos días se ha corrido la noticia por toda la sierra, por los valles y por las riberas, y a José, el tratante de Mon, ya se le conoce como "José, el cantor de lobos".

Esta y otras historias que intentaba recordar, le acortaron el camino hasta Cereixeira, un caserío con una vieja casa, al lado de un inmenso cerezo, donde conocía a un chico de su misma edad, con el que jugaba cuando iba a las fiestas de La Villa y a San Antonio. Pensó que quizás fuese temprano para verlo, pero cuando se acercó a la casa la tía Pilar salía del corral en dirección al prado, donde se paró para abrir la portilla; detrás venían las vacas, caminando parsimoniosamente; y finalmente, azuzándolas, su amigo Tasio. Fue a su encuentro y le comunicó el motivo del viaje, sin que tuviera tiempo de reaccionar, porque de inmediato llegó su padre con Perla, teniendo que despedirse para continuar el viaje.

Antes de abandonar Cereixeira se paró, volviendo la vista hacia Vilabolle, recordando lo vivido allí con su amigo Manolín del Blanco, los del Meirazo, el propio Tasio y los hermanos mayores de Cabanela, Francisco y Carmen. ¡Quién le iba a decir que, cuatro años más tarde que lo hiciera Secundino, también él iba a cruzar el charco!

A partir de aquí, se tenían que desviar del Camino de Santiago y emprender la bajada hacia el río Agüeira. Las tierras de labranza quedaron atrás y ya solo se veía, a ambos lados del camino, monte de brezo, retamas, tojos…; en alguna vaguada, un bosque de castaños, otro de abedules y, finalmente, cuando ya pudieron divisar toda la ribera del Agüeira, en la ladera de la margen derecha, se contemplaba un extenso bosque de castaños, con viñedos en la parte baja, que acompañaban al río en su discurrir.

En el último tramo, antes de llegar al Puente de Vitos, conocido como el puente de la Muerte, pasaron por la aldea de Vilarello, de casas humildes, más bien pobres, con tierras verticales, que le parecían imposibles de trabajar.

En la aldea, quizás por la hora más avanzada, encontraron gentes que se preparaban para las faenas de labranza y del ganado; varios perros famélicos que les ladraron desganados, gallinas que ni se apartaban mientras picoteaban el estiércol; y varios niños que se pararon al borde de la *calella* mirándolos, algunos descalzos, mal vestidos y no muy bien alimentados; *la vida en esta aldea es bien diferente a la de San Feliz*, pensó, mientras iniciaron el camino serpenteante hacia el río. En la última finca del pueblo vieron a varias mujeres vestidas de negro que se afanaban en subir canastos de tierra desde el *fondo* hasta el *pico* de la finca: se trataba de una tierra de labranza, no de un viñedo, y eso le llamó la atención porque acarrear la tierra era lo que se hacía en San Feliz cuando preparaban los bancales para las vides en una ladera casi vertical, a base de piedras y tierra; pero se hacía una sola vez; sin embargo, aquí, según le comentó su padre, debían hacerlo todos los años y en muchas fincas de labranza.

Esto le hizo recordar que Cabanela también tenía el mismo tipo de fincas. En un recodo se subió a un montículo coronado por una enorme roca, con el propósito de divisar la aldea de tres casas; desde allí, la más visible era la de sus amigos, Francisco y Carmen. A sus pies estaban las tierras de San Mayor con sus viñedos; a continuación, el bosque de castaños de la Escureda de Vilabolle y, a su falda, siguiendo el curso del río, los viñedos de varios pueblos de los *chaos*, que se unían con los de Busmayor y Cabanela; y, por encima de ellos, la aldea de Cabanela: las tres casas como colocadas en un mirador sobre el Agüeira; la última, que lucía blanca, era la del Caseirón; de ella, Nuel llevaba fantásticos recuerdos de las noches de *roxóes.*

Ahora estaban bajando por la margen soleada del río; la de enfrente, después de cruzar el Puente de la Vitos, aún estaba sombría; lo comprobó después, con sumo gusto, cuando el calor empezaba a apretar.

El Puente de Vitos o de la Muerte era el responsable de otra de las historias que se contaba en las noches de esfoyaza, como recordaba ahora Nuel:

Se decía que, hacía ya bastantes años, después de la reconstrucción a causa de una gran riada, había un señor en la Villa, de los de silla y caballo, de los que poseían muchas "caserías" por todas las aldeas del concejo, que en uno de los pueblos de la otra margen del Agüeira se veía con la mujer del molinero mientras este despachaba la molienda hasta altas horas de la madrugada. Uno de los días en que regre-

saba poco antes de amanecer, al llegar al puente, desde el bosque de enfrente salió una voz como de ultratumba:

— ¡Detente! Dime, ¿de dónde vienes?

Paró el caballo en seco en medio del puente y le contestó atemorizado:

—Vengo de recorrer mis haciendas.

— ¡No mientas, yo sé de dónde vienes!

Viéndose superior desde la montura, y suponiendo la cobardía del que se escondía tras los árboles en la oscuridad, le dijo:

— ¡Muéstrate, seas quien seas!

De pronto surgió un resplandor de entre el follaje, a modo de un fantasma:

— ¡Soy la Muerte y llegó tu hora!

Ante aquella aparición, el caballo se espantó, levantándose sobre los cuartos traseros; el jinete cayó de la montura y se precipitó desde lo alto del puente. Se cuenta que la historia se supo porque acertó a pasar por allí el molinero, quien lo encontró aún con vida y escuchó lo ocurrido de boca del propio moribundo. Desde entonces, al puente de Vitos se le llama también el Puente de la Muerte.

Cuando estaban cruzando el puente, Perla dio un rebuzno en la mitad del mismo, y Nuel se estremeció, volviendo la mirada hacia el bosque que acababan de abandonar. ¡Qué tontería! —pensó—. Era de día y solo se habían cruzado con alguna ardilla. Antes de abandonarlo miró hacia abajo y se dijo para sí: El caudal del Agüeira es bastante inferior al del Navia.

Como había pensado, la subida por la otra vertiente la hicieron a la sombra, de modo que, aún frescos, se encontraron en lo alto antes de lo que preveían; llegaron a una ermita en medio de un prado, con una fuente y un enorme tejo que les proporcionaría sombra. Allí se pararon para refrescarse y comer algo. No fue mucho tiempo, porque su padre, que conocía bien el trayecto, sabía que andaban justos. Los Oscos no le defraudaron, aunque la parte que vio le pareció aún más pobre y con más miseria que los últimos pueblos de su concejo. Una breve reflexión le vino a la cabeza: *Sí, de aquí no me extraña que emigren..., pero ¿de San Feliz?*

Las horas de camino, el cansancio, el sol de mediodía sobre la altitud de los Oscos, la preocupación ante lo desconocido..., todo ello le fue haciendo dejar de percibir los encantos del paisaje, los olores y el colorido del brezo y de los prados, la robustez de los robles, los encantos de los abedules, con sus tallos blancos y el susurrante balanceo de sus acorazonadas hojas, ante una brisa casi inexistente. En los tramos más llanos, su padre y él se turnaban para cabalgar sobre Perla, pues no querían montar los dos a la vez, lo que seguramente Perla les agradeció, ya que su pechera empapada denotaba el esfuerzo del largo viaje y el peso de la maleta y del jinete de turno.

Después del Puerto de la Garganta, enseguida divisaron una línea azul en el horizonte, explicándole su padre que era el mar Cantábrico. A partir de aquí, ya todo sería bajar hasta llegar a Vegadeo, pueblo importante, cabecera judicial de varios concejos, entre ellos Grandas de Salime. Faltando apenas unas horas de trayecto, se desviaron del camino y pernoctaron en una casa conocida de donde saldrían al amanecer.

Vegadeo le pareció casi una ciudad, pues era bastante más grande que su villa; no tuvo mucho tiempo para comprobarlo porque nada más llegar su padre le sacó el billete en una pequeña ventanilla de cristal, al final del mostrador del bar frente al cual estaba estacionado el autobús que salía para Navia. El expendedor del billete les comunicó que en Navia debía hacer transbordo para otro coche de línea con destino a Avilés, puesto que este continuaba hasta Oviedo. No había visto nunca algo semejante, era muy grande y tenía asientos en el techo. El corazón se le aceleró pensando que se iba a subir en aquella máquina. Su padre cogió la maleta, se la puso en la parte trasera del techo, un lugar acondicionado para el equipaje con una lona, mientras en la parte delantera había tres filas de asientos de madera al descubierto, donde, de momento, no había nadie sentado.

Los viajeros empezaron a acomodarse arriba y abajo, mientras Nuel se sentó, a indicación de su padre, junto a una ventanilla que estaba abierta, para así hablar desde la misma; pero el ronroneo del motor y el murmullo de la gente despidiéndose y hablando desde las otras ventanillas, les obligaba a hablar gritando:

—Cuando llegues a Avilés, tienes que bajarte y coger el tren que va para Gijón; no vas a tener mucho tiempo, así que no te descuides. ¡Ah, y en Santo Domingo... obedece al tío!

En medio de todo aquel barullo se oyó un estridente relincho, que Nuel reconoció de inmediato como de Perla. Sacó la cabeza por la ventanilla para mirar hacia el parque donde la habían dejado atada, y, efectivamente, Perla estaba dando cabezadas arriba y abajo mientras rebuznaba. Nuel perdió la visión, no porque el autobús se hubiera movido o porque Perla se hubiera soltado, sino porque los ojos se le empañaron.

EL MAR Y OTRAS SENSACIONES

El cansancio pudo con la avidez por lo desconocido: Vegadeo, casi una ciudad, el autobús, el mar Cantábrico, toda la costa salpicada de villas a cual más pintoresca, como Navia, Luarca, San Esteban de Pravia...; pero a partir de aquí lo venció el sueño, cabeceando sobre el cristal hasta que llegó a Avilés.

Lo despertó la falta de movimiento. Desde la parada del autobús, un bar similar al de Vegadeo, al costado del Parque, se divisaba la ría con los barcos atracados. Pero no podía perder tiempo, por lo que cogió la maleta y se dirigió a la estación del tren, no lejos de aquel lugar.

Siguió disfrutando del resto del viaje: Candás, Perlora... En Perlora vio por primera vez, de cerca, una playa.

Anocheciendo, hicieron entrada en la estación de Gijón; con una última y brusca frenada, el vagón quedó detenido y se le acercó el revisor:

— ¡Chaval..., ya has llegado!

Se había imaginado ciudades, estaciones de tren..., pero Gijón le asombraba. Inclinado hacia el lado contrario de la maleta, dio sus primeros pasos por una calle paralela a la estación que lo llevaría al hospedaje. No tuvo que recorrer mucho, porque "Pensión Pepita" estaba muy cerca. Su padre le había escrito una nota para doña Pepita, a la que conocía de sus estancias: cuando se había embarcado para Bilbao, para trabajar en los Altos Hornos, y en otras visitas con motivo de la venta de salmones.

Nunca había visto un edificio de tres pisos... *¡tres pisos y una planta baja!* Empujó la puerta que estaba ligeramente entreabierta y subió al primero, en cuya entrada vio un botón que, según venía advertido, debía pulsar para que le abrieran.

Lo mantuvo apretado hasta que de dentro salió una voz aguda, quizás de una mujer...

— ¡Ya va...!

Soltó el pulsador al tiempo que se abrió la puerta, dejando al descubierto la silueta de una joven, oronda, de opulentas medidas. Nuel clavó su mirada incrédula en unos inmensos senos que casi le hicieron retroceder.

— ¡Madre! Ya llegó el hijo de Manuel. ¿Tu padre es Manuel?

—Sí, de San Feliz... quiero decir, Manuel Sanfeliz.

—Pasa, chico... ¿o te quedan más santos?

Nuel se sonrojó ante el desparpajo de la muchacha; cogió la maleta del suelo y avanzó hacia el interior, procurando no tropezar con los senos de la chica, que permanecía sosteniendo la puerta entreabierta.

Inmediatamente salió doña Pepita y, quitándole la maleta de la mano, le dio una palmada en la espalda, al tiempo que quedó fascinada mirándole a los ojos.

—Tula, mira este buen mozo, ¡los mismos ojos verdes de su padre!

Doña Pepita le dio la maleta a Tula y le dijo:

—Acompaña a mi hija, que ella te enseñará la habitación. Y no te entretengas, baja pronto porque ya casi ha pasado la hora de cenar.

Durante la cena, doña Pepita le explicó que, al día siguiente, Tula lo acompañaría al consulado y a la Naviera para recoger los documentos de embarque. Todo se arreglaría en dos o tres días, ya que el sábado tenía que embarcar en el "Cabo Vidio" y hoy era martes; además, dispondría de esos tres días para conocer Gijón.

Al término de la cena, doña Pepita metió la mano en una especie de faltriquera y sacó una cartera de cuero de la que extrajo unos billetes; la guardó, y, tras rebuscar en aquella especie de bolsa, sacó varias monedas, las cuales le entregó junto con los billetes.

—Toma, este dinero es tuyo, es de la cuenta de los salmones con tu padre. Tienes suficiente para estos días, por si quieres comprarte algo, y te alcanzará hasta que llegues a Santo Domingo.

Nuel no salía de su asombro; no se podía imaginar que los salmones valían tanto, teniendo en cuenta que su madre nunca disponía de dinero suficiente para ropa o calzado.

Apenas Tula recogió la mesa en la que habían cenado los tres, doña Pepita sentenció:

—A dormir, mañana tienes que ir al consulado a primera hora.

Nuel se levantó, dirigió tímidamente la mirada a las dos y, reverentemente —no sabía si lo tenía que hacer así—, dijo:

—Buenas noches, señorita Tula, buenas noches, doña Pepita...

—Ah, tienes un baño al final del pasillo —le contestó doña Pepita.

Quedó perplejo, ¿para qué necesitaba él ahora un baño si se había lavado por la mañana? Lo que necesitaba era una cuadra para hacer las necesidades, que le apremiaban. De todas formas, por el imperativo de la voz de doña Pepita, se dirigió al fondo del pasillo y se despejaron sus dudas: en el suelo había un agujero que, seguramente, comunicaría con la cuadra, y había también agua para que todo bajara. Mientras lo hacía, esbozaba una sonrisa pensando lo que dirían sus hermanos si lo vieran tan finolis, haciéndolo en un baño.

Antes de acostarse recordó las palabras de su madre aconsejándole que se quitara la chaqueta y la colgara en una silla, que sobre ella pusiera la camisa y que estirara el pantalón para que no cogiese arrugas; también que durmiese con los calzoncillos y la camiseta... *¡Ya se sabe, en una pensión puede verte cualquiera!* Y, una vez a la semana, debía cambiar la muda.

Así lo hizo todo, y al final cayó en la cuenta de que la luz de la habitación no era de candil. Pensó en lo cansado que estaba porque no se había apercibido de ello, y no había advertido que toda la casa contaba con luz eléctrica. Él ya conocía esta forma de alumbrar, porque en Grandas todas las casas y las tiendas tenían electricidad; hasta había una farola delante del Ayuntamiento que alumbraba con esta energía; pero en su casa lo hacían con candiles de petróleo, y los días de fiesta con candiles de carburo, al igual que en todas las aldeas del concejo.

Dedujo que aquello que estaba colgado en la cabecera, con un botón similar al del timbre, debería servir para apagar. Lo pulsó y así fue: la luz del techo se desvaneció.

Echó de menos el susurro del transcurrir del río, pero, en compensación, la habitación estaba invadida de una tenue iluminación proveniente de una farola que había en la calle, como pudo comprobar al asomarse a la ventana.

Se acurrucó con la intención de obedecer a doña Pepita, *dormir porque había que madrugar*, cuando de pronto se abrió la puerta de la habitación, apareciendo la opulenta silueta de Tula, que la cerró tras de sí. A continuación acercó una silla a la cama y sobre ella depositó la ropa que se iba quitando. Nuel no podía dar crédito a lo que veía y a lo que adivinaba; estaba escandalizado de que Tula se quitase la camiseta y los calzoncillos, es decir las bragas; de que se desnudase delante de él...; pero lo que de verdad lo desconcertó fue que, cogiendo un camisón del armario, lo depositase sobre la silla para, completamente desnuda, levantar la ropa de la cama y reclamar su sitio en la misma:

—Ponte para allá, que ésta también es mi cama.

Este día, noche incluida, fue para Nuel una sucesión de sorpresas: primer viaje en autobús, primer viaje en tren, primera visión del mar, primer contacto con una ciudad, primera cita con el amor...

La luz de la farola fue sustituida en la habitación por los primeros rayos de sol; el susurro ausente del río fue complementado por el ronroneo de las locomotoras de la estación cercana; y la orden de levantarse la dio el atronador silbido de una locomotora alejándose. Pero Nuel se sentía paralizado, ya que a su lado estaba el cuerpo desnudo de Tula, dormida, mientras divisaba su propia camiseta y los calzoncillos desperdigados en la habitación. No se atrevía ni a respirar. El segundo silbido de la locomotora hizo despertar a Tula, quien se volvió ligeramente hacia él, sonriéndole y acariciándole la mejilla mientras le decía:

—Te has portado, chico, ya eres un hombre...

Tula, haciendo gala de un pudor que Nuel no esperaba, le dijo:

—Vuélvete.

Se vistió rápidamente y se atusó el largo cabello ante el espejo del armario. Dentro, colgó el camisón que no había usado; y, mientras salía de la habitación, le invitó a levantarse, vestirse y bajar pronto a desayunar.

Doña Pepita lo presentó en el comedor a los comensales que había en aquel momento, como si fuera de la familia. Después de desayunar le invitó a salir para conocer los alrededores, y a regresar al cabo de un rato para que Tula lo acompañase al Consulado.

Nuel buscó una mesa que estuviera vacía y le resultó difícil, porque solo quedaba una, justo al lado de la única ventana de la estancia.

Doña Pepita y Tula desaparecieron por la puerta que daba a la cocina, y casi de inmediato salió una jovencita con una cafetera en cada mano, una blanca y otra roja, idénticas a las que tenía su madre para servir el café. Depositó las dos cafeteras en la primera mesa y entró y salió de la cocina, pero ahora con una gran fuente en la que había una hogaza de pan cortada en rebanadas, que también depositó en la primera mesa. Cogió las dos cafeteras y las llevó a la segunda mesa. Entró de nuevo en la cocina y salió con una gran manteca sobre un plato, que dejó también en la primera mesa, al tiempo que quitó de ella la fuente de pan y llevó a la segunda, quitándoles las cafeteras, que depositó en la tercera. En toda esta observación, comparó a esta chica con su hermana, al menos en lo larguirucha y delgada. Quizás fuese de su edad y no de la de Adela. Cuando reparó en su atuendo se sonrió, pensando que iba a ser servido por una señorita con cofia y delantal blanco, delantal que le bajaba casi perpendicular desde el cuello. De nuevo sonrió y pensó: E*n Gijón, las chicas o tienen mucha teta o apenas tienen*. Se vio sorprendido en este pensamiento por una fuerte voz que procedía de una figura imponente.

—Chico, te has equivocado, ese sitio tiene dueño.

Nuel se sonrojó, más por haber sido pillado in fraganti en sus pensamientos que por la equivocación de sitio.

—Sí señor, usted perdone.

Don Hilario dobló en un cuatro su enorme estatura de más de 1,90; atusó sus estrechos y largos bigotes y colocó en su sitio la pajarita, que a Nuel se le antojó ridícula, y tuvo que esforzarse para que no se le notara el pensamiento. A continuación, don Hilario se colocó la servilleta, como si fuera un babero. Nuel, de pie, no le perdía movimiento.

— ¡Siéntate!

—Sí, señor.

—Bien, un chico educado. ¿Vas a estar mucho en Gijón?

—No, señor, hasta el sábado.

—Demasiado flacucha, ¿no?

— ¿Cómo dice, señor? No sé...

—Sí hombre, vi como la mirabas. Alicia no tiene carnes... sin embargo, Tula...

De nuevo se sonrojó, porque Alicia ya les estaba colocando las cafeteras en la mesa y temía que don Hilario...

—Vamos, muchacho, dile que tiene que echarse carnes... Sí, Alicia, o te echas carnes o nunca podrás ponerte mis lencerías.

—Estoy en ello, don Hilario, pero mi madre dice que las aguas de Gijón no me dejan engordar.

Nuel estaba atónito, aquello le sobrepasaba; sabía lo que eran "lencerías", porque había visto una revista que trajo su primo cuando vino de permiso de la mili, y en ella las chicas aparecían con lencerías de encaje, según le dijo él.

— ¡Lencerías...! ¿Llamas lencerías a eso que vendes?

Le replicó a don Hilario, Cándido Ardíz, un hombre de edad similar a la de su padre, también de una estatura y complexión parecida, es decir normal, pero que era capaz de plantarle cara a aquel hombre con apariencia de gigante; quizás por eso, le cayó bien Cándido.

—Chico..., por cierto, ¿cómo te llamas?

—Nuel Sanfeliz.

— ¿Nuel? ¿Ese es un nombre? —le inquirió don Hilario; pero antes de que Nuel pudiese responder intervino Cándido.

—Ya le has oído, ¡Nuel..., sí Nuel!, claro que es un nombre, ¿o todos los nombres tienen que ser del santoral?

—Me lo puso mi madre; mi padre dice que es el suyo cortado por la mitad.

—Pues Nuel, este que no entiende de lencerías es Cándido Ardíz, la revolución cenecista andante... ¿Tú sabes lo que es la CNT[12]?

Hilario y Cándido lo miraron sin esperar respuesta, no por su edad sino por su procedencia, delatada en su acento de la Asturias occidental... *¿Sabrá acaso leer?,* se preguntaban para sí.

—Sí, sí que lo sé, mi madre me explicaba lo que venía en el periódico cuando nos llegaba alguno a casa.

Cándido Ardíz se sentó, cogió la cafetera blanca y sirvió leche a don Hilario, a Nuel y luego a sí mismo, haciendo lo propio con la roja, sirviendo el café. Luego tomó su rebanada de pan, la untó con mantequilla y se dirigió al chico.

— ¿Te vas a América?

—Sí, a Santo Domingo.

—Y ¿de dónde vienes?

—Soy de San Feliz del Navia, pertenecemos a la villa de Grandas de Salime.

— ¿Eres de San Feliz o te apellidas San Feliz? —le inquirió don Hilario.

—Las dos cosas, soy de San Feliz y mi apellido es Sanfeliz, la única diferencia es que el apellido se escribe con una sola palabra, y el nombre de la *casería* con dos.

—Eso cae cerca de Galicia —matizó don Hilario.

—Sí, Lugo nos queda mucho más cerca que Oviedo.

Ya estaban en pleno desayuno, cuando se sentó el cuarto comensal, Lucio, un joven linotipista que militaba en las juventudes socialistas y en la UGT[13]. Posiblemente iba mal de tiempo, porque en unos minutos, mientras don Hilario hacía las presentaciones, se puso al mismo nivel en el desayuno, momento en el que hizo un alto para interesarse por sus compañeros de mesa.

---

[12] Confederación Nacional de Trabajadores.

[13] Unión General de Trabajadores.

— ¿Cómo va la burguesía catalana —preguntó Lucio, refiriéndose a don Hilario—, seguimos cabalgando a lomos del proletariado con bridas de lencería fina?
Sin darle tiempo a contestar se dirigió a Cándido.
— ¿Piensa la CNT ferroviaria que una vía sin obstáculos es lo mejor para llegar a una estación segura?

Cándido no se inmutó, en la seguridad de que Lució también daría la respuesta, como solía hacer con frecuencia.

—Pues yo os digo que la democracia burguesa es una dictadura disfrazada de parlamentarismo, que hace que una minoría nos explote, nos subyugue, nos exprima... Y frente a esto, compañeros, solo cabe el triunfo revolucionario del pueblo.

La verborrea de Lucio fue contestada por Cándido, mientras don Hilario intervenía de vez en cuando, pretendiendo poner paz entre aquellos dos aguerridos sindicalistas que ponían la vida en defender sus posturas.

Nuel estaba desbordado por un lenguaje que no comprendía del todo, pero que sí le interesaba, porque en lo que estaba oyendo recordaba las explicaciones de su madre: la Primera Guerra Mundial, la Revolución Rusa, los sindicatos, la Restauración, los conservadores... No le gustó la acusación de "políticos" que les hizo don Hilario, lo cual significó el final de la conversación y del desayuno, porque, entonces, eso significaba que su madre también era una "política", ya que le gustaba mucho hablar de estas cosas; además, también le recordaba que su padre le mandaba callar, porque era una "política", y sería mejor que no hubiese aprendido a leer y a escribir.

Se despidieron cuando la mayoría de los comensales ya había abandonado el comedor. Tula, desde la puerta de la cocina, le hizo la señal de que podía irse pero que volviera pronto, o, al menos eso le pareció entender, aunque no pudo confirmarlo, porque desapareció al recoger las cosas que le entregaba Alicia.

Bajaba las escaleras hacia la puerta principal. Los acontecimientos de las últimas veinticuatro horas ocupaban toda su mente e invadían su corazón en forma de sentimientos que le embargaban con una emoción casi indescriptible, solo superada por la ansiedad de lo próximo que le tocaría vivir...

LA CIUDAD

A punto de traspasar el umbral de la puerta del edificio, le llegaba un sinfín de nuevos sonidos, de los que solo identificaba los cascos de caballerías sobre suelo de piedra, diluyéndose con otros procedentes de alguna máquina... Tampoco tenía muchas referencias: una apisonadora de vapor que había compactado la piedra de la carretera que subía a la Villa; un par de coches que pasaban de tarde en tarde por la misma carretera, encima de su caserío; y la propia locomotora que lo trajo a Gijón.

Cruzó la puerta y se pegó a la pared del edificio, pues aquello que tenía delante era como la entrada de una colmena de abejas en plena recolección: gentes hacia arriba y hacia abajo mezclándose con carruajes de caballos que parecían transportar cosas; ciclistas serpenteando entre carruajes y peatones; por fin, un coche que se acercaba haciendo sonar un ruido parecido al de la caracola de su abuelo, la cual soplaba cuando le explicaba cómo se avisaban los barcos en la niebla.

Mirando a la derecha y dejando pasar el coche que se acercaba, dio dos pasos hacia la calle, cuando... ¡de pronto!, una campanilla que repicaba sin cesar lo paralizó, viendo que se le acercaba un vagón de tren sin locomotora; inmediatamente cayó en la cuenta de que era un tranvía y retrocedió los dos pasos; se arrimó de nuevo a la pared y comprobó que no lo hubiera cogido, pues la vía pasaba a cierta distancia de la acera.

Verdaderamente, le impresionaba aquella especie de tren, viéndolo por el medio de la calle, sin ruido, sin humo, solo la campanilla para avisar, con dos vagones y sin puertas, subiéndose la gente por la plataforma posterior y bajándose por la delantera.

Instintivamente miró el techo del vagón, porque su padre sí le había hablado un día de los tranvías, contándole que en Gijón ya funcionaban con electricidad, mientras que antes iban tirados por caballerías. Se sorprendió al reparar que el cielo de la calle estaba surcado por cuatro cables, como dos vías, una de ida y otra de vuelta; lo dedujo pronto, porque en ese momento se cruzaron dos tranvías. Cuando estaban desapareciendo, uno por cada extremo de la calle, de nuevo transeúntes, carruajes y bicicletas ocuparon las dos vías, las cuales no sobresalían del suelo, sino que se alineaban con los adoquines.

Aún le faltaba algo por ver: llegó en forma de coche y de carro; nunca había visto uno. Sabía lo que era porque en algún recorte de la Gran Guerra había visto columnas de *camiones* que transportaban soldados. El que tenía delante, en la parte del carro, llevaba un montón de cajas que contenían todo tipo de cosas: verduras, patatas, jaulas, gallinas y muchos sacos. Haciendo un cálculo rápido, posiblemente llevara lo que cabía en varios carros del país como el de su casa. Al pasar por su lado, le aturdió con un fuerte... —se acordó de pronto— *bocinazo*, pues había leído que lo que llevan los coches al lado del volante era una bocina para avisar.

No sabía qué más le faltaba por ver. Decidió mezclarse en el bullicio de la calle y dejarse arrastrar hacia donde iba la mayoría; el camión parecía señalarle el camino. Aunque estaba pendiente de todo: bicicletas, coches, camiones o tranvías que pudieran venir, observaba los edificios que se levantaban majestuosos a ambos lados de la calle, tres, cuatro y hasta cinco pisos. Había perdido de vista el camión, pero al cabo de un rato se dio con él de frente, lo estaban descargando.

Toda la carga la introducían en un edificio imponente que se sustentaba sobre unas columnas de hierro parecidas a las de las farolas, pero mucho más altas; el techo era de hierro y cristal y también alguna de las paredes laterales, y dentro había gentes caminando en todos los sentidos. Aquello era como la feria de la villa de Grandas, pero al por mayor, con todo tipo de comercios y mercancías...

— ¿Qué haces en el mercado? —*¿Quién me conoce a mí?*, se dijo para sí, reparando enseguida en una jovencita de su misma estatura, una sonrisa amplia, pelo ondulado, pelirrojo, que dejaba caer un bucle sobre el rostro.

—Soy Alicia —se anticipó a aclararle ante la cara de estupor y sorpresa que mostraba—. Sin el uniforme no me conoces. Vine a comprar cosas que nos faltaban para la comida.

Nuel ahora la vio diferente a su hermana, y por eso la miró de arriba abajo: tenía pechos, mientras que su hermana era plana, y aquel vestido de pliegues le marcaba una cintura de mujer.

—Sí, sí, ya te había conocido.

Esta mentira piadosa y el reconocimiento que le había hecho, para lavar la imagen de larguirucha que tenía de ella, le hizo ruborizarse; se había ruborizado más en las últimas horas que en toda su vida en San Feliz; y pensó: *¡No es para menos, con lo que me está pasando!*

Instintivamente siguió a Alicia mientras hacía la compra, hasta que la finalizó, momento en que ella se volvió y, amablemente, se despidió.

—Adiós, ya te veo a la hora de comer.

Alicia desapareció entre la muchedumbre. Nuel, queriendo salir del mercado por la misma puerta, tuvo que esforzarse para encontrarla. Lo logró porque al llegar a la calle vio el mismo camión, ahora cargado de cajas vacías. Al instante le alcanzó el rostro una ráfaga de viento fresco, que intuyó debía ser aire de mar, porque sintió una sensación nueva, similar a la brisa del atardecer que removía las hojas de los *humeiros*[14] en la orilla del Navia, pero con una fragancia diferente, quizás a salitre marina, aquella de la que su abuela decía, cuando iba a Ribadeo a tomar los baños: R*espirar aquel aire, con sabor a sal, es salud;* y decía también: *Cada poco me paraba para llenar completamente los pulmones de un aire que sanaba...* Nuel se paró, cerró los ojos e inspiró profundamente, como queriéndose llenar de aquel olor/sabor a mar; a lo mejor tenía razón su abuela, quizás fuese salud. Espiró suavemente, al tiempo que abrió los ojos mirando al cielo, contemplando un nítido azul primaveral.

El resto de la mañana fue como estaba preestablecido: salida con Tula para realizar las gestiones, trámites que comprobó ya habían sido iniciados por mandato de doña Pepita, puesto que alguno de los empleados hicieron referencia a ello y despedían a Tula con: *Saludos a tu madre.*

Todas las gestiones quedaron ultimadas hasta el día siguiente, que debía volver para firmar y abonar algunos pliegos de papel del Estado. El viernes dispondría del visado, del pasaporte y del billete para embarcar.

Tula lo dejó a la puerta del consulado, puesto que tenía que ayudar en la Pensión, y se despidió de él hasta la hora de comer, indicándole antes por dónde quedaba el puerto de pescadores, que era justo un par de calles por detrás de donde estaban ahora.

Según se dirigía al puerto, el olor/sabor a brisa marina se hacía más intenso, pero ahora mezclado... Frunció el ceño porque no le agradaba lo que le recordaba: sardinas conservadas en salmuera, que le gusta-

---

[14] Alisos.

ban mucho a su abuelo y que de vez en cuando su madre las ponía con *cachelos*[15].

Al doblar una esquina, inmediatamente descubrió de dónde venían unos graznidos que desconocía: eran unos pájaros blancos, que revoloteaban sobre los barcos atracados. De vez en cuando, los pájaros hacían picado sobre el agua para elevarse con lo conseguido, desperdicios que los marineros tiraban por la borda en una última selección sobre las cajas cubiertas de... ¿sal?, se preguntó, hasta que se acercó y vio que eran unos trozos gruesos, como de cristal. Salió de dudas cuando en el barco contiguo un marinero echaba paladas de aquello tirándolas por un agujero que había en el suelo del barco, al tiempo que gritaba: *¡Hielo va...!*. Un poco más allá, un carretero hacía caminar a su caballo hacia atrás, empujando el carro hasta un tope y una rampa, y también gritaba hacia los hombres del barco: *¡Hielo va!*

Se acercó al carretero, acarició al caballo que era fuerte y *roxo*[16], como su yegua Perla, y le preguntó:

— ¿Para qué sirve el hielo?

El viejo carretero lo miró con cierto asombro y lo interrogó.

— ¿De dónde sales? Pues... ¡para qué va a servir!, para conservar el pescado en frio.

Y siguió a lo suyo. Nuel se quedó con ganas de preguntar cómo se fabricaba, pero no lo hizo, aunque sí se agachó y cogió un trozo que había en el suelo. Lo analizó y vio que era idéntico a uno de los trozos de los carámbanos que pendían de las casas de la Villa en los inviernos más fríos, concretamente el último cuando subió con su padre, después de una intensa nevada, para arreglar papeles. A San Feliz no bajaban ni la nie-

---

[15] Patatas cocidas cortadas por la mitad.
[16] Alazán.

ve ni las heladas, debido a que era *ribera*, por eso allí se daban estupendas cosechas de naranjas y limones.

Junto a los barcos que cargaban el hielo, los cuales le parecían enormes, había muchos otros pequeños, que también estaban en afanada tarea: unos descargando pescado y otros arrastrando redes desde el muelle al barco. Se paró ante uno de tamaño medio donde había un hombre cocinando en un hornillo de leña, aunque le pareció que el humo que salía por la pequeña chimenea era demasiado negro. Observó que lo alimentaba con unas piedras negras, las cuales intuyó que debían ser de carbón. Hasta su nariz llegaba un agradable olor a comida, lo que le hizo pensar que se acercaba la hora de ir a la pensión.

Los pescadores le parecieron gente ruda, tosca, con un lenguaje especial, ya que algunas de las cosas que se decían no las entendía. Pero le llamó la atención que había *niños pescadores* realizando faenas como los mayores. Alguno no tenía más de doce años, y esto no era lo mismo que ayudar en las faenas de casa, como él hizo desde pequeño con el ganado, en la vendimia, en las recolecciones…, cuando no tenía que ir a la escuela, dado que su madre siempre decía: *Ir a la escuela es lo primero.*

De regreso a la pensión se preguntaba si las hojas de higuera hacían lo mismo que el hielo, pues su padre y su abuelo empaquetaban los salmones envolviéndolos en hojas de higuera para llevarlos a Vegadeo, desde donde salían para Gijón y para Madrid. ¿Habría sido verdad que su abuelo, hace ya bastantes años, enviaba los salmones para la Corte del Rey?; pues así se lo contaba, y debía ser cierto ya que el abuelo era un hombre de palabra.

Fue el último en llegar a la mesa, y lo cierto es que ni don Hilario, ni Cándido, ni Lucio le prestaron la menor atención, puesto que, como de costumbre, estaban enzarzados en sesudas cuestiones políticas, defendidas por cada cual con auténtica pasión. Don Hilario parecía haber tomado posición, y argumentaba sobre los valores tradicionales: les estaba relatando los catorce puntos del tratado de Versalles firmados por Wilson, como paradigma de la democracia y de la libertad.

—Vosotros sois los que os cargáis la democracia y la libertad —les dijo, acusando a Lucio y a Cándido—. ¡Revolución! Vuestro jefe Pestaña vino de su visita a Rusia y no parece que le haya entusiasmado mucho la gloriosa revolución. Y vuestra postura, Lucio, la de los jóvenes socialistas, parece que discrepa bastante de la de los dirigentes del PSOE[17]. ¿De qué estáis hablando..., Juventudes Comunistas?

Lucio se revolvió sobre la silla y, aunque con respeto, le contestó:

—Gracias a tus empresarios textiles de Cataluña, la revolución será posible, pues son ellos los que explotan al obrero: a mujeres y niños no solo los explotan, sino que los tratan como a esclavos. La revolución saldrá de las fábricas y de las minas.

Cándido, más sereno que Lucio, no aguantó más.

—Salarios de hambre, caciquismo, la tierra en manos de cuatro señoritos... Nosotros ya hemos empezado la revolución en Andalucía el año pasado, pero ¿quién adormece al pueblo, quién le impide avanzar? El clero, los curas. Las sotanas paralizan a un pueblo analfabeto, muerto de hambre —dirigiéndose expresamente a don Hilario—. Tú has viajado mucho, ¿acaso no has visto hambre y miseria por toda Andalucía, mientras los señoritos se pasean en jarré de cortijo en cortijo, con lustrosos corceles, que comen mejor que sus súbditos? ¿De quién es la tierra en Castilla, Extremadura o Andalucía?

Nuel no perdía punto de aquella conversación, aunque algunos términos le resultaban nuevos; sin embar-

---

[17] Partido Socialista Obrero Español.

go, la idea de que los poderosos son los que mandan y los pobres los que trabajan y obedecen no le resultaba nueva, como tampoco era la primera vez que oía que los curas siempre están a favor de los de arriba. En la Villa, le decía su madre: *¿Quién vive bien y tiene dinero? Pues los que se sientan en los primeros bancos de la Iglesia y tienen reclinatorio. ¿Quiénes envían a estudiar fuera a sus hijos? Pues los mismos. ¿Y a quiénes reverencia don Elías? Pues a ellos: buenos días don José, saludos a su marido, señora Guzmán... ¿De quién son las casonas y las mejores viviendas de la Villa? ¿Quién tiene los mejores caballos? ¿Sabes Nuel por qué los tíos y los primos de Sanzo pasan dificultades? Porque la casería no es de su propiedad, sino del Señor Guzmán; ellos son caseiros y el propietario se lleva la mitad y más de la mitad, porque tu tío aún tiene que hacer más jornales con los bueyes para trabajar sus fincas de la Villa. Por eso, hijo mío, tú nunca vas a ser caseiro; nosotros dentro de poco no tendremos que pagar ninguna renta, porque esta casería ya está en camino de ser desempeñada, gracias al abuelo, a tu padre y al tío Julián.*

Ahora Nuel encontraba la explicación de por qué su madre no siempre iba a la Iglesia, y ya tenía la explicación de por qué emigraba: para no ser *caseiro.*

Mientras reorganizaba los pensamientos, encajándolos dentro de lo que deducía de la conversación entre el "burgués", el "socialista" y el "anarquista", la comida estaba llegando a su fin. Cuando Alicia trajo los postres, es decir la fruta, le dedicó una, entre atrevida y pícara, sonrisa, lo que le dio pie para mirarla fijamente a los ojos y sonreírle. A continuación no tuvo duda en comprobar que el delantal blanco sí hacía una leve onda a la altura de los pechos, lo cual le llevó a concluir: *¡Nada que ver con la plana de mi hermana!* Creyéndose ver de nuevo pillado por don Hilario, antes de que le dijese nada, Nuel intervino.

—Yo creo que lo de la explotación es verdad, pues en mi pueblo hay caciques, quiero decir señores, que son dueños de muchas *caserías*, y la gente lo pasa mal para poder pagar. Y también he visto hoy en el puerto a chicos de doce o trece años que trabajan de pescadores.

Lucio lo miró con cariño y le despeinó el flequillo que, ausente de la humedad al peinarse, ya empezaba a desparramarse por su frente, diciéndole:

—Eres observador, chico.

Esa tarde, Nuel la aprovechó para conocer el Centro de Gijón. Tras pasar por delante del Ayuntamiento, se encontró junto a una Iglesia que ponía ante sí una fascinante visión: una playa inmensa en la que se batían, en incesante ir y venir, olas que rompían en una arena dorada. Le impresionó el mar Cantábrico visto de cerca, con su profundidad de azul o verde cuando se forman las olas. En donde estaba ahora, el oleaje batía sobre el muro, pero unos metros más allá las olas rompían en la arena y sobre los primeros bañistas de la temporada. Viéndolos en traje de baño, cayó en la cuenta de que le sobraba la chaqueta; la quitó, la dobló y la puso sobre el brazo izquierdo.

Cuando llegó a la zona de casetas, le hacía ilusión ver una mujer con indumentaria propia de playa. Al principio no vio ninguna, pero al llegar a la mitad del paseo, justo donde había más casetas y más gente, quedó sorprendido al contemplar varias chicas con una especie de camiseta que al final tenía una faldita corta, muy corta. Tuvo que hacer esfuerzos para que no le viniera a la imaginación... *la abuela tomando los baños en Ribadeo*; aunque al final se la imaginó, y no pudo por menos que soltar una carcajada.

Le gustaba aquella sensación de la brisa azotándole la cara; una brisa pura, con sabor solo a mar y no a pescado como en el muelle. Cuando empezó a observar menos gente y la ausencia de casetas, se dio cuenta de que había llegado al final de la playa; posiblemente había andado casi una hora.

Estaba ante una zona de prados cerrados, con casonas en medio y mucha arboleda; por su aspecto, suponía que se trataba de una zona de ricos; además, también, porque la única gente que veía eran chicas vestidas con cofia y delantal blanco, parecido a lo que vestía Alicia en el comedor, mientras que empujaban carritos de cuatro ruedas con niño dentro.

Hizo esfuerzos para recordar un libro en que aparecían estas chicas..., *ah sí, nurses...* se dijo. Una de estas nurses parecía ir hacia una de las casonas y la siguió a unos pasos. Cuando estaban llegando a la altura de la puerta, se abrió un portón muy grande por el que podían entrar dos carros a la vez; lo abría un hombre vestido de trabajo: pantalón de pana y en la mano una escoba; cuando fijó la segunda puerta al muro de piedra, se quedó firme y apareció un coche impresionante. Por fin, podía ver uno de cerca, era negro, tenía el morro con una rejilla plateada muy brillante. Se paró delante de la chica del carrito, le dijo algo y se fue. La chica entró por la misma puerta y Nuel pudo contemplar aquella finca por dentro. Había una calle haciendo curvas hasta la casona; jardines con flores, árboles, palmeras, mesas en el prado, bancos... y uno colgado de dos árboles que se movía, en el que se sentaban dos niños. El hombre de la escoba cerró las dos puertas y la visión se acabó.

Justo en aquel momento vio venir un tranvía con un letrero en la parte superior que decía "SOMIO-GIJON". Se quedó quieto en la acera; el tranvía aminoró la velocidad e instintivamente interpretó que lo hacía por él y, cogiéndose a los pasamanos de la plataforma, se subió; era su primer viaje en este modo de transporte. El traqueteo era inferior al del tren, pero le causaba una sensación maravillosa con las ventanillas bajadas, abriéndose paso por entre gentes, coches y carruajes, pudiendo asomarse y observarlo todo. Pasó por delante de un cine, por una calle llena de muchos comercios con escaparates, por un parque donde había soldados y nurses, por delante de un teatro y también del mercado.

El edificio del teatro le hizo presente que él nunca había ido al cine ni tampoco al teatro, y en ese instante se dio cuenta que acababa de pasar ante el mismo mercado donde estuvo por la mañana. Sin pensarlo, salió a la plataforma y de ella saltó a la calle, al menos allí sabía dónde estaba. Durante un buen rato exploró la zona, que dedujo debía ser el centro de la ciudad, porque volvió a pasar junto al teatro, por delante de otro cine, por la calle de los escaparates... Hizo un alto en un cruce vías, por donde supuso podían pasar dos o más tranvías a la vez; le pareció algo así como una estación, aunque no lo era, porque solo había un par de marquesinas para esperar. Se sintió cansado y se sentó, pues, aunque no esperaba ninguno, le entretenía el bullicio de aquel cruce.

—Hola, ¿te estás aburriendo?

Sorprendido, se volvió hacia aquella voz que le resultaba conocida y se encontró con la esbelta Alicia. Se levantó y sonriendo le contestó.

—No, no me aburro, descansaba. ¿Vas a coger el tranvía?

—Sí, el de la Calzada.

— ¿Vives allí?

—Con mi madre y mis hermanos. Mi padre murió en la Camocha, en una explosión de grisú.

Nuel puso cara de pesar por el fallecimiento de su padre, y de incomprensión al mismo tiempo, interrogándola.

— ¿La Camocha y el grisú?

—Ah, no entiendes. La Camocha es una mina de carbón, y el grisú es un gas que explota y mata a los mineros, y en esa mina hay más grisú y agua que carbón.

Pareciéndole triste la conversación y dándose por enterado la cambió.

— ¿Saliste ahora?

—Si, a las cinco, pero entré a las seis de la mañana. Doña Pepita es muy buena conmigo, me deja ir a dormir a casa, porque mi madre entra a trabajar a las diez de la noche.

— ¿No tienes que estar hasta esa hora?

—No, solo tengo que llegar antes de las nueve.

Nuel quedó pensativo sobre la pregunta que le había hecho y sintió que le gustaba estar con Alicia; era la única persona que conocía en Gijón y él ya era mayor, puesto que le faltaba poco para cumplir los 16 años; por tanto, no se vería mal que la acompañase hasta su casa.

Se fijó en los ojos de Alicia, que se habían clavado en los suyos interrogantes, y se dio cuenta de lo hermosos que eran; toda ella era una preciosidad. Ahora, el color pelirrojo del pelo resaltaba su rostro blanco... ¿con pecas? Ah, pues sí, y además la hacían graciosa. ¿Le habían crecido los pechos desde la mañana?, o... ¿por qué ahora se los veía más de mujer? Era especialista en sonrojarse, porque, en este punto de sus conclusiones, los colores le sobrevinieron; como si se hubiera dado cuenta, Alicia le echó un capote.

— ¿Vamos al cine?

—Bueno. ¿Qué dices?

Alicia, viéndolo despistado, puntualizó.

—Te digo que, si quieres, podemos ir al cine, tengo tiempo; dan una película de Chaplin que me dijeron es preciosa.

—Es que yo nunca fui al cine.

—No te preocupes, yo te enseño...

Ante aquella situación, Alicia perdió su blancura de tez, sobreviniéndole el sonrojo, porque acababa de invitar a un chico y estaba diciendo cosas sin sentido. *¿Y si la viera algún vecino?* Pero todo estaba dicho, y ya solo quedaba cumplir lo prometido. Nuel aún seguía como poseído y solo se le ocurrió preguntar:

— ¿Enseñas qué...?

Alicia capeó la situación reaccionando serenamente.

— ¿Nos vamos?

Se pusieron en camino, sin que al principio les saliesen las palabras, pero ella creyéndose en la obligación de romper el silencio, puesto que había sido la promotora de la situación, le preguntó:

— ¿Por qué te vas a América?

Hace dos días no sabía por qué, pero ahora le salía la respuesta.

—Porque no quiero ser *caseiro* aquí. Me voy a América porque allí trabajaré sin que nadie me explote, podré ahorrar dinero y un día volveré para comprar mis propias tierras y hacer mi casa.

— ¿Qué es ser *caseiro*?

Nuel se lo explicó y Alicia le replicó.

—Pero aquí puedes trabajar en la mina, o en la pesca. Yo tengo un primo que trabaja en los talleres del ferrocarril, y mi hermano, que es más pequeño que yo, está de pinche en un taller.

—No sé nada de mina ni de pesca, y menos de ferrocarril, pero algo que veo claro es que aquí los patronos explotan a los obreros. ¿Por qué murió tu padre? Lucio dice que en las minas los dueños no gastan nada en seguridad, solo piensan en sangrar y sangrar al que arranca el carbón.

—Ya llegamos. Ahora tienes que ir a la taquilla y sacar las entradas.

DESCUBRIENDO EL AMOR

Aquel día, de tantas y nuevas sensaciones, el cine no fue una sensación menor. Le pareció fantástico poder ver en aquella sábana grande una serie de fotos que se movían, plasmando la vida real en la pantalla; y además, nunca había escuchado una música de tantos instrumentos juntos. La historia era simpática y, por momentos, no podía contener la risa; pero esto no le impedía tener otra sensación, también nueva, la que experimentaba al estar sentado al lado de una chica que le gustaba, no solo porque era preciosa..., sino porque hacía que en su interior surgiese algo nuevo, diferente a todo lo que había experimentado hasta ahora. Aquello... ¿sería amar?, ¿estaría enamorado?

Miró a Alicia y ella estaba disfrutando con la película, se reía y se removía en la butaca por la fuerza de la risa. Nuel estaba como paralizado; el sentirla a su lado le producía una sensación especial, algo que hasta entonces no había experimentado ante ninguna chica. Lo máximo fue cuando su pie tropezó en el de ella y no solo de un modo fortuito, o sí, y después sus piernas se apretaron una contra otra y la sensación pasó a ser un vértigo que le recorría todo el cuerpo haciéndosele como un nudo en el corazón. Se fijó en la pantalla, pues no quería ver la reacción de Alicia, e instintivamente apoyó su brazo en el de la butaca, y allí su mano se encontró con la de su acompañante, que se abrió para fundirse en un fuerte apretón con la suya, dedo contra dedo, como una sola mano.

El resto de la película ya no contó, solo ansiar que aquel instante no pasase y que las luces del patio de butacas no se encendiesen. Pero no fue así, la película finalizó, los dos se pusieron de pie y con toda normalidad esperaron el turno para salir.

Desde el vestíbulo del cine se veía en el exterior la luz de un sol radiante de atardecer reflejándose en los edificios de enfrente, lo que le hizo a Nuel tomar la determinación de acompañar a Alicia a su casa. Mientras salían, avanzando en fila hacia la calle, buscaba la fórmula para proponérselo.

Una vez estuvieron fuera, aquel sol resplandeciente iluminó el rostro de Alicia, aún más bello por la tonalidad que adquirían su piel y sus pecas, resaltando el inmenso azul de los ojos. Fue un momento inenarrable, de silencios, solo miradas; la de Alicia, con cara de niña desasistida, indefensa, enamorada…, muy diferente a la jovencita, a la mujer casi, que se defendía con descaro entre las mesas del comedor, o a aquella que compraba como mujer avezada, regateando con firmeza en el mercado; y la de Nuel, que descubría para Alicia la intensidad de sus ojos verdes, en una mirada limpia de un chico inteligente, pues le había oído entrar en la conversación con don Hilario, Cándido y Lucio; además, guapo y alto, pues siendo de su misma edad, no considerándose baja, la superaba en estatura.

Hicieron el trayecto hasta las marquesinas del tranvía donde se habían visto por la mañana, sin mediar palabra, solo se miraban y cada cual en sus pensamientos. Sin apenas esperar, llegó el tranvía que ponía "A la Calzada" y también, sin mediar palabra, los dos saltaron a la plataforma. Se sentaron. Nuel aún no había encontrado la fórmula para preguntarle si la podía acompañar.

—Eres un chico muy listo, escuché cómo les hablabas a los de tu mesa y les decías cosas que yo no entiendo. ¿Sabes leer y escribir?

—Pues claro. Mi madre dice que lo primero es la escuela.

—Yo casi no pude ir a la escuela, soy la mayor de siete hermanos y siempre he trabajado: primero sirviendo en casas y ahora con doña Pepita, donde estoy muy contenta. Pero sé leer y escribir... —se turba y añade—, aunque muy despacio. Mira, ahora estamos pasando frente a los astilleros donde se hacen los barcos. Allí hay uno que está a punto de ser botado.

— ¿De...?

—Ah..., de ser botado. Eso quiere decir que están a punto de quitarle los anclajes en el astillero y echarlo al mar.

—Entonces, ¿el puerto del Musel... está cerca?

—Bueno, está un poco más allá de la Calzada. Por detrás de mi barrio hay almacenes y talleres donde trabajan muchos de mis vecinos.

— ¿Y la Camocha, también está por aquí?

—No. Te acuerdas, ¿eh? Pero aquí, sí viven muchos mineros. ¿Cómo es tu pueblo?

—No es ni siquiera un pueblo, ni una aldea, es un caserío, una *casería*, como decimos nosotros, y no hay más casas que la nuestra. En la planta baja tiene la cuadra y la bodega, a un lado el corral y al otro un hórreo y un pajar. En la primera planta está la vivienda, cuya puerta principal da a una antojana donde se inicia el camino que sube a la carretera. No solo es un camino de carros, sino que un primo mío llega hasta la puerta de casa en bicicleta. En la parte de arriba hay un desván con ventanas, donde se guardan algunas cosechas, y en el invierno es donde hacemos las esfoyazas. Después, enfrente de la puerta de la casa, hay un edificio pequeño donde tenemos el horno y curamos la matanza. Luego, apartado de la casa, tenemos el cortín con las colmenas y un palomar; ah sí, también tenemos una capilla... abandonada.

Alicia no entendía la mitad, dadas sus vidas tan distintas, pero mostraba interés, lo que hizo que Nuel no lo advirtiera.

— ¿Cuántos vivís en la casa?

—Mis padres, mis abuelos, mis tres hermanos y yo; ah..., y también el criado.

—Y ¿cabéis todos?

—Claro, es una casa grande, tiene dos cocinas, una de leña y la económica, un corredor grande con dos galerías, una a cada extremo, y seis habitaciones.

— ¿Y por qué te vas a América?

A Alicia no le cuadraba aquello, parecía una casa como las de Somió y sin embargo...

—Porque antes, todos los hermanos de mi padre se marcharon de casa: unos se fueron a América y los que no, son *caseiros*, y yo no voy a ser *caseiro*.

Alicia no tenía muy claro lo que era ser *caseiro*, ni en qué consistía una *casería*, por lo que le pidió a Nuel que le hablase de ello.

Este tema lo conocía a la perfección porque era uno de los motivos por los que emigraba:

—En la *casería* se cosecha bastante para comer; para los trabajos del campo tenemos dos bueyes, un caballo y una mula; las cuatro vacas nos dan leche y terneros que vendemos; también tenemos un rebaño de ovejas, recolectamos miel, cosechamos vino, matamos varios cerdos, sacamos truchas y salmones del río y, además, hay un palomar que nos da pichones; sin embargo, todo eso no es suficiente para vivir bien, pues, aunque no pasamos hambre, mi madre no cuenta con el dinero necesario para comprar ropa, zapatos, utensilios para la casa, y, a veces, el aceite y el azúcar andan escasos. Y no hay ese dinero porque la mitad de todo lo que producimos en la *casería* corresponde al amo, porque nosotros aún no somos propietarios sino *caseiros*.

Con esta conversación y comentarios sobre lo que iban viendo en el trayecto se les pasó el tiempo, de modo que se bajaron un poco después de donde debían hacerlo.

Nuel, nada más bajarse, aunque lo venía advirtiendo poco a poco, se dio cuenta de que aquel Gijón nada tenía que ver con el Gijón del centro o el de Somió. Eran casas de planta baja, en hilera, casi no se sabía dónde empezaba una y terminaba la otra. Las calles trasversales a la principal estaban sin adoquinar, eran de tierra, se veían socavones que, en época de lluvias, debían ser verdaderos pozos, las fachadas estaban sin pintar, descascarilladas y sucias.

Caminaban sin previamente haberlo decidido, y Alicia se daba cuenta de la desilusión de Nuel.

—Son muy antiguas, las hicieron los patronos para los trabajadores porque no tenían donde vivir, sino en barracones. Y lo sucio de las paredes es por el humo de las chimeneas y el polvillo del carbón que embarcan en el Musel.

Alicia no le había dicho dónde quedaba su casa, caminaban simplemente. Se cruzaron con mujeres y hombres, algunos saludaban a Alicia, las mujeres además se quedaban observando al acompañante. Era gente que vestían pobremente. A Nuel se le antojaba que aquellas personas estaban hambrientas, aunque no se lo comentó.

— ¡Alicia, Alicia, Alicia….! —gritaba un niño a lo lejos corriendo con un cesto en la mano.

Alicia apuró varios pasos, adelantándose a Nuel, y se agachó para abrazar a aquel niño que dejaba caer el cesto en el suelo mientras cruzaba los brazos tras el cuello de su hermana.

— ¡Mira Alicia, mira cuánto carbón conseguí esta tarde! ¿Me traes algo hoy?

La hermana abrió una especie de bolso, más bien una bolsa de tela, metió la mano, sacó un mendrugo de pan y se lo dio, empezando el niño a devorarlo con ansiedad.

Nuel observaba a los dos, y reparó en el cesto lleno de carbón, imposible para un niño diminuto en estatura y en carnes, y se fijó también en el mendrugo de pan que no era sino el resto de una de las rebanadas del desayuno. También reparó en su desaliño: cara sucia, los surcos de los mocos teñidos por el carbón, camisa y pantalón raídos y unas alpargatas con suela de esparto deshilachadas por los bordes.

Miró a Alicia, sonrió sin pedirle explicaciones, confortándola, pero en su rostro halló tristeza, aunque nada de su belleza había desaparecido.

—Es mi hermanito, el segundo empezando por abajo, me quiere mucho. —Refiriéndose al mendrugo de pan—. Doña Pepita me da todos los días los restos de pan que sobran en las mesas.

Las gentes que caminaban o transitaban de un modo despreocupado de pronto empezaron a agilizar sus pasos, muchos metiéndose en las casas, al tiempo que del fondo, quizás dos o tres calles más allá, donde empezaban los talleres y los almacenes, venía un sonido como de multitud. Para Nuel era nuevo, como con todo lo demás, solo podía compararlo con el ruido de una feria en la Villa o el de las romerías, aunque aquel era diferente; no era de fiesta ni de algarabía, sino más bien de protesta, de riña, de dolor... Luis, el hermano de Alicia los miró, y con pánico en sus ojos dijo:

—Vamos, son los guardias que pegan a los obreros.

Alicia cogió el cesto de carbón, y los tres caminaron hacia donde se suponía debía estar su casa. En el siguiente cruce, a la izquierda, en el fondo de la calle, se veía una multitud que gritaba y amenazaba a unos guardias a caballo. En una calle paralela se oía el galopar de otro caballo y casi de inmediato les sobresaltó el grito de una persona quejándose, quizás por el golpe recibido. Apareció el caballo con su jinete, que era un guardia, y se alejó en dirección a la multitud. Alicia se detuvo ante una casa de las mismas características que las que estaban viendo desde que se bajaron del tranvía.

—Es aquí. Toma, Luis, entra y dale el carbón a mamá.

Nuel miró a Luis, le sonrió e intentó confortarlo.

—Chaval, eres todo un hombre... ¡con esa fuerza para llevar el cesto!

Luis cogió el cesto como si no pesara, miró a Nuel y también le sonrió; se dio media vuelta y entró en casa. Mientras Nuel lo seguía con la mirada, un grito desesperado de Alicia le hizo sobrecogerse. Al volver la mirada hacia ella vio cómo se alejaba corriendo mientras gritaba.

— ¡Ricardo, Ricardo, Ricardo....! ¿Qué te han hecho esos desgraciados? ¿Qué te han hecho esos criminales?

Alicia se acercó a un muchacho que caminaba debilitado y asustado por la sangre que arroyaba por su cara.

Nuel cogió el bolso que Alicia había dejado caer y se acercó también al muchacho que su hermana traía cogido por los hombros, tras haberle hecho una primera inspección.

—No te preocupes, Ricardo, es solo una pequeña brecha en la cabeza.

—Ese ¡hijo de puta! que va ahí —refiriéndose al guardia a caballo— me dio con todas las ganas, yo solo estaba mirando; acababa de salir del taller y lo único que hacía era escuchar a Lucio que hablaba a la gente; no hacíamos nada, solo escuchábamos...

Alicia, viendo que lo de su hermano era una simple brecha, le pidió a Nuel el bolso, lo abrió y sacó un pañuelo con el que le limpió la cara y luego lo aplicó sobre la herida, presionando para que dejara de sangrar. No se apuraba en entrar en casa porque prefería que su madre viera a Ricardo sin sangre.

—Ricardo, este es Nuel, un amigo mío que está en la pensión de doña Pepita —mirando a Nuel más tranquila—. Este es mi hermano, es el mayor después de mí. Y a Lucio, ¿le pasó algo?

—Sí, ¡esos cabrones! lo llevaron esposado con otros dos de la CNT.

Al llegar frente a su casa, Alicia levantó el pañuelo, vio que no manaba sangre y lo despidió.

—Anda, entra, porque Luis le estará contando a mamá lo de la manifestación y empezará a preocuparse por ti.

—Adiós —mirando a Nuel—, y ten cuidado con ¡esos hijos de puta!, que no preguntan pero dan.

Nuel no sabía qué decir, estaba sobrecogido con esta situación, quería hablarle a Alicia y no le salían las palabras. Pero ella, ya calmada, lo miró con ternura rompiendo el silencio.

—No te preocupes, esto aquí es normal. Ahora podrás entender por qué Lucio y Cándido hablan así. Vuelve al centro, no quiero que te pase nada, porque el sábado tienes que embarcar para América.

El sol se ponía por detrás del Musel y el color del ocaso se reflejaba ahora sobre el rostro de Alicia, borrando sus pecas y confundiendo casi su tez y su pelo rojizo.

A Nuel se le aceleró el corazón, quería decirle lo que sentía y no podía.

—Bien, mañana te veo en el desayuno.

La puerta de la casa se abrió y de la oscuridad surgió una mujer vestida de negro que se dirigió con autoridad a su hija.

—Alicia, ¡entra!

El viaje de regreso en el tranvía fue para Nuel un continuo poner en orden sus ideas, los acontecimientos, lo vivido... Pero los sentimientos no se pueden ordenar y el amor que sentía por Alicia fluía de su corazón y trascendía a su pensamiento. Cuando pudo pensar algo coherente, le vino a la mente Tula: ¡No podía dormir con ella!

Llegó tarde, los comensales estaban terminando. En su mesa estaban don Hilario y Cándido. El sitio de Lucio se encontraba vacío, y entre el lugar de Lucio y el suyo, en la esquina, estaba sentado un muchacho de más o menos su misma edad.

Se sentó, saludó, y mirando a Cándido, refiriéndose al sitio de Lucio, les comentó:

—No va a venir esta noche, lo han detenido en la Calzada.

Cándido se encendió, perdió la compostura y dio un puñetazo sobre la mesa.

— ¡A estos hijos de puta no les basta con matarnos de hambre, con la miseria que nos pagan! ¡Tienen que detenernos! ¡Meternos en la cárcel!... ¡Que nos fusilen de una puta vez!

—Siéntate, Cándido –intervino don Hilario cogiéndolo por el brazo—, no logras nada así, la lucha sindical la estáis llevando bien, tanto los de la UGT como vosotros la CNT hacéis lo que debéis, pero ellos son el poder.

Nuel siente que debe completar la información.

—También detuvieron a dos de la CNT.

Cándido lo miró agradecido, asintió a don Hilario y se sentó desilusionado.

—Yo debía estar en esa manifestación, pero no pudimos reparar a tiempo la máquina que salía para Puente de los Fierros.

Los dos se dieron cuenta de que Nuel no conocía al nuevo compañero de mesa y don Hilario, una vez más haciendo de anfitrión, se lo presentó.

—Este es Rogelio, viene de tu zona y también se va para las Américas.

—Hola, me llamo Nuel y soy de la villa de Grandas, bueno, de San Feliz.

—Yo de Monteserin, pertenece también a Grandas.

—Ah sí, sé por dónde queda pero nunca estuve allí.

—Ya sabía yo que los dos erais vecinos, pues tenéis acento gallego –aclara don Hilario.

Tula enseguida le trajo la cena a Nuel y lo saludó con cierta picardía.

—Hola Nuel, ¿lo has pasado bien?

—Sí —le contestó sin mirarla, empezando a comer.

Cuando estaba terminando —don Hilario y Cándido ya se habían ido— se acercó doña Pepita.

—Ya conoces a Rogelio, él también embarca contigo en el Cabo Vidio. Mañana tienes que ir al Consulado a recoger el visado y a la Naviera a recoger el billete. Rogelio tiene que hacer lo mismo, ya que los trámites los tiene adelantados. Así que hacéis esto los dos a primera hora. Por lo tanto, ahora a dormir.

Doña Pepita los trataba más como un familiar que como una posadera. Los dos se levantaron y se dirigieron a la habitación. Por el pasillo, Rogelio le preguntó en donde se hacían las necesidades, indicándole Nuel la puerta del retrete, mientras él entraba en la habitación. No se dio cuenta de despedirse de su compañero, porque su mente seguía ocupada en lo que vendría después... ¡Menuda papeleta!, decirle NO a Tula y procurar que Alicia no supiera lo que estaba ocurriendo.

Se llevó una sorpresa al entrar en la habitación, porque había dos camas. *¡Ya está!*, se dijo, *la nueva será para mí y Tula ocupará la otra.* Poco le duró la ilusión porque entró Rogelio y tomó posesión de la nueva cama, sentándose sobre ella, al tiempo que se quitaba los zapatos.

— ¿Tú duermes ahí?

—Sí. Me dijo Tula que en esa duermes tú.

Lo dejó con la palabra en la boca, abrió la puerta y fue al baño. No se lo podía creer, o no se lo podía imaginar: *Rogelio en una cama y Tula y él en la otra.* Aquello ya no era un secreto... *¿Qué va a pasar con Alicia?* Regresó, se quitó la ropa y se acostó rápido; pretendía dormirse pronto y lo logró, ante el asombro de Rogelio que tuvo que levantarse para apagar la luz en su cabecera.

La locomotora de la mañana lo despertó en su segundo pitido, y lo hizo en un sobresalto, incorporándose y mirando a su alrededor. Su ropa estaba colgada en la misma silla donde la había dejado, tenía puesta la camiseta y los calzoncillos, Rogelio dormía y la otra parte de su cama estaba completamente hecha, podría decirse que casi toda la cama estaba sin deshacer porque él había dormido acurrucado sobre el larguero derecho. Indudablemente, Tula no había dormido allí. Respiró profundamente, como queriendo inspirar los primeros rayos de sol que penetraban por la ventana. Ansiaba ver a Alicia, seguramente ya estaría en el comedor. Se levantó, se puso el pantalón, cogió la camisa en la mano y llamó a Rogelio.

— ¡Rogelio!, ¡la hora!, ¡levántate! —Al comprobar que había abierto los ojos—. Voy al retrete y te espero en el comedor.

En su mesa solo había cuatro cubiertos, ya no estaba el de Lucio, y en todo el comedor la conversación era lo ocurrido la tarde anterior. Alicia se le acercó por detrás.

—Buenos días. ¿Llegaste bien?

El ansia por verla se vio colmada; estaba preciosa, radiante, le parecía un sueño, el corazón le palpitaba; tenía que hablarle antes de que vinieran los demás.

—Sí. ¿Cómo está tu hermano?

—Bien, no fue nada, solo el susto. —Alicia miró a la puerta con recelo por si se asomaba doña Pepita o Tula—. Mamá sí lo pasó mal cuando se enteró.

— ¿Hoy vas al mercado?

—No, hoy le toca a Tula porque hay que hacer una compra mayor, pero a las doce tengo que ir al costurero a recoger sábanas y manteles que tenemos allí para repasar. Está junto al cine donde estuvimos ayer, y no tengo que volver hasta la una menos cuarto. Si quieres nos podemos ver allí. —Depositó la primera cafetera y continuó con el ritual de los desayunos, sin esperar la contestación de Nuel, ya que la adivinaba.

Nuel tenía la primera cita concertada y eso le llenaba de orgullo, se sentía feliz. Estuvo dicharachero durante el desayuno con don Hilario, con Cándido y hasta con Rogelio, que al principio no le cayó bien, primero porque no habló mucho en la mesa y después porque pensó que iba a ser él quien desvelaría a Tula el encuentro que iba a tener con Alicia.

Para compensarlo se portó como un buen anfitrión: en primer lugar porque conocía un poco Gijón y, en segundo lugar, porque eran casi vecinos. Así que, mientras iban para el Consulado, dieron un rodeo por el Mercado, por la calle de los cines y de los escaparates; se pararon frente a uno en el que había sobres, papel y plumas, surgiéndole la idea que le expuso a Rogelio.

—Tendremos que comprar papel, sobres y pluma para escribir a casa cuando vayamos a salir de Gijón.

Rogelio lo miró indiferente.

—Mira esta, dice... que no necesita tintero para mojar..., es..., es... —leyendo—, "es-ti-lo-gráfica". ¡Fíjate, escribir sin mojar! Voy a preguntar lo que cuesta.

Entraron en la tienda, le pareció que estaba dentro de su presupuesto, además tenía más dinero de lo que iba a necesitar, así que la compró, lo mismo que papel, sobres y un tintero de repuesto.

Era la primera compra importante que hacía; ¡no se podía creer que fuera propietario de una pluma estilográfica! Miró a su amigo, quizás buscando ver en él un atisbo de envidia, pero Rogelio seguía indiferente ante la compra.

— ¿No te gusta?

—Sí.

— ¿Te gustaría tener una?

—Sí.

Nuel creyó que no tenía dinero para comprarla.

—No te preocupes, cuando la necesites yo te la presto.

El poco entusiasmo de Rogelio por la estilográfica lo comprendió Nuel en el Consulado cuando tuvieron que recoger los documentos y el visado y tuvieron que firmar. Rogelio no sabía leer ni escribir, lo que le hizo avergonzarse, más ante Nuel que ante los empleados del Consulado. En la Naviera solo tenían que recoger los billetes y les dieron información de lo que debían hacer, primero explicándoselo y luego entregándoles un papel con las normas: hora a la que tenían que estar en el Musel, qué debían hacer con las maletas... Pero lo más interesante fue que, al verlos juntos, les permitieron estar en el mismo camarote.

Cuando salieron, Nuel le leyó a Rogelio el papel que les habían dado y le enseñó el puerto pesquero; luego le dio indicaciones por donde se iba a la playa y por donde se tenía que volver hacia el centro. En el muelle, viendo en el reloj de la lonja que eran casi las doce, hora de la excusa, sin pensarlo, se la lanzó.

—Rogelio, ahora es mucho mejor que vayas tú solo, porque es el modo de que aprendas a moverte por Gijón. Yo lo hice ayer, y hoy ya sé ir a muchos sitios.

—Vale, te veo para comer. —Se despidió ingenuamente el pobre Rogelio, que indudablemente hubiera preferido que su vecino lo acompañara.

Nuel desapareció por la siguiente esquina, mientras Rogelio se encaminó hacia el Ayuntamiento, agilizando los pasos porque quería llegar al cine antes de que lo hiciera Alicia. Como así fue. Cuando la vio venir, fue a su encuentro.

—Hola.

—Hola.

— ¿Tienes que recoger ahora las cosas?

—No, hasta las doce y media puedo...

— ¿Damos un paseo? Ayer vi un parque donde había soldados y chicas con niños.

—Sí, Begoña. Vamos hasta allí.

Era un lugar apropiado para pasear y charlar, pero también para sentarse, lo cual hicieron después de dar dos paseos. A esa hora estaba concurrido y muchas parejas charlaban animadamente. Prefirieron sentarse,

77

porque así podrían aprovechar aquella media hora para hablar más íntimamente. Alicia sabía que el día siguiente era viernes y el sábado Nuel navegaría hacia América. Por lo tanto "sus tiempos" no eran los mismos que los de las demás parejas y se dejaría coger la mano si Nuel lo intentaba. No podrían besarse, pero le gustaría que se lo propusiese. Nuel emocionado, no por los pensamientos de Alicia que ni adivinaba, tomó la carpeta de cartón que llevaba en la mano, apartó las gomas y la abrió, sacando de ella la estilográfica.

—Mira, la acabo de comprar.

— ¿Qué es? —le preguntó Alicia sin haberse fijado demasiado, lo cual descolocó a Nuel.

—Es una estilográfica, con ella puedo escribir sin tinta, quiero decir sin mojar constantemente en el tintero.

— ¡Ah, qué bonita! ¿Has podido comprarla?

—Con el dinero que me dio mi abuelo y aún me sobró. —Sacó un papel, lo puso sobre la carpeta, y abrió la estilográfica disponiéndose a escribir—. Dime tu dirección, así podré escribirte nada más llegar, mejor aún, te iré escribiendo una carta a lo largo de toda la travesía, y cuando llegue la pondré en un sobre y te la enviaré.

Aquello la cautivó, le pareció muy bonito, más que cogerle la mano o darle un beso, y se la dictó emocionada. Cuando terminó de escribir, Nuel le ofreció la carpeta con otro papel y la estilográfica.

—Ahora escribe la mía en Santo Domingo, mejor dicho la de mi tío, que es donde voy a estar.

Alicia se turbó, pero, por la confianza que tenían, se repuso y le empujó la carpeta.

—No, escríbemela tú, ya sabes lo despacio que yo escribo... —Sonriéndose—. Pero te prometo que voy a aprender a escribir y leer "bien" y "de prisa", porque como dice tu madre "es lo más importante".

Había complicidad entre los dos, confianza..., pese al poco tiempo que hacía que se conocían. Nuel, con un gesto de responsabilidad, le dio su dirección, guardó la suya en la carpeta, cerró la estilográfica, depositándola en un bolsillo de la chaqueta y se quedó fijamente mirándola.

—Alicia, me gustas mucho, yo creo que te quiero; nunca he tenido novia, pero me gustaría que tu fueses... mi novia.

Aquello sobrepasó las expectativas de Alicia, que se vio sorprendida en sus pensamientos, aunque lo de "creo que te quiero"... no la dejó indiferente, y con toda normalidad le respondió.

—También tú me gustas a mí, pero "no lo creo" me gustas, eres un buen chico, y en estos dos días me enamoré de ti. —Le cogió la mano apoyándola en el asiento y ocultándola entre los dos, al tiempo que se acercó un poco a él para que no quedase a la vista—. Esta tarde, si quieres, podemos quedar como ayer para ir al cine, ponen Juana de Arco.

El parque no daba mucho más de sí, salvo conversaciones y la mano oculta, y ensimismados continuaron hasta las doce y media, cuando oyeron el carillón del reloj del Ayuntamiento.

A las seis de la tarde, Nuel tuvo el mismo problema con Rogelio que había tenido por la mañana, debía despistarlo y no sabía cómo. Pero tuvo una genial idea, recomendarle la película de Chaplin que él había visto la tarde anterior, y, como la había visto, no lo iba a acompañar. Rogelio echó un vistazo a las monedas que tenía en el bolso y le preguntó:

— ¿Cuánto cuesta?

—Te llega, además tú no tienes que comprar estilográfica..., aunque si necesitas para otras cosas yo te doy.

Perversamente, lo dejó en el cine con la entrada comprada, aunque esperando en la cola a que abrieran la puerta, mientras él voló al encuentro con Alicia en la marquesina del tranvía.

LA DESPEDIDA

No tenía experiencia, pero el instinto llevó a Nuel a buscar sitio en la última fila bajo el pretexto de que parecía que estaba todo lleno, cuando lo cierto es que llena, casi llena, estaba la última fila, quedando solo dos butacas vacías. Pero a Alicia le inspiraba el mismo sentimiento y no era necesaria justificación.

Se hizo la oscuridad y aquellas dos butacas se convirtieron en el lugar más íntimo que pudieran imaginar o desear. Nuel pasó su brazo derecho sobre los hombros de Alicia, mano izquierda fundida sobre su mano izquierda, la pierna derecha de él contra la pierna izquierda de ella y la mirada de los dos confirmando el deseo de sus corazones: que sus labios ardieran en el fuego de la pasión, como ocurrió repetidamente durante toda la sesión.

En el recorrido hacia la Calzada eran conscientes de que solo les quedaba el día siguiente. En el tranvía viajaban gentes que Alicia conocía y no podían dar muestra de lo que sentían el uno por el otro, lo mismo que en el trayecto a pie por el barrio. Apurando ya el último recorrido, acordaron que al día siguiente Alicia le enseñaría la zona de Cimadevilla, que era el barrio viejo de la ciudad y después que visitarían el cerro Santa Catalina... Alicia con cierta picardía le sonrió y le dijo:

—Allí van muchas parejas a pasear...

Era una hora parecida a la del día anterior, pero la puerta de la casa de Alicia estaba abierta y, en la oscuridad de dentro, se adivinaba la figura de su madre vigilante.

—Tengo que dejarte, mi madre está pendiente. Hasta mañana. Te quiero.

—Te... te... —Alicia salió corriendo, volviéndose al llegar a la puerta y haciéndole un gesto de adiós con la mano.

Él también sintió ganas de salir corriendo, dando brincos de alegría, de felicidad, pero, pensando que estaba siendo observado por la madre de Alicia, se contuvo y caminó serenamente hacia el tranvía.

De vuelta, al mirar la carpeta, experimentó unas ganas inmensas de escribir a su madre y contarle todo lo que le había pasado. Para sus hermanos escribiría otra carta con más detalles, pues su hermana Adela leía muy bien y lo entendía todo, además muchas veces él era su cómplice respecto a los chicos. Pero, haciendo un repaso de todo lo que había vivido, llegó a la conclusión de que a su madre no podía contarle nada o casi nada..., bueno, no podía contarle lo importante.

Aquello tenía que compartirlo con alguien y tuvo una idea. Por la mañana saldría con Rogelio, irían hasta el Musel para ver el puerto, a lo mejor el Cabo Vidio ya estaba allí, y le haría la confidencia a su compañero, así no tendría que justificarse por la tarde cuando desapareciese con Alicia.

Aquellos fueron tres días de junio verdaderamente espléndidos, de sol, de temperatura... Y su última tarde juntos en el Cerro Santa Catalina no desmerecía en elementos climáticos. Caminaban lentamente por los senderos del Cerro charlando, parándose a ver un barco que navegaba cercano a la costa o volviéndose hacia Somió para contemplar la playa de San Lorenzo. Alicia, mientras veían a los últimos bañistas abandonar la playa, le contaba anécdotas de sus hermanos cuando vivía su padre y los traía a todos a darse un baño en domingo. Le asomaron las lágrimas recordando la explosión de grisú y lo que significó, pero contuvo los sentimientos y sonriendo de nuevo señaló por encima de Somió, donde estaba la aldea de sus padres, contándole a Nuel que una vez al año iban a las fiestas del pueblo. Cuando llegaron a un parapeto que se elevaba sobre el sendero —algún día debió ser un nido de cañones para defender el puerto—, Alicia se paró arrimándose al muro, de espaldas al mar, y muy seria se dirigió a Nuel:

— ¿Qué va a ser de ti y de mí?

Nuel no estaba preparado para preguntas tan trascendentales, no sabía para qué iba a América, ni por qué le habían sacado de casa. Bueno, lo sabía..., pero no iba a repetir eso. En los últimos días su vida había abierto una ventana a un mundo desconocido para él, y estaba confuso.

—Yo voy para ganarme la vida, un porvenir. Aquí ya ves cómo están las cosas. La Gran Guerra que pasó nos trae hambre, no hay trabajo para todos. En la ciudad los obreros luchan contra los patronos. En el campo tampoco las cosas están mejor.

—Me gustaría que te quedaras aquí.

—Y a mí me gustaría quedarme, pero no puedo. Te prometo que, si me va bien, te mandaré a buscar, te reclamaré como hace mi tío conmigo.

Alicia se sintió halagada con la propuesta, sobre todo por el modo tierno con que Nuel se la hacía; no era un chico como los del barrio, ni tampoco un señorito como los de la ciudad, era..., era a quien ella quería. Le cogió una mano, lo acercó hacia sí y se fundió con él en un profundo abrazo que culminó con un apasionado beso. Fueron interrumpidos por una pareja que apareció por el recodo del sendero, el cual bordeaba el nido de cañones.

—Te esperaré....

Hicieron un silencio, se miraron con los ojos humedecidos, no podían articular palabra, porque un nudo en sus gargantas se lo impedía y, ya sin miramientos, se fundieron en un nuevo abrazo que propició que cada uno vertiera las lágrimas contenidas sobre el hombro del otro, sin pasar por el trago de verse llorando mutuamente. Instantes así, en la vida de una persona, tienen como un halo de eternidad, pero en este caso ocurría no solo para uno sino para los dos, ya que ese instante permanecería imborrable, para siempre, en sus memorias y en sus corazones.

Se separaron, se miraron y se sorprendieron mutuamente al verse las lágrimas. Se cogieron de la mano y caminaron por los distintos senderos y vericuetos del Cerro, volviendo sobre sus pasos una y otra vez. Hablaron de sus hermanos y de los recuerdos de la niñez, que para los dos había sido muy feliz, y Alicia tuvo que contenerse al hablar de su padre, porque... había sido el mejor de los padres; la quería, la quería mucho... decía que era la niña de sus ojos. También Nuel se emocionó al recordar a su hermana María Luz que había muerto hacía un año en la epidemia de la gripe del dieciocho.

Se dieron cuenta del paso del tiempo por la altura que tenía el sol sobre el mar antes de la puesta, lo que les llevó a decidir que tenían que darse prisa si querían llegar para las nueve a la Calzada. En dirección a Cimadevilla, antes de abandonar el cerro, volvieron la vista hacia el mar, como queriendo embriagarse de aquella brisa y de aquel atardecer cuyo ocaso ya se adivinada rojizo sobre el horizonte.

Viajando en el tranvía, Alicia quería exprimir todos los minutos restantes.

— ¿A qué hora embarcas mañana?

—A las nueve tenemos que estar en la aduana, a las once embarcamos y a las doce el barco desatraca.

—Voy a ir a despedirte. Pondré los desayunos, recogeré, haré lo que pueda de la limpieza y para las diez y media estaré en el Musel, no creo que doña Pepita me lo niegue.

—Me encantará verte allí.

El viaje tocaba a su fin, eran miles de cosas las que les quedaban por decir y, queriendo englobarlas todas, hicieron un silencio y las transmitieron en una intensa y larga mirada. Todo, todo estaba dicho.

—Tenemos que bajar —dijeron al unísono.

Mientras caminaban hacia la casa, a punto de llegar, Nuel echó la mirada hacia la puerta y, efectivamente, la silueta de la madre de Alicia se intuía entre la oscuridad. Ya enfrente, Alicia lo cogió por el brazo y lo empujó.

—Ven, quiero que conozcas a mamá.

Su madre no la llamó, ni tampoco se ocultó conforme se acercaban, al contrario, se adelantó dos pasos, secándose las manos en el delantal, hasta que su rostro quedó visible en el quicio de la puerta.

—Hola señora —extendió la mano y fue correspondido.

—Tú eres Nuel, ¿no?

Aquel saludo dejó escuchar a Nuel la voz suave y dulce de una madre condescendiente, diferente a la preocupada e imperativa de la tarde anterior. También le permitió ver el rostro curtido de una mujer trabajadora, sufriente por sus hijos y por la situación.

—Sí, soy amigo de su hija; tiene usted una hija estupenda. ¿Y Ricardo, cómo está?

—Está bien, está trabajando en el taller. Bueno, espero que tengas un buen viaje hasta... ¿Santo Domingo?

—Sí. Allí está un hermano de mi padre. Yo..., yo..., yo voy a escribir a Alicia.

—Bueno, ¡adiós! Que tengas un buen viaje.

Se dio la vuelta y desapareció tras la puerta, dejándola inclinada, de modo que no se veía el interior.

—Mi madre es así, pero es buena, ayer no hizo más que preguntarme cosas de ti. Ella no quiere que sufra y dice que si me ilusiono mucho voy a sufrir. Cree que somos muy jóvenes, aunque ella se casó a los quince años, ¿sabes?... ¡Qué tonta soy, no sé por qué te cuento estas cosas! Será mejor que te vayas... —dirigió la mirada a las ventanas de las casas de enfrente—. No veo más que sombras tras los cristales y mañana criticarán a mi madre por dejar que tú me acompañes hasta la puerta.

—Alicia, espero verte mañana, lo ansío, contaré las horas... —Retrocedió unos pasos—. No quiero que tu madre quede mal ante las vecinas. ¡Adiós!

A la mañana siguiente, el primer silbido de la locomotora le indicó a Nuel que era la hora de levantarse. Esta mañana, la luz que entraba por la ventana era casi opaca, porque una intensa niebla se extendía por toda la ciudad. Era normal, después de tres o más días de intenso calor, que favoreció la evaporación del mar. Llamó a Rogelio y fueron los primeros en llegar al comedor. Alicia disponía las cosas para el desayuno y se alegró al verlos entrar los primeros, pues así podría hablar con Nuel. Rogelio se dio cuenta de que él sobraba, y los dejó solos diciéndoles que se le había olvidado algo en la habitación.

Nuel se sentó, mientras Alicia disponía las cosas en la mesa lentamente.

—Ya le dije a doña Pepita que iba ir al Musel.

— ¿Y qué te contestó?

—Que se lo imaginaba, por lo que le dijo Tula.

— ¡Tula!... ¿Qué le dijo Tula?

—Que nos había visto en el parque y que habíamos ido al cine.

— ¿Y cómo lo sabe Tula?

—No lo sé, casualidad. A ti te aprecia mucho, dice que eres muy buen chico.

— ¿Quién lo dice?

—Doña Pepita. Dice que eres igualito que tu padre, que tienes sus mismos ojos y que vas camino de tener su misma planta.

— ¿Qué más dice Tula?

— ¿Qué?

—Quiero decir, doña Pepita.

—No, no, nada más, solo que ella y Tula te tienen mucho aprecio.

Indudablemente Alicia no sabía nada más, Tula era reservada y no le importaba mucho él, por lo que no había peligro, pensó Nuel. Esta conversación le estaba incomodando porque le apartaba de sus verdaderos sentimientos y agotaba el poco tiempo que les quedaba para hablar de ellos, y decidió darle otro giro.

— ¿Has podido dormir bien?

—No, apenas pegué ojo. Las sirenas de los barcos, avisando en la niebla, no me dejaron dormir.

—Yo medio dormí. Cuando sonó el primer silbido de la locomotora ya estaba despierto.

Los primeros comensales empezaron a aparecer por el pasillo y urgía ultimar.

—Yo llegaré al Musel hacia las diez o diez y media. ¿Me esperas en la aduana?

—Sí, y si no…, en la cola para embarcar.

Llegaron al mismo tiempo Rogelio y Cándido. Alicia entró en la cocina y les dejó la primera cafetera. Cándido levantó la mano y con ella un libro que traía disimulado.

—Toma, Nuel. Lo busqué para ti. Eres un chico espabilado y sé que le sabrás sacar provecho. Durante la travesía podrás leerlo.

Nuel lo tomó en sus manos agradecido, al tiempo que leía el título: "La Revolución Bolchevique".

—Gracias, muchas gracias, ¿es…..?

—No hace falta que te lo explique ahora, lo entenderás. Y mejor guárdalo en el bolso interior de la chaqueta al pasar la aduana.

El consejo de don Hilario, que escuchó lo último que le dijo Cándido, fue:

—Chicos, yo os digo que aprovechéis bien la oportunidad que vais a tener: aquella es una tierra de promisión, pero debéis trabajar duro, muy duro y ahorrar.

Allí nada se regala, pero, con sacrificio, podréis lograr fortuna.

Nuel se interesó ante Cándido por Lucio y este le dijo que estaba bien, que en dos o tres días lo soltarían.

Cuando finalizaron el desayuno se despidieron y, al levantarse para ir a la habitación a por las maletas, llegó doña Pepita con unos papeles en la mano, los dejó encima de la mesa, luego se volvió hacia un armario y de un cajón sacó tintero y pluma.

—Tomad, sentaos y escribid dos líneas a vuestros padres despidiéndoos. Decidles que todo salió bien y que hoy sábado a las doce embarcáis. Ahora vengo a recogerlas, y luego las echo yo al correo.

Una vez más se sorprendieron ante la actitud maternal de doña Pepita, y obedecieron. Nuel cogió la pluma, el primer papel, y se dirigió a Rogelio.

— ¿Qué quieres que ponga?

—Eso, lo que dijo doña Pepita, y diles que he visto un cine.

—Y... ¿una película?

—Sí, también una película; y que el barco en que vamos a ir es largo como el prado de detrás de la casa donde mayamos el trigo, y más alto como la torre de la iglesia.

— ¿Algo más?

—Que cuiden de la Cordera. Es una ternera que nació el mismo día que yo marché de casa. Y nada más, que me acordaré mucho de ellos.

Nuel finalizó la carta añadiendo por su cuenta "abrazos para todos" y "os quiero", porque intuía que no se atrevía a decírselo.

—Ah sí, añade que "comí todos los días de mantel, con servilleta y servido por una camarera"; esto a mis hermanos les va hacer mucha gracia, porque mi madre, los últimos días, me decía: *Rogelio para ir por el mundo hay que saber modales, y lo primero aprender a comer.*

Le pasó el papel a Rogelio, que con dificultad escribió su nombre: era lo único que sabía. Cuando iba a doblarlo, miró a Nuel y serio le dijo:

—Quiero añadir algo.

—Dime.

Rogelio quedó pensativo, como buscando las palabras exactas que Nuel debía escribir: *Madre, dile a Luisa que me espere, que me dolió mucho verla llorar y, aunque no le dije nada, mandaré a por ella.*

Nuel quedó sorprendido por esta confesión y, viéndolo tenso y triste, le preguntó:

— ¿La doblo?

—Sí.

Nuel redactó la suya con rapidez, pues pensó que tendría tiempo en el barco para escribir largo y tendido, y una vez hubo terminado también la dobló. Las cogió, se acercó a la puerta de la cocina y, como ya salía doña Pepita, se las entregó.

—Id a por las maletas y apremiar, que no os queda mucho tiempo.

Fueron los dos, las recogieron y cuando regresaron al comedor ya estaban Tula y Alicia, una a cada lado de doña Pepita, para decirles adiós. Tula y su madre les dieron un abrazo a cada uno y Alicia simplemente les dijo *hasta luego.*

La niebla en la calle aún parecía más espesa que desde la ventana. Enseguida llegó el tranvía que los llevaría hasta El Musel, pasando por La Calzada. Hicieron todo el trayecto uno enfrente del otro, con las maletas entre los dos y sin apenas decir palabra.

Nuel prestó atención cuando suponía debían estar a la altura de La Calzada, pero no vio dónde se había apeado los días anteriores, de modo que cuando se quisieron dar cuenta estaban en el Musel.

Se bajaron y caminaron en dirección al puerto; suponían que iban en la buena dirección por las sirenas de los barcos, ya que la niebla les impedía orientarse;

también, porque caminaban con otras personas con maletas, que seguramente se dirigían al mismo lugar que ellos. Enseguida divisaron los primeros edificios, los cuales ya habían visto el día anterior.

El resto de la mañana, hasta el momento del embarque, fueron papeleos en la Aduana, donde tuvieron que abrir las maletas, con cierta vergüenza por el desorden, aunque amortiguada por no llevar ropa sucia; pero Nuel, además, con cierta preocupación por el libro que tenía oculto en el bolso interior de la chaqueta.

Poco a poco los locales de la Aduana se fueron llenando, de tal modo que había más gente allí que en la propia plaza del mercado, donde ya a Nuel le parecía una barbaridad. Había chicos como ellos, de edades parecidas; había hombres mayores, aunque más jóvenes que sus padres; chicas de sus edades, aunque no solas sino con familiares que las despedían; y muchas familias: padre, madre e hijos. Llegó un momento en que todo estaba abarrotado. Les parecía imposible que toda aquella multitud pudiera caber en un barco. Ni en las fiestas de la Villa, donde acudían una vez al año todos los vecinos de los pueblos de los alrededores, del concejo y de los concejos vecinos, se juntaba tanta gente. Cuando ya todos tenían un papel en la mano, que era la hoja de embarque, abrieron las puertas y les dijeron que podían salir y esperar en el muelle de atraque hasta que se abrieran las pasarelas para subir a bordo.

Nuel respiró porque se había dado cuenta que a la Aduana solo podían entrar los que traían los papeles en regla para embarcar, mientras que los que venían a despedirles tenían que quedarse fuera. Se acercó a Rogelio y le dijo:

—Venga, vamos, que Alicia estará en el muelle.

El barco tenía dos pasarelas apoyadas sobre el muro de atraque, y la gente se iba ubicando en torno a una y otra, a lo largo de toda la eslora, de modo que se podía distinguir perfectamente a cualquier persona; pero Nuel, por más que miraba, no veía a Alicia. El reloj de la Aduana marcaba las diez y cuarto y él se ponía impaciente por momentos. En la pasarela de popa había menos gente que en la de proa, estando todo el mundo en formación de cola. Nuel cogió su maleta, indicó a Rogelio que tomara la suya y se pusieron en el último lugar. Parecía que la niebla iba subiendo un poco y ya había más visibilidad, pero Alicia no aparecía; en la seguridad de que no tardaría, le indicó a Rogelio:

—Quédate tú aquí con las maletas; si se mueve la cola vas avanzado, yo voy a ver si viene Alicia. — Rogelio demostraba ansiedad por quedarse solo—. No te preocupes, regreso tan pronto como vea que estas a punto de subir a la pasarela.

Nuel empezó a deambular por el muelle; le palpitaba el corazón: *¿Si no viene? ¿Le habrá pasado algo?*, se preguntaba, mirando hacia el lado contrario. Mientras iba caminando, se tropezó con una pareja que se estaba despidiendo, llorando ella desconsoladamente, al tiempo que una niña de apenas tres años le tiraba de la falda: *¡Mamá, mamá!* Otra madre que también lloraba, aconsejaba a su hijo. La niebla había levantado un poco, y todo el buque emergía sobre el agua majestuosamente, tal como lo estaba viendo ahora Nuel desde varios metros más allá de la proa. En medio del buque, la enorme chimenea flameaba un espeso humo negro, que la brisa arrastraba hacia popa.

Al posar su vista sobre el muelle, vio aparecer a Alicia, corriendo y levantado los brazos haciéndole señales. En ese momento el Cabo Vidio hizo sonar la sirena. Se encontraron hacia la mitad del buque y sin importarles la gente se fundieron en un intenso abrazo. Alicia no pudo controlar la emoción y prolongó el abrazo, ahogando en él el llanto que no fue capaz de contener. Sonó de nuevo la sirena del buque. En ese momento la gente se preparaba para la apertura de las pasarelas. Nadie los miraba. Se separaron, mirándose emocionados, y se besaron apasionadamente. De nuevo el tercer toque de sirena, y las pasarelas se abrieron. La gente empezó a subir. A la altura de la cubierta un marinero les controlaba los papeles de embarque.

Nuel, viendo que Rogelio le hacía señales, se apartó ligeramente de Alicia, sin quitarle el brazo de los hombros y se acercó con ella a la pasarela de popa.

—Hola Rogelio —saludó Alicia.

—Hola. Estábamos nerviosos, creíamos que no ibas a llegar a tiempo.

Alicia le agradeció el gesto con una sonrisa y Nuel también sonrió.

—No os preocupéis, hasta la entrada de la pasarela yo llevo las dos maletas. Así que... Alicia, me despido; no te preocupes, vigilaré a éste... —Le tendió la mano, pero Alicia se abalanzó sobre él y lo abrazó.

—Adiós.

—Adiós.

Alicia y Nuel se rezagaron ligeramente.

—Yo siempre te querré, Alicia, y no hará falta que nadie me cuide.

—Sí, eso me lo dices ahora, pero creo que allí hay unas mulatitas muy guapas.

—Tú serás siempre mi mulata pelirroja.

— ¡Tonto! Por favor, escríbeme, nadie me va a leer las cartas ni me las va a escribir, yo voy a practicar todos los días con la enciclopedia de la escuela.

Se pararon y se miraron escrutándose mutuamente hasta lo profundo de sus corazones, y en el palpitar sintieron confirmado su amor. No les separará la distancia, les unirá.

Alicia abrió el bolso y de él sacó una foto que le entregó a Nuel acompañada de toda la emoción que podía contener.

—Toma.

— ¡Es tu foto!

—Claro. Para que no me olvides. Pero me tienes que prometer que, nada más puedas, te haces una y me la envías.

—Te lo prometo.

Entre silencios, suspiros, abrazos, complicidades y, al final, serenidad, llegaron a la entrada de la pasarela; la cola había desaparecido y empezaron a sentirse rodeados de la gente que esperaba para despedir el barco.

Rogelio, a punto de entregar la documentación al marinero, llamó a Nuel, que tuvo que despedirse precipitadamente. Alicia quedó entre la multitud arremolinada para despedirles, pero en primera fila.

El trámite al final de la pasarela fue rápido, solo comprobar el pasaporte y la carta de embarque; el camarote figuraba en la documentación y el marinero les indicó que el suyo quedaba una cubierta más abajo, justo en los ojos de buey de la planta inferior, pero que no era necesario bajar ahora, sino que podían esperar al desatraque, que iba a ser en unos minutos.

Se apresuraron en buscar sitio en una barandilla, pero estaban todas ocupadas, porque habían subido los últimos y ya no quedaba ningún hueco. Se pusieron detrás de un chico que buscaba a alguien en el muelle y que parecía no encontrar. De pronto se volvió hacia proa respondiendo a una llamada y, al encontrarse lejos, abandonó el lugar, siendo su hueco ocupado por Nuel, mientras Rogelio le hacía de guardaespaldas.

Inmediatamente vio a Alicia en el muelle, puesto que ella les había ido siguiendo desde abajo. Estaban frente a frente, aunque a considerable altura. Intentar hablarse era misión imposible, porque todo el mundo lo estaba haciendo a la vez y nadie se entendía.

Pasado un rato, sonó de nuevo la sirena del buque, una, dos y tres veces. Alguien soltó los cabos de amarre de proa y de popa, y el buque empezó a separarse lentamente del muelle.

Alicia abrió el bolso y sacó un pañuelo blanco, lo hacía porque todo el mundo a su alrededor lo estaba blandiendo. Primero lo acercó a un ojo y después al otro, y finalmente lo agitó, uniéndose al ballet de pañuelos al aire. El Cabo Vidio ya estaba a varios metros del muelle. En muy pocos minutos la figura de Alicia, casi al borde del agua, empezaba a verse menguada. El barco puso proa hacia alta mar. Nuel y Rogelio corrieron, maleta en mano, hacia la cubierta de popa. Cada vez el muelle del Musel se veía más lejos, lo mismo que el conjunto de las personas, de las que solo destacaba la blancura de sus pañuelos. Un toque de sirena indicó que estaban abandonando la bocana del puerto y enfilando el mar Cantábrico. El buque se perdió en el horizonte envuelto en niebla. Desde tierra ya solo se oía la sirena avisando de su presencia. En el muelle de embarque apenas quedaba gente. Alicia fue una de las últimas personas en abandonarlo.

En medio de la nada, pues la niebla parecía ser más espesa y no se divisaba la costa desde popa, Rogelio cogió la maleta de su amigo y se la puso en la mano, para encaminarse por la cubierta de babor al encuentro de la primera escalera que los iba a conducir a sus camarotes, siendo ya casi de los últimos en hacerlo.

Llegaron al primer rellano inferior, una especie de vestíbulo desde el cual se distribuían distintos pasillos, y desde donde partía una escalera para el siguiente piso. Al ver los ojos de buey supieron que aquel era su destino. Nuel cogió la papeleta de embarque y buscó en ella algún dato que le indicara la ubicación del camarote y leyó *Cabina número 6,* lo cual coincidía con uno de los letreros que había a la entrada del pasillo que partía hacia popa: *Cabinas 1 a la 12*; también comprobó la de su amigo; de nuevo cogieron las maletas y se adentraron por aquel pasillo buscando su cabina: *Cabina 1 Hombres... Cabina 4 Mujeres... Cabina 6 Hombres.*

La puerta estaba abierta, dentro había gran bullicio de hombres moviéndose de una parte a otra; aquello no era un camarote, era una bodega enorme, con gran cantidad de literas de tres pisos a ambos lados, dejando un pasillo en el medio. Por el desasosiego de la gente, buscando números en las literas, comprendieron que también ellos tenían que mirar cuál era el suyo. Nuel enseguida leyó en su papeleta que le correspondía la número 36 y le indicó a Rogelio la suya, la 35. No les resultó difícil encontrarlas, pues casi se dieron de bruces con ellas según entraron. La de Nuel era la superior, la que estaba pegada al ojo de buey, la de Rogelio la del medio y en la inferior ya se había instalado otro pasajero, que resultó ser un chico de una edad parecida a la de ellos, pero con un acento diferente y muy entreabierto, pues enseguida se les presentó:

—*Me cago en mi mantu chavales, aquí tenéis al vuestru compañeru de camastro.* —Y les tendió la mano dándoles un fuerte apretón; a Nuel casi se la desarticula—. *Me llaman Pachu, Pachu el del Tuertu, por mi padre que perdió un güeyu en la mina. Non vos asustéis, ya vos sentí falar y sé que nun sois de aquí.*

Nuel se dio cuenta de que había que poner remedio a aquella bravuconería, y saltando de la litera quedó frente a él encarándole.

—Claro que somos de aquí, ¿o es que tú no eres asturiano?

Pachu dio un paso hacia atrás, pues le incomodaba la cercanía de Nuel, pero rápidamente reaccionó.

—*Me cago en mi mantu, ¡de donde voy a ser si non de la cuenca minera, oh! Pero vosotros sois medio gallegos...*

Rogelio, que también se había sentado en su litera, se bajó y quedó en medio de los dos, dándole la espalda a Nuel y enfrentándose a Pachu.

–Como hablamos, no te importa, pero... ia asturianos tú no nos ganas!

Se intuía que Pachu que no tenía conocidos, porque enseguida replegó su actitud, quitando hierro al asunto y ofreciéndoseles para que pusieran las maletas debajo de su litera, al lado de la suya, pues, si no, tendrían que llevarlas para un espacio común donde se depositaban los equipajes. Puesto que él había llegado primero, también les indicó donde tenían las letrinas y los lavabos; al final de la cabina había varias letrinas cerradas y varios lavabos a la vista de todos, donde se tendrían que lavar y afeitar, posiblemente guardando cola. Nuel sintió un pequeño desánimo, pues aquello no era precisamente un camarote como el que él se imaginaba, por lo que había oído contar de los viajes en barco. A continuación, Pachu los llevó a los comedores, los cuales no eran tan lúgubres como la cabina, pues al menos tenían ojos de buey por las dos partes.

Los primeros acontecimientos, la sorpresa ante lo desconocido y el ansia de aventura por descubrir aquel nuevo medio de transporte les ocupó el resto de la mañana. Antes de que la campana tocara para llamar a comer, ya habían descendido hasta lo más profundo del barco, aunque no se atrevieron a entrar en la sala de máquinas. Subieron a lo más alto y una parte de aquella cubierta, posiblemente el puente de mando y la Sección de Primera Clase, la encontraron completamente impenetrable. Pudieron pasar por Segunda Clase, aunque sin entrar en salones, camarotes y comedores. Viendo estas dos primeras clases, enseguida dedujeron que ellos viajaban en Tercera Clase, si es que no había otra inferior.

Sonaba la sirena más espaciadamente y parecía haber más visibilidad, aunque no se divisaba nada, solo agua y niebla alrededor, pero ya empezaba a verse el contraste del humo de la chimenea con la claridad que había por encima, como pretendiendo abrirse camino hacia un cielo despejado.

∞

Apoyado en la popa del Cabo Video, aquellos primeros días de Junio de 1919 le surgían a Nuel como una visión, emergiendo de la estela que el buque iba dejando entre destellos de púrpura y azabache, púrpura de encendida pasión y azabache de un oscuro e incierto futuro en la emigración, de una negra y oscura trama de separación familiar. ¿A quién se le había ocurrido? ¿Por qué y qué necesidad?

LA TRAVESÍA

El Cabo Vidio se había perdido en el banco de niebla que envolvía la costa asturiana. A las dos horas de navegación emergió, abriéndose camino hacia alta mar en medio de un Cantábrico azul, ligeramente ondulado, de olas tímidas que apenas rompían contra los costados de babor y estribor, aunque sí lo hacían con fuerza contra la proa. Nuel y Rogelio observaban absortos el espectáculo de las olas, uniéndoseles Pachu después de haber dejado todo colocado en el camarote. Desde la parte más avanzada del barco, el horizonte les provocaba cierta fascinación, especialmente por el rumbo que les marcaba hacia lo desconocido.

Antes de la inspección del buque, se habían cerciorado del turno de comida. Viendo que era el segundo, y que se avisaba al toque de una campana, disfrutaron con tranquilidad del recorrido, mientras terminaba el primer turno.

Decidieron iniciarlo desde proa, donde se atrevieron incluso a asomarse y algo más: a sacar medio cuerpo por delante de la proa, mientras los compañeros sujetaban al de turno por las piernas, para así tener una mejor visión del barco rompiendo las olas, lo que les daba una visión impresionante.

El último fue Rogelio, que les hizo señales con la mano para que lo subieran rápidamente. Lo rescataron aparentemente mareado. Aquellos primeros síntomas al inicio del viaje, fueron el preludio de un verdadero calvario para los siguientes días, ya que sus amigos tuvieron que buscarle una litera vacía, cerca de las letrinas, para que le diera tiempo a levantarse y vomitar.

Nuel tomó como una obligación el no apartarse de su lado, debido a lo mal que se encontraba. Hubo momentos en que pensó que Rogelio se iba a morir, sobre todo después de doblar el cabo Finisterre y encarar el océano Atlántico. Esto también le permitió coger el libro que le había regalado Cándido en Gijón e iniciar su lectura; lectura que, posiblemente, no hubiera pasado de la tercera o cuarta página si tuviera otra cosa mejor que hacer, pero, dadas las circunstancias, creía de justicia ayudarle, como él le había ayudado con Alicia en el puerto; quizás para reparar la mala conciencia de haberle engañado con lo del cine, pues verdaderamente era un buen chaval, como se lo demostró poniéndose entre él y Pachu cuando lo creía en peligro.

Una y otra vez retomó la lectura y empezó a hacer anotaciones con su estilográfica en un papel para poder entender mejor lo que decía el libro: *Marx subraya que los sindicatos fallan totalmente en su objetivo cuando se limitan a una guerra de escaramuzas contra los efectos del régimen existente, en vez de trabajar, al mismo tiempo, en su transformación.*

Previamente a esta teoría de Marx, había escrito muchas otras de las Internacionales, de su nacimiento y desarrollo, por lo que ya empezaba a tener claro lo que significaba el asociacionismo de clases, tanto a nivel nacional como internacional.

Todas estas anotaciones le hacían elucubrar teorías, llegando incluso a pensar que su madre hubiera sido una buena sindicalista defendiendo a los más pobres, a los que no tenían tierras, esencialmente a los *caseiros* frente a los "amos". La solución, indudablemente, la tenía Marx: *Marx hace triunfar sus tesis en la resolución LX sobre la necesaria acción política de la clase obrera: Considerando que contra el poder colectivo de las clases poseyentes, el proletariado sólo puede actuar como clase constituyéndose en partido político distinto, opuesto a todos los antiguos partidos formados por las clases poseyentes; que esta aglutinación del proletariado en partido político es indispensable para asegurar el triunfo de la revolución social y de su objetivo supremo, la abolición de clases...*

En un momento de sus lecturas-anotaciones, le pareció oportuno entretener a Rogelio y pretendió explicarle lo de las "clases", haciéndole ver que ellos pertenecían a la de aquellos que no tenían nada; pero Rogelio no estaba para estas monsergas de Nuel, porque de continuo tenía que hacer frente a las arcadas, que le hacían acudir a las letrinas, además no entendía nada de lo que le explicaba.

Hubo un momento en que a Nuel aquella situación le parecía cómica: él aplicándose en cada teoría de las Internacionales, de las Clases, del Capitalismo, del Socialismo, del Anarquismo..., ideas que le enaltecían, le llenaban de sentimientos, incluso le hacían soñar, mientras los vómitos de Rogelio lo ponían en la realidad: que viajaba en las bodegas de un barco que, más que de pasajeros, parecía un carguero; que lo que dejaba atrás era la certeza de ser *caseiro*, o esclavo en los hornos de Bilbao, como lo fue un tiempo su padre, o un muerto viviente, enterrado en vida, como lo había sido el padre de Alicia en la mina.

Este análisis del libro, junto con las elucubraciones que le iban surgiendo, le hicieron sentir una enorme simpatía por Engels, porque le iluminaba los postulados de Marx y le hacía posible entender la transformación socialista de la sociedad mediante la lucha de clases y, como en el caso de Rusia, mediante una revolución.

∞

Nuel y Rogelio se habían perdido varios atraques y desatraques en distintos puertos, donde el Cabo Vidio siguió cargando pasaje, aunque estaban al tanto de lo que iba ocurriendo a bordo, porque Pachu les servía de enlace con la realidad. En la bodega, es decir en el camarote, todas las literas ya estaban ocupadas, por lo que Rogelio tuvo que regresar a la suya. Se encontraba bien, más delgado, hambriento, y con ansias de aire puro, lo que hizo que subiera a cubierta seguido de sus amigos.

Después de Finisterre, con varios días de mar alborotada, la navegación pasó a una mar en calma, lo que permitía que la cubierta estuviese de bote en bote, y que la mayor parte de los pasajeros hiciesen allí su vida, formando grupos de amigos, de familia o por la procedencia; así los gallegos, asturianos, portugueses e isleños de Las Canarias se aglutinaban en torno a instrumentos musicales de cada región.

Nuel y Rogelio se dieron cuenta enseguida de lo que se habían perdido durante los días pasados bajo cubierta, pues ni conocían ni eran reconocidos, salvo por los inmediatos de litera, pero enseguida Pachu les sirvió de anfitrión y los introdujo en su grupo, un tanto heterogéneo, pues les presentó a dos chicos de la cuenca minera, a una familia gallega con cinco niños, a un matrimonio portugués y una chica portuguesa casada por poder que iba al encuentro de su marido, al que no había visto desde que eran niños.

Después de las presentaciones se fueron acercando más personas que requerían a Pachu para que inflara el fuelle de la gaita y les amenizase con música de su tierra. Al poco de que Pachu hiciera sonar los primeros acordes, se le unieron otros dos gaiteros gallegos y también una chica con una pandereta que les incitaba a bailar alguna jota común, como así hicieron.

Nuel, viendo que intentaban incluirlo a él, dio dos pasos hacia atrás, mientras Rogelio se vio incluido en el grupo de danza, a los que siguió en sus pasos durante unos minutos, retirándose enseguida porque no se sentía con las suficientes fuerzas.

Danzaban en círculo, como si de una danza-prima se tratara, y el hueco de Rogelio se mantenía, justo al lado de la chica portuguesa casada por poder, que no le quitaba ojo a Nuel cada vez que pasaba frente a él.

En dos ocasiones hizo ademán de invitarlo, pero Nuel, temiendo precisamente esa invitación, perdía su mirada en el horizonte, evitando la de Rosinha, que en una y otra vuelta lo buscaba, hasta que, con desparpajo, salió de la fila, lo tomó de la mano y lo introdujo en el corro de baile.

Nuel se sintió objeto de todas las miradas y ello le hizo ruborizarse, lo que elevó el contraste de sus ojos verdes con su piel enrojecida, lo cual advirtió Rosinha, que le sonreía pícaramente; pero lo cierto era que, salvo ella, nadie lo miraba..., bueno, salvo ella y Rogelio que se sonreía ante su torpeza para el baile. Pachu fue más allá, e intuyendo la atracción de Rosinha por Nuel, prolongó la música hasta la extenuación de los danzantes.

Cuando cesó la gaita, el corro se deshizo rápidamente y todas las manos se desenlazaron, yendo cada uno a su sitio; todas menos la de Rosinha con la de Nuel, al que atrajo para su grupo hablándole en un portugués cerrado, que a Nuel le resultaba ininteligible. Al darse cuenta Rosinha que no se hacía entender, le habló lentamente, mirándole a los ojos, mientras soltaba su mano para poder gesticular. Ahora sí podía entenderla, pues el asturiano-occidental, casi gallego, le permitía la comunicación.

Rosinha le transmitió que le había gustado mucho bailar con él, que le parecía más tímido que su amigo, y que estaría encantada de enseñarle el barco, ya que desde que había subido en Lisboa, no lo había visto nunca por cubierta.

Posiblemente Pachu había escuchado la propuesta, porque la apoyó con el gesto cómplice de rodearlos con sus fuertes brazos de minero, empujándolos hacia el pasillo de babor.

—Rosinha, tienes toda la razón, enséñale a este el barco, porque el pobre se ha pasado todo el viaje en la galería, quiero decir en el camarote, cuidando de su amigo, y necesita respirar aire fresco.

Rogelio no se podía creer lo que estaba viendo: Nuel, su amigo, acompañando a aquella chica... ¿Era posible que se hubiera olvidado de Alicia? Como excusa, para Nuel, solo se le ocurría que lo hacía contra su voluntad, pues acababa de ver la maniobra de Pachu empujándolos, además había sido sacado al baile por Rosinha y ésta le había retenido al final del baile, y no le extrañaba, puesto que tenía muy buena planta y llamaba la atención de las chicas; pero ella... ¡estaba casada por poder! ¿Acaso Nuel no sabía esto? En medio de estas conclusiones, estaba a punto también de enderezar sus pasos hacía babor para seguirlos, pues consideraba que su amigo debía ser rescatado, cuando se sintió sujetado fuertemente por el hombro, era la mano de Pachu.

— ¿A dónde vas? El que no se haya apartado de ti durante todo este tiempo, ayudándote en el mareo, no significa que ahora tú tengas que ser su sombra. Deja al chico, sabrá defenderse.

Rogelio querría explicarle a Pachu lo de Alicia, pero sintió reparo; más bien miedo ante aquel brabucón minero que parecía estar al cabo de todo y que seguramente no lo entendería, especialmente después de haberle escuchado contar las historias de sus conquistas. Lo miró con indiferencia y se acercó a un grupo de muchachos gallegos que hablaban con ilusión de lo que les esperaba en Cuba. Entró en la conversación interesándose por la isla caribeña, para luego explicarles que él iba para Santo Domingo. Durante toda la conversación, las imágenes de Nuel y Alicia, y Nuel y Rosinha... se le iban y venían, por lo que al cabo de un rato, viendo que

Pachu ya no estaba a su lado, salió corriendo hacia la cubierta de babor. La recorrió en todas las direcciones y no vio a su amigo. Subió a la cubierta central, hasta la base de las chimeneas, y, apoyados en la barandilla, en animada charla, encontró a Rosinha y a Nuel. Al verlo, con gesto contrariado por parte de Rosinha, Nuel alzó la mano y lo llamó.

—Acércate, Rogelio, Rosinha es de Lisboa y me está contando cómo es su ciudad, la cual no hemos podido ver a causa de tu mareo.

Desde aquel momento, Rogelio procuró apartarse lo menos posible de su amigo, lo cual lógicamente evitó otros encuentros en solitario con Rosinha, y se sentía a gusto por ello, pues se lo debía a Alicia y también a él, aunque no se atrevió a compartirle esta preocupación.

∞

A Rogelio le esperaba un acontecimiento que no tenía previsto: la fiesta del paso del Ecuador, fiesta que organizaron los marineros del Cabo Vidio dispensando mejor comida, bebidas y baile.

En pleno apogeo de la celebración, cayendo la tarde, los distintos grupos de emigrantes sacaron bebidas típicas de sus lugares de origen, aunque la que más prevaleció fue el orujo, organizándose queimadas en distintos lugares de la cubierta. Todos bebieron, Rogelio y Nuel también, pues en casa de ambos el orujo era bebida habitual, aunque no en forma de queimada. Rogelio se acercó con el vaso a la cazuela de barro y, a la vuelta, Nuel había desaparecido del sitio donde lo había dejado. *Habrá bajado a las letrinas,* se dijo, pues él también lo había hecho hacía poco tiempo, por lo que no se preocupó y siguió participando en la juerga.

La preocupación le vino cuando intentó buscar a Rosinha y no la encontró. Salió corriendo, medio a trompicones, y lo primero que se le ocurrió fue subir a la cubierta central de las chimeneas. Esperaba llegar a tiempo, como salvador del amor de su amigo por Alicia, pero se quedó paralizado, cuando en la penumbra del anochecer mágico del Ecuador, junto a una chimenea, vio arrimada a la misma la figura de Rosinha y de espaldas la de Nuel. Iba a salir corriendo, cuando la voz de Rosinha rasgó el silencio de esta cubierta, a pesar del ruido de fondo de las otras en fiesta y del ronroneo de los motores del barco.

— *¡Pachu, não ser tão rude!* (¡Pachu, no seas tan bruto!)

Nunca pensó que unas palabras en portugués le pudieran sonar tan bien. Retrocedió de espaldas hacia la escalera, lentamente, para no ser descubierto, y dando la vuelta se encaminó, respirando hondo, hacia la cubierta de popa. Allí estaba su amigo, con una taza de barro en la mano, saboreando la queimada.

El resto de la travesía resultó un poco larga, porque hubo de todo: mar en calma y mar embravecida, sobre todo según se iban acercando al Caribe.

A Rogelio los primeros mareos lo debieron dejar inmune, puesto que sobrellevó bastante bien el resto del viaje, lo que le permitía tener controlada a Rosinha respecto a Nuel.

Dos días antes de llegar a Santo Domingo, Nuel apareció en cubierta con la carpeta donde guardaba la estilográfica y le hizo una señal a Rogelio para que se sentara a su lado, mientras desplegaba y ponía sobre la cubierta una hoja, diciéndole:

—Rogelio, yo le voy a escribir una carta a Alicia antes de desembarcar, contándole el viaje, y creo que tú debes hacer lo mismo con...

—Te lo iba a decir, pues estoy completamente seguro de que quiero reclamar a mi novia tan pronto como haga algo de fortuna...

— ¿Tu novia? Ah, pero... ¿os habíais comprometido? ¿Tú le habías dicho a Luisa que erais novios?

—Se lo dijiste tú por carta... ¿No le pusiste lo que te mandé?

—Yo le puse que...*mandarías a por ella.*

—Y eso es suficiente. En el pueblo, cuando alguien, desde América, le dice a una mujer que mandará a por ella, ya sabe lo que significa, que se casarán por poder.

—Como Rosinha.

Añadió Nuel, mientras Rogelio entornaba la vista, pensativo, hasta que encaró la mirada de Nuel desafiante.

—No, como Rosinha no, Luisa es diferente. Si yo no estuviera al tanto tuyo, Rosinha te hubiera... —Rogelio se corta y prefiere no seguir, cambiando el tercio—. ¿Tú no harías lo mismo por Alicia?

— ¿A qué te refieres? ¿Qué querías decir cuando hablabas de Rosinha?

—Me refiero... a si vas a reclamar a Alicia; y en cuanto a Rosinha, quiero decir que si yo no os sigo a cubierta, ella te habría apartado de Alicia.

—Rogelio, te considero mi amigo. ¿Cómo puedes decir eso? Sabes que quiero a Alicia; nunca, nunca había sentido lo que siento por ella, y lo más importante, jamás ninguna chica me había correspondido como Alicia.

— ¿Ni Tula?

A Nuel se le subieron los colores, como cuando lo sacaron a bailar, pero... *¿qué sabía Rogelio?*

— ¿Por qué me preguntas eso?, ¿tú qué sabes?

—Lo que comentaron en la mesa, antes de que llegases: que tu padre le encargó a doña Pepita que te desvirgase Tula.

A Nuel se le cayó la estilográfica de la mano, estaba avergonzado de lo que escuchaba; solo tenía un deseo, que Alicia no se hubiese enterado de ello, deseo que pareció adivinar Rogelio.

—No tienes por qué preocuparte, ellos mismos comentaron que Alicia no debía saber nada; seguro, que no se lo dijeron.

Nuel se había agachado para recoger la pluma y permanecía con la cabeza entre las piernas. Su cara de chico casi adulto, hecho a las circunstancias y a la dureza con que la vida empezaba a tratarlo, desterrándolo de entre los suyos, se convirtió en la de un niño desvalido, con miedo, que no podía impedir que las lágrimas le fluyeran al rostro.

Rogelio, intuyendo lo que le estaba pasado, se sentó a su lado, le pasó el brazo por el hombro e intentó animarlo.

—Venga hombre, lo mío fue peor; ocurrió con Manuela en el pajar, y nos cogió su padre; tuve que salir corriendo con los pantalones en la mano porque pretendía clavarme la pala de dientes. Desde aquel día, cada vez que pasaba por delante de su casa, el padre se asomaba por la puerta de la cuadra con la pala. Así que, cuando mi madre me comunicó que me iba a reclamar su hermano, yo le pregunté *¿cuándo?*

En medio de la historia que le relataba Rogelio, Nuel levantó la cabeza y lo miró sonriendo mientras se secaba las lágrimas.

—En ese caso, yo también marcharía contento para América.

Vueltas las aguas a su cauce, Nuel retomó lo de la carta, y Rogelio se esmeró en dictársela, poniendo todo su empeño en que pareciese romántica, sin lograrlo; pero su amigo le dio auténticas pinceladas de romanticismo, hasta tal punto que cuando se la leyó, Rogelio se sonrojó un poco, sugiriendo quitar algunas expresiones, a lo que Nuel se negó diciéndole que a Luisa le gustarían.

El Primer puerto que tocaron fue LA HABANA, donde desembarcó la mayor parte del pasaje, entre ellos Rosinha, que aquella mañana se había esmerado tanto en el atuendo como en el aliño, incluso se había puesto colorete.

Tan pronto como abrieron la pasarela de desembarque, se precipitó por ella para echarse al cuello del hombre que había estado saludando desde la barandilla, con exagerados gestos de alegría; indudablemente era su marido.

Los tres amigos, Pachu, Rogelio y Nuel observaban la escena con distintos sentimientos.

∞

Próximo el puerto de Santo Domingo, Nuel finalizó la carta dirigida a Alicia, la firmó y la metió en el sobre cerrándolo, a falta solo de echarla a Correos.

Querida Alicia:

Antes de llegar a Santo Domingo me dispongo a finalizar esta carta porque quiero que sepas que no hay nada que me haga olvidarme de ti, al contrario, todo te hace presente: el cielo azul inmenso del Océano Atlántico mirándome, como lo hacían tus ojos azules en el comedor, en el tranvía, en Begoña, en el Cerro Santa Catalina, en el muelle del Musel; los rojizos rayos del anochecer, envolviendo el horizonte, como envolvían tus cabellos pelirrojos el horizonte de tus senos al alcance solo de mi imaginación; y tus pecas, las pecas de tu cara, las que recorrí una a una con mis labios, conduciéndome a la dulzura de los tuyos, esas pecas que las veo en todo, y principalmente en las gotas de agua que salpican los ventanales donde se me refleja tu rostro constantemente.

Dirás que soy exagerado, o muy romántico, pero me quedo corto, mi amor por ti no tiene límites, es como el horizonte en el océano, que no es sino el inicio de lo que sigue, y yo espero que entre nosotros lo que siga sea una vida juntos.

Ansio ya la llegada a Santo Domingo para ponerme a trabajar con mi tío, hacerme una posición y, como dice Rogelio, mandar a buscarte...

¿Sabes lo que significa esto? Que hay una forma de casarse antes de estar juntos, que se llama "casarse por poder", así tú ya podrás viajar sola y yo te estaré esperando en el puerto.

Alicia, sé que te quiero porque me duele el respirar cuando pienso en ti, es algo que nunca había sentido antes. Y quiero que sepas que nadie me quitará ese dolor salvo tú.

Prometiste escribirme, espero que lo hagas. Me muero por saber si a ti te ocurre lo mismo que a mí, me refiero a lo de respirar, si sientes esa emoción profunda en el corazón cuando piensas en mí, como la siento yo, que hasta me parece que el corazón se me está saliendo de sitio.

He estado leyendo el libro que me regaló Cándido, ya sabes cómo piensa él, pues el libro trata de lo mismo, de cómo luchar contra la explotación de los patronos y cómo librarse del capitalismo.

Durante la lectura me acordé de Ricardo, de tu hermano pequeño, de tu madre, y de los obreros de Gijón que sufren esa explotación.

Ya, ya sé que tú prefieres que no me meta en estas cosas, pero hay situaciones como la de los caseiros que ya te expliqué, o la de los mineros, o la de los metalúrgicos de la Calzada, ante las que el libro que leo tiene toda la razón.

Pero no quiero ponerte triste con estas cosas, solo deseo que tengas esta carta para que te dé fuerza y ánimo, como a mí me da fuerza y ánimo tu foto, la cual miro y remiro todos los días.

En esta no puedo mandarte una foto mía porque pienso echarla al correo nada más llegar, y lo de hacer la foto será para días después.

Está sonando la campana para el turno de comida.

Te quiere, tuyo, Nuel.

SANTO DOMINGO

Amanecía, los últimos pasajeros del Cabo Vidio se arremolinaban en cubierta yendo de babor a estribor conforme intuían el costado que el barco iba arrimar al muro de atraque. Estaba entrando de proa, coleando la popa según el remolcador tiraba hacia uno u otro lado.

Nuel depositó la maleta en el centro y se sentó sobre ella, tampoco le hacía demasiada ilusión saludar a su tío Julián, al que imaginaba altivo, con su sombrero blanco y el bigote perfilado, blandiendo el bastón como si pretendiera cortar el aire...: así es como lo recordaba de la última visita que había hecho a San Feliz hacía dos años. Hizo memoria, y no tenía el menor recuerdo de haber tenido contacto alguno con él, solo cuando concertó con su padre que lo reclamaría al cumplir los quince años, y entonces sí le pasó la mano por la cabeza diciéndole: *Tienes buena planta chico, serás todo un Sanfeliz.*

Rogelio estaba nervioso. Dejando la maleta junto a la de Nuel, sacó una foto de la cartera y la memorizó, guardándola de nuevo; y se acercó a babor, que era el costado de atraque.

Nuel permanecía solo en medio de la cubierta, ahora sentado sobre las dos maletas. Al poco se le acercó Rogelio excitado:

—Nuel, he visto al hermano de mi madre, está igual que en la foto —reparando que su amigo no había hecho el mínimo intento de reconocimiento—. Pero... ¿no buscas a tú tío?

—Lo conozco perfectamente, lo he visto hace dos años. Venga, vamos, acaban de abrir la pasarela.

Conforme bajaban la escalerilla, los que les antecedían hacían aspavientos de saludos, siendo correspondidos desde el muelle. Rogelio saludaba a su tío, pero este no lo conocía. Por su parte, Nuel aún no había visto al suyo, pero estaba tranquilo porque tenía la dirección, y si no venía a esperarlo, caminaría hasta su negocio, pues le había dicho que estaba muy cerca del puerto.

Nuel, realmente, se iba fijando más en las escenas de recibimiento, algunas tremendamente tiernas y emocionantes, como la de la madre gallega con cinco hijos, que era recibida por su marido sin saber a quién abrazar primero, decidiéndose finalmente por la más pequeña, a la que estrujó entre sí y su mujer, mientras los otros cuatro hermanos le tiraban de la chaqueta. Le emocionó también el abrazo del tío de Rogelio a este, casi como si fuera su hijo. Saltó el final de la escalerilla y se fue a ubicar en la mitad del muelle, fuera del barullo del recibimiento. Rogelio, cuando terminó de saludar a su tío, enseguida lo buscó y se acercó a él.

—Nuel, ¿no lo has encontrado?

—No, pero no importa, tengo la dirección.

El tío de Rogelio se les acercó portando la maleta. Habiendo escuchado lo que decía el amigo de su sobrino, se ofreció para llevarlo.

— ¿Quién te reclamó?, porque aquí nos conocemos todos.

—Mi tío se llama Julián, Julián Sanfeliz...

—Sí, estará muy ocupado, el negocio para él es lo primero; pero es aquí al lado, yo te puedo llevar. —La oferta quedó cortada por un llamamiento.

— ¡Sanfeliz!, ¡Nuel Sanfeliz!, ¡vengo a recoger a Nuel Sanfeliz!

Era la voz infantil de un joven mulato, que pegaba saltos entre la multitud para hacerse notar, dada su baja estatura.

—Ah, es el bas..., el chico de la bodega de Julián Sanfeliz.

El tío de Rogelio lo llamó por el nombre y le hizo una señal para que se acercara.

Nuel y Rogelio se despidieron con la promesa de verse pronto, mientras el joven mulato se agachó, cogió la maleta y le invitó a que lo siguiera. Poco más allá, tenía aparcado un mulo con una especie de carruaje, que debía servir más para carga que para transportar personas.

El chico era simpático, y se le presentó como Abel, la persona de confianza de don Julián, y dominando la situación le dijo que antes de ir para casa le iba a dar una vuelta por la ciudad, sobre todo por la parte colonial, aunque su calle, la del Conde, también era muy céntrica, al lado de muelle pequeño del río Ozama.

La situación, el que su tío no lo estuviera esperando, lo tenía desconcentrado. No iba reparando demasiado en las explicaciones de Abel, aunque sí llegó a la conclusión de que era una ciudad muy vieja, con muchos monumentos e importantes casas de piedra, y para que Abel no se sintiera ofendido, de vez en cuando le hacía preguntas, cuyas respuestas olvidaba de inmediato, pensando de nuevo en su situación allí.

Finalmente llegaron a un edificio de planta baja y primera planta, bastante largo, en donde figuraba un nombre: "Bodega, Aparejos e Importaciones Sanfeliz". Sobrepasaron la fachada, y Abel condujo el carruaje hacia la parte posterior del edificio, en la que había un patio con cuadra y almacenes.

Desaparejado el burro, el muchacho lo llevó al establo, donde había otros animales de tiro, cogió la maleta de Nuel y le dijo:

—Acompáñame, te enseñaré tu cuarto.

Entraron en la trastienda del negocio, pasando por pasillos abarrotados de mercancías diversas, hasta un punto donde el pasillo se ensanchaba, con una cortina a la izquierda que escondía un local, y al final una puerta. En aquel lugar, Abel descorrió la cortina y le mostró la cocina; volvió a cerrarla y le invitó a pasar por la puerta.

Entraron en una habitación, aparentemente no muy pequeña, en la que en las paredes laterales, derecha e izquierda, había una sucesión de literas, algunas de dos pisos, incluso de tres. Abel se paró delante de una y le dijo que aquella era su cama, dirigiéndose luego al fondo, a una batería de armarios, y le indicó cuál era el suyo.

De la tienda provenía el ruido típico de gentes que entran y salen, y de los dependientes atendiéndoles. Nuel dirigió hacia allí su mirada pretendiendo oír la voz de su tío, pero no era ninguna de las que escuchaba.

Se atrevió finalmente a preguntarle a Abel:

—Mi tío, ¿dónde está?

El amo, hoy ha salido para el interior. Ha comprado una partida de madera y quiere asegurarse de que va a llegar por el río Ozama sin novedad. Dejó dicho que te acomodásemos y que te enseñásemos la bodega[18], que será donde vas a trabajar. Pero nos dijo que hoy observases todo, sin ponerte el mandil. Empezarás mañana. El señor Antonio, el encargado, te instruirá.

—Bien, quiero conocer al encargado, después no hace falta que estés conmigo, deseo dar un paseo por la ciudad.

Aquellas literas le hacían presente la bodega del Cabo Vidio, ahora solo le faltaba ver las letrinas para que todo fuera igual, por lo que le preguntó a Abel: ¿Dónde está?..., no sabía si decir baño, retrete o letrina, pero finalmente se decidió por "letrinas". Abel lo entendió y lo condujo al patio, donde había dos cabinas, que eran exactamente eso, dos letrinas, solo que con un lavabo dentro.

---

[18] Bar-tienda.

Tras conocer a Antonio, el encargado, que lo trató como "sobrino del dueño" que era, le dijo que la comida se hacía por turnos para no dejar desatendida la bodega; y como él lo iba a comer en el primero, dado que lo tenía que instruir, lo mejor sería que lo acompañase en la comida.

Nuel regresó a la habitación y dispuso todo el contenido de la maleta en el armario. Sacó la carta que tenía que enviar a Alicia de la carpeta y la colocó dentro del libro, sobresaliendo, y puso el libro en el estante de arriba del armario, encima de la carpeta. Indudablemente, el echar la carta tendría que esperar, pues se acercaba la hora de comer, y después vendría la instrucción del encargado.

Cuando estaba en estas conclusiones, entró en la habitación Abel, que se dirigió a un armario, puso algo dentro y después se sentó en la litera.

—Todos los empleados de mi tío ¿viven aquí?

—No, no todos, solo los que no tienen casa.

—Y tú, ¿no tienes padres, no tienes una casa?

—Sí que tengo, tengo a mi mamá que es el ama en la casa de don Julián. A mi papá no lo conocí, se marchó en un navío y no volvió.

—Mi tío, ¿vive arriba?

—No, don Julián tiene una casa de piedra, con jardín, al final de la calle; esta casa es toda para los negocios. Ven que te la enseño.

Siguió a Abel y se hizo una idea del lugar donde iba a trabajar. En la planta baja, una de las partes la ocupaba la bodega, una tienda-bar, con todo tipo de bebidas y comestibles; a continuación, un apartado para comercio textil; y en la parte final, un departamento dedicado a la industria naval y agrícola. La primera planta estaba dedicada por completo a almacén de tabaco, cacao, café y aparejos navales, teniendo acceso a través del patio posterior mediante una rampa que permitía incluso subir carruajes desde la calle.

Cuando salieron por la rampa y llegaron a la fachada de la casa, Nuel comprendió enseguida el porqué de los turnos, pues entraban y salían clientes continuamente.

La tarde la pasó Nuel detrás del mostrador de la bodega, siguiendo al encargado de una parte a otra, mientras le instruía en los precios, en las mercancías, en los pesos y en los cambios.

En la bodega, que no hacía justicia el nombre a la realidad, pues no se trataba de una bodega al uso como la conocía Nuel, sino de un bar-tienda, había un trajín continuo para servir en el mostrador, atender las mesas, dispensar comestibles y todo tipo de utillaje, lo que permitía de inmediato concluir que aquel mostrador era el de más movimiento, siendo también donde más dependientes había.

El siguiente apartado del negocio era un mostrador dedicado exclusivamente a lo textil, separado tan solo por unos biombos japoneses que tenían escrito *sedas y tejidos*, y desde luego allí no había tanto movimiento, puesto que estaba atendido solo por dos dependientes.

Y por último, el apartado de aprovisionamientos navales, que además disponía dentro de él de una sección dedicada al servicio agrícola; también tenía mucho movimiento, aunque no tanto como la bodega.

Nuel pronto se hizo una composición de lugar y pensó que aquel, el último, era donde más le atraía trabajar, pero el encargado no le daba tregua y llegó la noche, con la hora de cierre, sin enterarse del paso del tiempo, pero sintiéndose tremendamente cansado.

Al finalizar la jornada, los empleados que no vivían allí, se marcharon a sus casas y los seis residentes, más él y Abel, se fueron para la cocina donde decidieron lo que iban a cenar. Uno, el que hacía de cocinero, le dijo a Nuel que iba a ser su ayudante de cocina, mientras ordenó a los demás que cogiesen los instrumentos de limpieza y se distribuyesen entre la bodega, lo textil y lo naval. Estaba claro que aquel, del que no sabía el nombre, era el segundo encargado, después de Antonio, pues este había estado hablando con él antes de irse, como dándole instrucciones.

Peló patatas, fregó platos del medio día, troceó plátanos e hizo todo lo que le mandaba el cocinero, y, durante la faena, se le ocurrió pensar que Abel se había escaqueado, pues no estuvo presente en la distribución de tareas; pero apenas había terminado esta reflexión, cuando traspasó la cortina el pobre Abel, cansado, dejándose caer sobre una silla, al tiempo que relataba todos los trabajos que acababa de hacer en las cuadras, limpiando y dando de comer a las bestias; Nuel lo miró compasivo, pues solo era un niño, y en su interior se disculpó con él, para a continuación pensar que su tío era un negrero, que tenía a todas aquellas personas allí como esclavos.

Cuando cerró el armario, antes de acostarse, vio la carta que salía del libro, que aún no había echado a correos, y la empujó hacia el interior para que no se viera tanto.

Al día siguiente, Antonio lo levantó de la cama apenas asomaron los primeros rayos de luz, pues iba a ser un día de mucho trasiego y él aún tenía demasiado que aprender.

Pasaron los primeros días sin que su tío hubiese regresado, hasta que, al quinto día, Abel entró hecho una tromba diciéndole a Antonio:

— ¡El patrón ha vuelto!

El encargado se dirigió a Nuel, dándole una palmada en la espalda:

— ¡Venga!, acompaña a Abel, ya tienes ahí a tu tío.

Nuel siguió al muchacho. Se encaminaron por la calle Conde hasta casi el final, donde Abel se paró ante una mansión de estilo clásico, indicándole que era aquella. Atravesaron el jardín, traspasaron el porche y al empujar la puerta los recibió el "ama", la madre de

Abel, una negra esbelta, aparentemente joven, de facciones no muy africanas, quizás también ella fuese mulata, aunque con un color más subido que el de Abel. Los introdujo dentro de la casa con cariño, a los dos, a Abel dándole un beso y a Nuel ofreciéndole los brazos, atrayéndolo fuertemente hacia sí. Lo separó y sujetándole las manos, lo miró de arriba abajo.

—El señor Julián se quedó corto, eres mucho mejor "mozo"..., ¿se dice así? —le preguntó—, que el recuerdo que yo tengo de tu tío cuando llegó a Santo Domingo. Pasa y siéntate. Él se está aseando arriba, porque llegó hecho unos zorros del viaje.

Mientras esperaba, Nuel pensó que lo que había dentro de la casa se correspondía con la suntuosidad del edificio, y no acertaba a comprender cómo su tío podía tener hermanos en España siendo *caseiros,* y algunos viviendo con muchas necesidades.

Fue interrumpido en sus pensamientos por el "amo", como decía Abel, que apareció impecable en lo alto de la escalera, vestido de blanco, con el típico sombrero caribeño, fumando un habano y blandiendo el bastón, que no utilizaba como tal.

— ¡Chico, has crecido! ¿Cómo te han tratado estos —refiriéndose a Abel— en mi ausencia?

Ante aquel saludo, sin otro contacto, Nuel no supo hacer otra cosa sino contestar:

—Bien. Estoy trabajando desde el primer día.

—Como debe ser, aquí la vida es dura y abrirse camino cuesta mucho. No es como en el pueblo, que se lleva una existencia mucho más tranquila.

Se quitó el sombrero y lo colgó junto con el bastón en la percha de la entrada, yendo a sentarse frente a Nuel, al tiempo que soltaba una bocanada de humo antes de proseguir. A Nuel no le pasó desapercibida aquella puesta en escena: apareció en lo alto de la escalera vestido de calle, con sombrero y bastón, de los que se desprendió en el vestíbulo, como si acabase de entrar; indudablemente quería impresionarle.

— Muchacho, tengo para ti grandes planes. Ya has podido ver mi negocio, es uno de los más importantes de la zona portuaria. Ahora estamos viviendo unos momentos de bonanza, pues los americanos nos ofrecen estabilidad, y la postguerra europea nos da oportunidades. Así que tenemos que aprovechar unas y otras. Pero tiene que hacerse trabajando, de sol a sol; aquí no hay fiestas, ni romerías, ni días libres, salvo que estés enfermo o tengas la necesidad de visitar a alguien; aquí lo que hay es trabajo y trabajo. Y yo, para ti, quiero un porvenir como el mío. Pero nada es gratis, sobrino, por eso he dispuesto que tienes que empezar por abajo, y la bodega es el mejor lugar para aprender; luego podrás pasar por los textiles y por las importaciones, con pertrechos navales y productos agrícolas. Ahora empiezo con el negocio de la madera. Como ves, tienes faena por delante.

El resto de la exposición de su tío le cayó a Nuel como una losa encima, pues para empezar por abajo tenía que vivir donde los demás dependientes, y, porque fuera "sobrino del dueño", no iba a tener ningún privilegio; así que, cuando "aquel señor" de los bigotes puntiagudos se levantó, exhalando otra bocanada de humo, y lo invitó a que acompañase de nuevo a Abel, se sintió aliviado.

De regreso, le pidió a Abel que le enseñase donde estaba el edificio de correos, lo que este hizo con gusto, añadiendo además al recorrido otros lugares, como la Catedral, El Parque o la Torre del Homenaje, pasando por el Puerto Grande.

La carta de Alicia aún tuvo que esperar algunos días más antes de que Nuel la pudiese echar al correo. De todas las formas, el tiempo le pasaba con rapidez, pues el contacto con el público, gentes del puerto, estibadores y demás trabajadores, y el frenesí de las ventas, lo dejaban agotado.

∞

En no mucho tiempo, quizás habrían pasado dos o tres meses, se había hecho una idea de lo que estaba ocurriendo en Santo Domingo: el apogeo que se estaba viviendo venía de algunos años atrás, no muchos, por las exportaciones de azúcar, tabaco, café y cacao; se llamaba la época de la "danza de los millones"; pero el pueblo estaba indignado por la invasión americana y por la falta de democracia.

El año anterior se había constituido el Sindicato Nacional de estibadores y otros gremios portuarios; y este año ya había tenido lugar la primera huelga de choferes contra el aumento del precio de la gasolina. La paz existente, según oía a sus clientes, era una paz impuesta por los americanos, y los intelectuales habían empezado a moverse con reivindicaciones civiles a favor de una transición con un gobierno dominicano; posiblemente, con esta intención, se creó en 1920 la Unión Nacional Dominicana presidida por don Emiliano Tejera.

Con toda esta información, y las noticias de manifestaciones a favor del restablecimiento de la soberanía dominicana, Nuel se sentía encarcelado en el negocio de su tío, pues ya había pasado casi medio año, y apenas había salido a la calle, solo en dos ocasiones, la primera para echar la carta de Alicia y la segunda para asistir a misa el día de la Ascensión, pues argumentó que su abuela le había pedido que ese día no faltase a misa.

No supo nada más de Rogelio, ni Rogelio se había puesto en contacto con él. No escribió más cartas que la que envió junto con la de Alicia, dando la noticia a su casa de que había llegado bien y que ya estaba trabajando; y no tenía más alegrías que el departir con los clientes, especialmente estibadores, que compartían con él sus ideales, llegando incluso a sostener conversaciones sobre las Internacionales y sobre el sindicalismo, temas sobre los que estaba documentado por el libro.

Cuando la huelga de estibadores en el puerto, Nuel participó a su modo, llevándoles comida a una de las naves donde estaba recluido un grupo. Esta actuación suya, sin el permiso del encargado, significó que su tío montara en cólera, entrase en su armario y le quemase en la cocina el libro que tenía en el estante, como culpable de sus ideas. La advertencia fue clara:

— ¡En mi negocio, no hay revolucionarios! Aquí se trabaja, no se hace política. El abuelo Celestino tenía razón respecto a tu madre: *Saber leer y escribir no puede traer nada bueno para las mujeres;* por eso él solo permitió que fuésemos a la escuela los hijos. Mis hermanas no fueron y no lo necesitan; y a tu madre, ¿para qué le ha servido? Para meterte a ti esas ideas en la cabeza. —Las consecuencias de su actitud con los estibadores no se hicieron esperar—. He comprado una partida de madera en Haití, embarcarás para allí, y trabajaras en la corta con Juan, mi maderero. Os embarcaréis mañana en el Porto Fino.

∞

Era la Noche Buena de 1920, una fiesta que siempre se celebraba en su casa con sentido religioso, por parte de sus abuelos, y más bien "familiar" por parte de sus padres; sin embargo, aquel día de temperatura y clima caribeño nada tenía que ver con el invernal día de

Noche Buena de su ya añorada Asturias. Estaba haciendo la maleta, puesto que embarcaría antes de mediodía, y la perspectiva para aquella noche era que no la celebraría con nadie conocido. Abel lo acompañó con el carruaje al Muelle Grande y allí le presentó a Juan. Antes de despedirse, le advirtió que debía tener consigo la documentación de emigración y de aduanas por si le fuese requerida al entrar en Haití. Indudablemente, era un chico despierto, que transmitía las órdenes de su tío al pie de la letra, como si fuese él mismo... ¿Era solo el hijo del ama de llaves?, ¿o algo más?

A la hora de la cena, el Porto Fino navegaba por embravecidas aguas del Caribe, y las viandas que el cocinero depositaba en los platos de los de marineros y pasajeros, que se iban acercando en fila para ser servidos, a duras penas se sostenían dentro del plato. Nuel lo sostuvo con equilibrio y se fue al rincón de la bodega donde había dejado la maleta, se sentó sobre ella y mientras iba engullendo la comida, lloró amargamente amparado por la oscuridad.

De lejos, lo estaba observando Juan, que quiso respetar su intimidad, dejándolo solo en aquel rincón para que sacara lo que llevaba dentro, pues le había puesto al día Abel de todo lo que le ocurría. Cuando vio que ya estaba calmado y parecía quedar traspuesto apoyado en el mamparo, se le acercó, colocó su mochila junto a él y, sentándose sobre ella, le preguntó con afecto.

— ¿Te has desahogado?

Se sobresaltó y respondió a la defensiva, casi con agresividad.

— ¡Qué le importa a nadie si me desahogo o no! ¿Quién me ha consultado para que yo esté aquí?

—Tranquilízate, chaval, sé tú historia, Abel me puso al día, y no creas que es tan diferente a la de los demás. Empecemos por presentarnos: yo me llamo Jon, y has tenido suerte que tu tío te envíe conmigo, pues en este negocio hay gente sin escrúpulos que explotan a chavales como tú exponiéndolos al máximo riesgo en la montaña. —Le extendió la mano y Nuel le correspondió sin acritud.

—Perdona, yo soy Nuel, me han asentado quitando el "Ma"; pero yo creía que tú eras Juan…

—Sí, Juan en español, pero soy vasco y mi nombre es Jon. Tu tío me toca los cojones llamándome Juan, pero él me puso al frente de este negocio y tengo que tragar. Me han contado lo de los estibadores… ¡Tienes cojones chaval! Así me gustan los tíos, con arrestos.

Nuel parecía escuchar con interés lo que le decía, pero su interior era una olla a presión de sentimientos, lo que provocó que le contestase:

—No voy a volver con mi tío, me marcharé a Cuba y empezaré de nuevo.

—Vale, pero a mí no me vas a joder, ahora estarás conmigo, te serenarás, aprenderás el oficio, y después de la tala, con el último embarque, decides lo que quieres. —Jon se había puesto de pie autoritario, casi amenazante, pero suavizó el final—. Créeme, Nuel, lo que te propongo, aunque pienses que te lo ordeno, para ti es lo mejor. Yo he pasado por situaciones parecidas, y gracias a encontrar buena gente, no me he perdido. Tú me caes bien y al final te dejaré decidir. ¿Vale?

Nuel se puso de pie, le pareció sensata y sincera la propuesta de Jon, y, en un gesto de adulto, como quien cierra un trato, le extendió la mano.

—Vale, pero recuerda que, con el último embarque, yo decido.

—Por supuesto, tú tendrás la decisión, no el cabrón de tu tío.

GUADIMIRO RANCAÑO LÓPEZ

DE CUBA A NUEVA YORK Y SAN FELIZ

La tala y los sucesivos embarques de madera se llevaron a cabo durante seis meses en Haití por la cuadrilla de Jon. Los bosques, en esta parte de la isla estaban casi por completo esquilmados. Jon había completado el cupo y, con el último embarque, había llegado el momento de regresar a Santo Domingo.

Seis meses significaban que hacía un año que Nuel había llegado a la Isla; lo hizo con quince, y ya había cumplido dieciséis. La convivencia con Jon en el bosque lo había convertido en adulto, y ahora este debía respetar su decisión, como lo habían pactado.

—Bien Nuel, llegó el momento, ahí tenemos el barco que nos llevará a Santo Domingo... ¿qué decides?

Frío, sin la más mínima emoción, con la serenidad del adulto, que no era.

—Me voy a Cuba. Uno de la cuadrilla ya me ha gestionado el embarque en ese carguero. Has sido generoso, y quizás te hayas arriesgado liquidándome como a toda la cuadrilla. Así que tengo un dinero y me lo juego cambiando el rumbo. Esté donde esté, te recordaré con cariño. Pero, ¿qué le vas a decir a mi tío?

—Él no me dio instrucciones de... si debía o no pagarte, así que yo interpreté que debía hacerlo, como a los demás. El resto es fácil, en el puerto te has fugado en otro barco y no sé a dónde.

—Gracias, compañero...

—No cambies, y si quieres puedes decirme camarada, yo comparto tus ideales, pero no tengo el valor para ponerlas en práctica. Alguien tiene que hacerlo, estos putos capitalistas nos están arrancando la piel a

123

tiras. En esta tala hemos tenido suerte, solo cayó uno de los nuestros, y a nadie le importa salvo a los suyos. Y mira cómo estamos dejando la isla, desnuda, con la piel expuesta al sol. Esto lo pagarán los próximos —Jon se agachó, cargó la mochila, y le extendió la mano—. ¡Suerte compatriota!

El viaje a la Habana no era directo, sino en zigzag haciendo atraques en distintos puertos del Caribe, alargando el tiempo de llegada, algo que Nuel agradecía en principio, pues así tendría tiempo para poner en orden su vida, coger la estilográfica y escribir cartas. La primera sería para Alicia, la segunda para su casa y la tercera para Rogelio. Pero esta intención se quedó solo en esto, en intención, pues ¿qué les diría?, ¿qué le contaría a Alicia, a su madre, a su amigo? Indudablemente no quería decirles la verdad, y para mentirles mejor no escribir. A Rogelio posiblemente pudiera contárselo, pero ¿merecía la pena arriesgarse a que su tío averiguase el destino?

Lo acontecido en la Habana fue más de lo mismo: trabajos en bodegas al estilo de la de su tío y mismas condiciones de trabajo, por tanto, sucesivos auto-despidos y distintos trabajos, algunos gracias a la experiencia conseguida con la madera. El último, en el puerto, para un intermediario exportador de madera, lo que le sirvió para contactar con todo tipo de cargueros, algunos que recorrían la Costa Este de los Estados Unidos, por lo que no tuvo ninguna dificultad en enrolarse como fogonero en uno de ellos.

La experiencia cubana no había sido mucho mejor que la dominicana, así que la expectativa la tenía puestas en otro lugar, en Nueva York. Sabía que era difícil entrar en el país, pero había escuchado infinidad de experiencias de marineros que referían cómo se podía desembarcar en los muelles de la ciudad norteamericana, y, a través de los sindicatos portuarios, no era difícil quedarse trabajando hasta poder legalizar la situación.

Como la travesía de Haití a Cuba, el viaje por la costa de Estados Unidos, en aquel verano de 1923, fue largo; parando, cargando y descargando en infinidad de pequeños puertos, hasta que, por fin, una tarde del mes de Julio, el carguero saludó con el largo pitido de su ronca sirena a la Estatua de la Libertad, lo que los marineros celebraron en cubierta, fogoneros incluidos.

El jefe de máquinas se le acercó por detrás.

— ¿Impresionado, muchacho?

—Sí, mucho.

—Baja y cámbiate. Después de atracar, espera la señal del estibador y te colocas encima del último envío, dentro de la red, tapándote con la lona. Luego alguien te recogerá y te hará salir del puerto como estibador. Y ya sabes, llegó el momento de la última entrega.

Nuel hizo lo primero que le indicó el jefe de máquinas y, mientras esperaba para saltar a la red, liquidó las cuentas con el marinero, comprobando que apenas le quedaban fondos, únicamente unos dólares que había cambiado en la Habana.

Lo que siguió, todo se desarrolló conforme a lo preestablecido, y ya de noche se encontraba en la casa de una familia italiana, en la que el padre chapurreaba muy mal el español, sirviéndole de intérpretes los hijos que hablaban un hispano casi perfecto.

Al día siguiente, Nuel entraría en la zona portuaria para trabajar en los frigoríficos, cargando y descargando carne, generalmente procedente de la Argentina. Las condiciones ya estaban establecidas por el Sindicato: tendría que hacer frente a todos los gastos de la entrada y de la posterior cobertura hasta que pudieran facilitarle una documentación.

Aquí, la situación era diferente: desde la casa de la familia italiana, los días que tenía libres, podía salir por la ciudad, con cuidado de no ser requerido por la policía, pues era un ilegal en el país.

∞

Los meses pasaban con increíble rapidez, disfrutando con las salidas, que le permitían ir conociendo la ciudad y asombrarse con los enormes rascacielos. Tenía una dificultad, que no había aprendido una palabra de inglés, aunque casi ya hablaba italiano, no solo por la familia con la que vivía, sino por los compañeros de trabajo.

En una de las salidas, acababa de visitar un rascacielos, y en el hall del mismo sintió unas tremendas ganas de ir al servicio, por lo que se dirigió a uno de los empleados, haciendo el gesto de lavarse las manos, al tiempo que lo interrogaba con un movimiento de cabeza; este interpretó correctamente el gesto y le indicó una de las puertas, la cual Nuel abrió y cerró precipitadamente; apenas tenía tiempo para bajarse los pantalones, pues se le acercaba una diarrea galopante; no había ninguna taza de wáter, ya que se trataba de lo que había solicitado por señas, un lavabo. Sin entrar en detalles de lo ocurrido, salió de aquel lugar con el problema solucionado.

Caminaba por el hall avergonzado de lo que acaba de hacer, quizás disimulando demasiado, lo que levantó las sospechas de un policía que había en lugar, el cual se le acercó y le pidió la documentación. Mientras buscaba en los bolsillos los papeles que lo identificaban, pero como emigrante español a la República dominicana, no daba crédito a la eficacia de la policía: *¡apenas acabo de cagar en el lavabo, y ya me han descubierto!*

Lo que vino a continuación fue un calvario para Nuel: pedirle la documentación de emigrante en Estados Unidos, no disponer de ella, ponerle las esposas y conducirlo a la comisaría más próxima.

Allí lo interrogó un agente en perfecto hispano, y comprobó que lo importante no era el incidente del lavabo, que ni siquiera lo citaron, sino la falta de documentación. Estaba aleccionado por la familia italiana y el Sindicato, y no dio ningún dato, solo que había venido en un carguero. Facilitó el nombre de uno de los barcos atracados en el muelle, añadiendo que había viajado de polizón y que se había bajado entre la mercancía descargada, sin que nadie lo viera, saliendo del muelle oculto en un camión de la basura.

Ante la aclaración de los hechos, lo trasladaron a Emigración y, tras permanecer en un albergue portuario o de aduanas algunos días, le comunicaron que al día siguiente zarparía en un barco en dirección a España y desembarcaría en Vigo, como "repatriado", y que esta fórmula significaba que tenía vetada su entrada en los Estados Unidos de América para siempre.

La "fórmula" no le pareció mal, pues él era un emigrante forzado y no entraba dentro de sus planes volver a emigrar.

Sentía no poder despedirse de la familia italiana con la que había intimado y a la que apreciaba como su única familia en aquel país, especialmente Graciella, a la que consideraba algo distinto: más por la insistencia de ella, que buscaba algo diferente a la amistad. Su deseo se hizo realidad cuando un funcionario de vigilancia le indicaba al *signore Lucciano* en dirección suya. La distancia con Graciella, acompañada de su padre, se le hizo eterna, teniendo tiempo para reflexionar: *¿Se habría enterado de lo ocurrido entre su hija y yo? ¡Ya se sabe cómo son los italianos para estas cuestiones!* ¡Vendetta parecía rezumar el rostro enjuto y tosco de aquel siciliano, que, sin embargo, se dirigía a él de un modo afable!

— ¡*Caro amico*!

—Señor Lucciano... —Nuel no sabía cómo interpretar aquel abrazo, aunque le pareció afectuoso, sobre todo cuando le susurró al oído:

—*Sono molto triste per ciò è accaduto. Veramente, ti vengo a trovare anche in veste di tuo banchiere... Non posso ridarti i tuoi risparmi, però ti prometto che li investirò nei miei affari. Anche se, forse, la ragione principale della mia visita si debe a che mia figlia voleva salutarti.* (Estoy muy triste por lo que ha sucedido. En realidad, vengo a verte también como tu banquero... No puedo hacerte entrega de los ahorros, pero prometo invertirlos en mi negocio. Aunque quizás la causa principal es porque mi hija quería despedirse de ti.)

EN CASA

En San Feliz no habían recibido más noticias de Santo Domingo que las enviadas por Nuel a su llegada. Inés, su madre, estaba impaciente, sobre todo por los rumores que existían de que Julián lo había enviado a Haití para ponerlo al frente del negocio de la madera, pero en concreto, nada.

El Abuelo Celestino intentaba calmarla, justificando la falta de correspondencia, porque eso mismo había ocurrido y seguía ocurriendo con Julián, que a lo sumo les escribía cada dos años. Pero a Inés, estas palabras no le bastaban, ya que en el caso de Nuel habían pasado cuatro años.

Por lo demás, el otoño de 1923 transcurría con la más absoluta normalidad en el caserío. Habían tenido una gran cosecha de uvas, y las faenas del trasiego y almacenaje del vino, así como la extracción del orujo se habían alargado, por lo que, para la recolección de las castañas, tuvieron que echar mano de vecinos próximos y, en este comienzo de diciembre, para la matanza, vino la tía Cesárea de Busmayor y bajaron los tíos de Paradela.

Cesárea acaba de amasar el embutido junto con su cuñada Inés y la hermana Isidora, casada en Paradela. Limpiándose el sudor con el mandil, cerró su masera y salió de la casa del *forno*[19], una construcción dedicada no sólo para cocer el pan sino también para curar la matanza, y se fue a sentar al banco que había enfrente, junto a la puerta de la casa. Los tímidos rayos de sol

---

[19] Horno.

del casi incipiente invierno invadían la solana, y en el banco se disfrutaba de una temperatura ideal en las primeras horas de la tarde.

Mientras Isidora e Inés continuaban ultimando los preparativos para dejar la masa del embutido reposando en sus respectivas maseras, entró Niño de Paradela, su cuñado y marido de Isidora, al que, de siempre, llamaban así y no por el nombre; traía una máquina de embutir, la cual depositó encima de la masera que había dejado cerrada Cesárea. Cuando esta lo vio delante del "forno", no pudo reprimir una sonrisa ante el recuerdo de ver a Niño escondido en el horno cuando cortejaba a Isidora. No tenían la oposición de Celestino, pero este no veía con buenos ojos que iniciaran un noviazgo siendo tan jóvenes, sobre todo porque el rebaño quedaría huérfano de la pastora que lo cuidaba desde niña.

— ¡Niño!, —vociferó Cesárea a su cuñado— ¿te acuerdas cuando saliste con el culo chamuscado del *forno*?

La sonora carcajada de Cesárea no mereció el menor aprecio por su parte, aunque sí la percibieron y secundaron Inés e Isidora, que recordaban a la perfección cuando esta última había escondido a su pretendiente en el horno ante la llegada inesperada de su padre, que había subido antes de tiempo de la *veiga*[20]; y recordaban cómo este ordenó a su hija que cogiera sarmientos y los metiese en el *forno* para hornearlo, ya que aquella noche cenarían conejo.

Una vez más se llevó el delantal a la frente y, al elevar la cabeza para secarse el sudor del cuello, su mirada barrió el horizonte, en altura, hasta la carretera, puesto que esta pasaba por encima de San Feliz y por debajo de Paradela, a unos ciento cincuenta o doscientos metros. Sentado en el pretil, mirando hacia ella, vio

---

[20] Vega.

una figura de hombre, que distinguía a duras penas, pero que le hizo estremecerse; se le saltaron las alarmas por quién podría ser, prefiriendo que fuese Inés quien lo identificase.

— ¡Inés, Isidora, venid a ver si distinguís quién es aquel del pretil!

— ¡Dios mío, es Nuel!

Inés no tuvo dudas, era su hijo, su hijo del alma por quien tantas lágrimas había derramado.

Al distinguirla desde arriba, Nuel se incorporó, levantó los brazos y gritó:

— ¡Madre, he vuelto!

La distancia se hizo mínima, porque madre e hijo se lazaron al encuentro; Nuel, ladera abajo, recortando el camino por atajos, y su madre abandonando la antojana por el camino principal hacia la carretera, encontrándose a escasos metros de la casa.

El alboroto de madre e hijo y de las tías emocionadas hizo que de la casa salieran sus hermanos Adela y Firme. José estaba en las tierras con el padre en faenas propias del momento.

Nuel, soltando a su madre, abrazó a sus tías, pero viendo acercarse a la jovencita que se imaginaba convertida en mujer, aunque no hasta tal punto, salió a su encuentro y se fundió con ella en un emocionante abrazo, que solo se deshizo cuando Firme le tocó el hombro.

— ¡Firme, cómo has crecido!

La voz de Nuel se truncó emocionada al reparar que por la puerta, lentamente, apoyada en un bastón, caminaba entre sollozos su abuela... ¡que por fin podía volver a ver a su nieto! Fue un abrazo largo, en silencio, bañado en lágrimas por parte de los dos.

—Y... ¿el abuelo?

—Bajó a la bodega, no se fía de tu padre en el trasvase del vino, y está comprobando los toneles —le contestó muy emocionada.

La abuela había citado a su padre y Nuel no se refirió a él, sino que pasó directamente a preguntar por su otro hermano, por José.

—Está con tu padre *na veiga*; baja corriendo y dales una sorpresa; los dos te han echado mucho de menos.

Pero antes de ir a la vega, salió corriendo hacia la bodega, donde sorprendió a su abuelo inspeccionando toneles y barricas; precisamente en aquel instante estaba *sangrando* una barrica para probar el contenido. Al verlo, al abuelo Celestino se le cayó el *cacho*[21] de las manos y torpemente se abalanzó hacia su nieto fundiéndose los dos en un fuerte abrazo. Cuando estaba alejándolo de sí para observarlo, entró José por la puerta, pues desde la huerta había oído el barullo, y también tuvo con él un saludo emocionante, requiriéndole de inmediato que le contase sus aventuras por América.

—Para eso tienes que esperar, José, lo haré en las noches de esfoyaza, antes tengo que ponerme al día de todo lo que ha pasado aquí.

Los que habían quedado en la solana, oyendo a Nuel hablar en la bodega, bajaron a unirse con ellos; pero su madre, viendo que ya había saludado a su hermano, se le acercó, y con la dulzura de una madre emocionada, le dijo:

—Hijo, ahora baja a la huerta, ve a ver a tu padre...

Nuel la obedeció, salió sonriendo por la puerta de la bodega y cogió el camino hacia la vega. Lo recorrió despacio, revelando en su mente las imágenes de su padre: primero, pactando con Julián su ida a Santo Domingo; segundo, hablándole a doña Pepita de él; tercero, el encargo que le hizo a Tula... Y, verdaderamente, la sucesión de imágenes no le producían los mejores sentimientos.

---

[21] Cuenco de madera.

GUADIMIRO RANCAÑO LÓPEZ

Lo encontró cerrando los canales de riego del arroyo con la vega, pues en aquella época ya no eran necesarios. Al verlo acercarse alzó la azada, se apoyó sobre ella, y quedó quieto esperando a que Nuel se le acercara. En aquellos instantes pensó en su madre, en el interés porque bajase a saludarlo, y lo estrechó en un abrazo de cumplido.

— ¡Padre!...

—Hijo...

—He vuelto.

—Recibí una carta de tu tío. Tu madre y tus hermanos no saben nada, solo el abuelo lo sabe. Julián me puso al día de lo que hiciste.

— ¿Lo que hice?

—Sí, unirte a los revolucionarios para luego fugarte. —Se dio la vuelta, cargó la azada al hombro, y emprendió el regreso a casa seguido por Nuel, mientras continuó hablando—. Esas ideas te las metió tu madre; tienen razón los abuelos: el no ir a la Iglesia no trae nada bueno. ¿Dónde se ha visto que trates de tú a tus padres?

Se paró en seco, bajó la azada, la apoyó sobre el suelo sujetándola con la mano izquierda, mientras utilizó la derecha para reafirmar lo que tenía que decirle.

—Se ha terminado lo de los salmones... —la afirmación dejó a Nuel perplejo, porque en ella se intuía algo más—. En casa algunas costumbres han cambiado, como por ejemplo el tutear a los padres. Adela no lo hace, dando ejemplo a sus hijos, espero que tu hagas lo mismo, por tus hermanos y sobrinos.

El asombro y la no contestación de Nuel, hicieron que su padre prosiguiese.

—Y... ¿ahora qué? Tienes ahí el servicio militar, ya has entrado en quintas... ¿Sabes lo que te espera? ¡África! El abuelo lo tiene todo previsto: no permitirá que vayas a África, aquello es un polvorín. Pensaba que ibas a regresar primero, y le escribió a su hija Leonor, tu tía, en Buenos Aires, para que te reclame, cosa que ya hizo. Te marcharás para allá. —Subió la azada al hombro, lo miró fijamente antes de reemprender el camino, y en tono amenazante prosiguió—. El abuelo está dispuesto a gastarse todos sus ahorros en el pasaje para Buenos Aires; así que, antes de que te localicen los de reclutamiento, partirás para Vigo y allí comprarás el pasaje.

Lo que faltaba para llegar a la casa lo hicieron en silencio. A Nuel le había cambiado el rostro, pero antes de llegar, de nuevo su padre se paró, utilizando el mismo tono amenazante.

—Quiero que lo sepas todo, las cosas no son fáciles... En la misma carta Julián me preguntó por Adela; solo la conoce de la única vez que estuvo aquí, pero se llevó muy buena impresión de ella, aunque solo era una niña. Ahora, que ya es una mujer, quiere conocerla y por eso vendrá para la primavera. Tú ya no estarás aquí, y desde hoy hasta el sábado, que partirás para Vigo, no le harás ningún comentario a tu hermana que pueda dejar mal a Julián. Además, si lo hicieras, le harías mucho daño a la abuela; pero no le dirás nada porque yo te lo ordeno.

Le dio la espalda, sin opción a réplica, y se introdujo en la parte más baja de la casa por la puerta de la cuadra. Nuel bordeó la panera y subió hasta la solana, donde estaban todos reunidos esperándolo.

Cuando llegó al grupo, el abuelo Celestino les había revelado el secreto a su manera, y había justificado la partida para la Argentina por razones de seguridad para Nuel, pues no debían encontrarlo los de inscripción a filas, porque lo enviarían de cabeza a África. Por lo tanto, no saldría de allí la noticia de su llegada, así se podría quedar hasta el domingo, ya que el sábado celebraban los *roxóes*, siendo esta la única diferencia con lo que le había dicho su padre.

La alegría del recibimiento enseguida se transformó en tristeza ante una nueva despedida; aunque, para quitar penas, estaba allí su tía Cesárea, que intervino con la gracia y simpatía habituales que la caracterizaban, haciéndole un relato a Nuel de todas las cosas que habían pasado desde que se fue, lo que no le impidió a él ser consciente de la verdadera realidad: tenía diecinueve años, era menor de edad y el ejército lo buscaba para hacer el servicio militar, no le quedaban salidas.

En su habitación, la de siempre, disponiendo los pocos pertrechos que había traído, echó de menos la pluma estilográfica, que había quedado en casa de la familia italiana de Nueva York; pero no la necesitaba, pues no podía escribirle a Alicia para decirle que se veía obligado a emprender una nueva emigración. Instintivamente buscó su foto en el bolsillo y la sacó de la cartera, un tanto deteriorada; se sentó en la cama y la observó largamente, la besó y se le saltaron las lágrimas. Temiendo que sus hermanos entrasen de un momento a otro, la guardó, se compuso y se prometió que esta segunda emigración sería diferente: labraría un porvenir para poder algún día reclamar a Alicia; y le escribiría nada más llegar a Buenos Aires, contándole todo.

Le quedaban tres días entre los suyos y los iba a disfrutar. Para ello, les tenía que convencer de su satisfacción por esta segunda oportunidad. Apenas finalizada esta reflexión, a punto de levantarse, se abrió la puerta y entró Adela, cerrándola tras de sí y yendo a sentarse a su lado.

— ¿Es tu novia?

— ¿Me has visto?

—Sí, te estaba observando por le rendija de la puerta... Anda, cuéntame, cuéntame todo.

Adela movió una silla y se puso enfrente para no perderse detalle. Nuel, para no entrar directamente en lo de Alicia, empezó por lo de Santo Domingo, aunque obviando los detalles de la relación con su tío. Pero Adela, por lo que estaba interesada, era por Alicia.

—Y tu novia, ¿cuándo aparece?

Viéndose pillado, además le venía bien, pues así no metería la pata respecto a lo de su tío, le hizo un extenso relato de lo que había vivido en Gijón con Alicia, reviviéndolo paso a paso, como si fuera lo último que había ocurrido en su vida, lo que hizo que Adela se emocionara en algunos momentos.

— ¿Y vas a marcharte sin escribirle..., sin ir a verla?

—No puedo, Adela. ¿Qué le ofrezco: mi fracaso en Santo Domingo o el porvenir incierto de Buenos Aires?

—Pues, antes de irte a Vigo, pasa por Gijón y habla con ella.

—No puedo, los papeles de reclamación solo tienen validez hasta la próxima semana, después habría que esperar hasta que llegasen otros, y padre fue claro.

—Nuel, si Alicia te quiere..., ella no sabe si tú la sigues queriendo... Escríbele y cuéntale la verdad. Le pones la dirección de tía Leonor en Buenos Aires y así, al poco de llegar, tendrás su carta. Yo tengo papel, pluma y tintero, espera que te lo traiga.

Adela salió ilusionada por haberlo convencido, aunque conocía a su hermano y sabía que aún tenía que digerir esta decisión. Regresó, se lo dejó todo encima de la mesa y, con una sonrisa de complicidad, cerró la puerta dejándolo solo frente a la cuartilla en blanco.

Le resultó doloroso sincerarse, aunque significó un alivio para él confirmarle el amor que seguía teniendo... *por la pelirroja pecosa de inmensos ojos azules*. Le confesó que la luz de su fotografía había sido la que iluminó todos y cada uno de los días tenebrosos del Caribe; la que lo fortaleció en la emigración ilegal de Nueva York y la que, ahora, le guiaría a la Argentina para labrarse allí un porvenir. Releyó lo escrito, y le volvía a emocionar lo vivido con Alicia, haciéndole recordar la promesa de enviarle una foto. Sacó de nuevo la cartera y, tras extraer la foto de Alicia, buscó y sacó una suya que se había hecho en La Habana y la introdujo en el sobre. Lo cerró, puso la dirección y, como si Adela lo estuviera observando, se abrió la puerta.

— ¿Ya está?

—Sí, mira.

— ¿Pero, la has cerrado?

—Claro, tonta. ¿Creías que te iba dejar leerla?

— ¿Cómo sé yo lo que le has dicho?

—Tú no tienes por qué saberlo, pero... tranquila, le he dicho que la quiero, y le he pedido que me siga esperando.

—Gracias, hermano. ¿Me enseñas su foto? —Nuel se la entregó—. ¡Es preciosa, me encanta como cuñada!

CAPITULO II

LA SEGUNDA EMIGRACION

DE VIGO A BUENOS AIRES

A mediados de diciembre de 1923, muy próxima la Noche Buena, una vez más, Nuel se encaminaba a vivirla en solitario, como en los últimos años. Él no era creyente, pero ese era un día, o una noche, para vivirla en familia como siempre la vivió hasta los quince años.

Llegó a Vigo y buscó una pensión no lejos del puerto. Al comprobar que no era allí el único emigrante camino de América, se informó por el dueño de los trámites que debía hacer para comprar el pasaje y dónde.

Ramón, además de hostelero, ejercía también de intermediario-gestor en todos estos asuntos, y se ofreció a Nuel para ayudarle en las gestiones, especialmente para hacer los trámites más rápidos y sin obstáculos; por lo que, previamente, le preguntó cuánto dinero traía. Pero la respuesta de Nuel fue en la dirección de "hacerle saber" que él, con su edad, ya estaba curtido en esta y otras cuestiones relativas a la emigración, lo que hizo que Ramón replegase en su actitud y se ofreciese a ayudarle sin cobrarle nada.

Tres días después, tenía todos los papeles en orden y podría embarcar en el trasatlántico alemán "Antonio Delfino" el día 25, día de Navidad, por lo que pasaría la Noche Buena en la pensión.

Al contrario de lo que pensaba, fue una celebración emotiva y en familia; en familia de emigrantes, pues todos los que vivían en la pensión, en espera de coger el barco, junto con los dueños, se sintieron una familia ese día tan señalado, haciendo correr abundantemente el ribeiro.

La resaca, al día siguiente, no fue impedimento para madrugar y estar a primera hora en los muelles de embarque.

Aquellas escenas, para Nuel, ya no eran nuevas: la madre con sus hijos despidiendo al marido; la novia llorando por el novio que la despedía desde el muelle; los nietos abrazando a sus abuelos, embarcando solos en busca de sus padres; la casada por poder abandonando a su familia para ir al encuentro del marido... Llantos, dolor, desgarros familiares, un crisol de sentimientos, fundiéndose la miseria dejada en el pueblo con la esperanza ansiada al otro lado del charco.

Nuel se cargó al hombro el macuto que le habían dado los de emigración de Nueva York, pues le pareció más operativo que una maleta, y ascendió la escalerilla hasta cubierta tras haber presentado los documentos al inicio de la misma, lo único que cambiaba respecto al muelle de Gijón.

Una vez en cubierta, instintivamente, se apoyó sobre la barandilla fijándose en las parejas de novios que se despedían, siendo mayoritariamente ellos los que embarcaban y ellas las que permanecían en el muelle. En más de una ocasión le pareció ver en alguna de ellas a Alicia, lo que hizo que se emocionara contemplando la despedida. Pero hubo un caso que le llamó la atención: quien se despedía desde el muelle no era una chica sino un chico, y por lo que oyó mientras subía por la escalera, era su novio, no su hermano; esto no impidió que se fijara en ella, pues se trataba de una buena moza, no tan alta como él pero casi, de facciones perfectas y cuerpo esbelto remarcado por un vestido con cadencias en las caderas que resaltaban una cintura al uso, como las que había visto en la Habana; en contraposición, su novio era bajo, regordete, se lo imaginó como un fornido cantero, y no hacía pareja con ella.

∞

En esta ocasión tuvo la oportunidad de visitar las ciudades de los primeros puertos en los que el Antonio Delfino iba atracando, al revés que en el Cabo Vidio, en cuya travesía se pasó la mayor parte del viaje en el camarote, debido al mareo de Rogelio. Visitó Lisboa y Palma de Gran Canaria. También viajaba más cómodo, pues los camarotes eran "camarotes" y no una bodega, y en el suyo solo había otros dos chicos y él. Se mostró más reservado desde el principio y apenas sabía nada de sus compañeros; a ello ayudaba el que hablaran solo portugués y que, desde que habían subido en Lisboa, solían hacer la vida de a bordo juntos. Las otras tres literas no se cubrieron hasta Las Palmas.

Tras abandonar Las Canarias, el Antonio Delfino estuvo unos días al capricho del temporal reinante, pese a ser el trasatlántico más grande que Nuel había visto, pues solo en tercera clase viajaban más de mil trescientos pasajeros, lo que conllevó el correspondiente mareo de muchos y que las cubiertas estuvieran medio desiertas. La tormenta a Nuel no le afectó, y, al tener este barco muchas más comodidades que los anteriores en que había viajado, se pasaba los días en la biblioteca de un saloncito, al que no acudía mucha gente, aprovechando para leer todo lo que podía.

Próximos al Ecuador, la situación meteorológica dio un vuelco y el mar embravecido dio paso a un mar ligeramente ondulado que favorecía la navegación, debiendo también animar la "navegación" de los delfines, porque en aquella primera mañana de buen tiempo, hubo un festival de delfines acompañando al Antonio Delfino, que hacía las delicias de los más pequeños y de los mayores, que posiblemente nunca habían visto tal espectáculo.

Nuel estaba apoyado en la barandilla de babor de la primera cubierta.

— ¡Es maravilloso!, ¿vedad? Jamás había visto nada igual.

La mirada de Nuel buscó la de la persona que le hacía esta confidencia, y a su derecha, observando el espectáculo, encontró a la chica de la escalerilla, la que se despedía de su novio en el embarque. No tenía pecas, pese a que sus ojos eran azules, y una vez se había desprendido del pañuelo de la cabeza, el cabello rubio y rizado resaltaba su belleza.

—Sí, es cierto, es un gran espectáculo. ¿Es la primera vez que ves delfines?

—Sí, nunca he viajado. Pero usted, ¿ya los había visto?

— ¿Usted?... Trátame de tú, o ¿me ves tan mayor?

De pronto a Nuel le bulleron por la cabeza una serie de ideas sobre la respuesta que debía dar, pero no tenía claro lo que quería contestarle...

—No…, no, yo tampoco los había visto; también es la primera vez que viajo, pero he leído en algún libro, que los delfines siempre acompañan a los barcos.

— ¿Le... te gusta leer?

—Sí, si…, cuando tengo tiempo lo hago.

—Para mí... es mi afición favorita. Yo vivía con mi tío, el cura, y en casa tenía muchos libros, y él me daba clase de muchas cosas, pero, más que nada, de latín y

142

me hacía leer mucha literatura. Espero que en casa de mis padres, en Buenos Aires, también haya libros.

—Ah, pero... ¿tus padres viven en Buenos Aires?

—Desde luego, ya llevan allí muchos años; yo me he criado prácticamente con mi abuela y con mi tío el cura, porque mi abuelo murió siendo yo muy chiquitita. Ahora mis padres allí tiene una buena situación, y mi tío les escribió para que me reclamasen, encareciéndoles que me den una buena educación, enviándome a la universidad, pues él dice que en Santiago, donde empecé a estudiar Magisterio, hay mucho pillo.

Nuel quedó encandilado con aquella chiquilla, comportándose y vistiéndose de mucho más adulta de lo que parecía viéndola de cerca; y le hacía mucha gracia el castellano perfecto con el que hablaba, pero con un meloso acento gallego. Mientras él se hacía estas reflexiones, ella seguía hablando.

—Y, desde luego, yo quiero estudiar, aunque en el pueblo se dice que el estudiar es cosa de hombres, pero yo me voy hacer maestra. Mis padres me escribieron diciendo que mis dos hermanos, los que nacieron allí, y que yo aún no conozco, también estudian muy bien.

Nuel no sabía cómo parar aquella verborrea, un tanto nerviosa, y la cortó.

— ¿Cómo te llamas?

—Me llamo Mary Carmen, aunque mi tío me llama Carmiña, pero a mí me gusta que me llamen Carmela.

—Y... ¿dónde estuviste metida todos estos días, que no te he vuelto a ver desde la escalerilla, desde que te despedías de tu novio?

—No era mi novio; era el criado de mi tío que se ofreció a llevarme al puerto, porque el tío tuvo que quedarse con la abuela, la pobriña, que no paraba de llorar. Y no estuve metida en ninguna parte, sino que estuve muy mareada.

—Yo pensaba que..., como le dijiste *¡eo vou* reclamarte!...

— ¿Y entiendes el gallego?

—Sí, yo soy del municipio de Grandas de Salime, en Asturias, muy próximo a Galicia.

La conversación les había ensimismado, de tal modo que habían abandonado la observación de los delfines y estaban paseando por la cubierta, en animosa conversación, sin darse cuenta del tiempo. La gallega empleaba todas sus artes de seducción: hermosos ojos azules que borraban el azul de otros lejanos, melosa voz, casi musical; conversación inteligente; un tipo marcando talle, a la moda, que exponía, avanzando unos pasos por delante, para a continuación volverse hacia Nuel. En una de las vueltas lo pilló in fraganti escrutándole la figura, y al llegar a su cara recibió la mirada de Nuel con una sonrisa que resaltaba los hoyuelos de sus mejillas, lo que la hacía tremendamente atractiva, hermosa, pensó Nuel. Consciente de que había pillado a su acompañante en pensamientos no confesables, lo sacó de apuros.

—Y tú, ¿cómo te llamas?

—Nuel, me llamo Nuel.

—Nuel ¿qué?, porque será el diminutivo de algo.

—No, de nada, Nuel a secas.

— ¿Sin más?

—Bueno, fue cosa de mi madre, en casa ya había un Manuel, mi padre, y a ella lo del santoral no le importaba, y como yo era el primero, mi padre transigió.

—Me gusta Nuel, suena bien... ¿Y tú por qué vas a la Argentina? Porque... vas a la Argentina ¿no?

—Si, a Buenos Aires, reclamado por una tía.

Carmela no se había quedado atrás en cuanto al escrute, y con la última contestación de Nuel le salió una pícara sonrisa que, de nuevo, resaltó sus hoyuelos, diciéndose para sí: *Sería una lástima que este buen mozo se bajara antes, en Río, por ejemplo, que es el primer puerto que vamos a tocar después del paso del Ecuador.*

—Pues me alegro, porque así podemos ir juntos hasta Buenos Aires.

Nuel estaba asombrado del desparpajo de Carmela, haciéndole pensar lo mucho que habían cambiado las cosas en España, en el tiempo que estuvo fuera. Estaba frente a una chica desenvuelta, culta, hermosa, muy hermosa... y acababa de decirle que se alegraba de que pudieran ir juntos hasta Buenos Aires.

La fiesta del paso del Ecuador en el Antonio Delfino fue todo un acontecimiento a bordo, sobre todo en tercera, porque fue exactamente eso, una fiesta que se prolongó con baile hasta después de cenar, pasadas las doce. El último acorde del tango les sorprendió a Nuel y a Carmela bailando muy juntos; sus cuerpos pegados, las mejillas rozándose..., cuando el vocalista de la orquesta anunció que finalizaba el baile con un pasodoble en honor a todos los emigrantes españoles, pasaje mayoritario.

Carmela tomó la iniciativa del nuevo baile, dirigiendo a Nuel, un tanto torpe con el pasodoble.

—Bailas muy bien.

—Sí, mi abuela siempre me dijo que era de familia, pues mi madre bailaba muy bien, y ella, de joven, también.

Carmela, al pasar frente a una de las ventanas de cubierta, con vista directa al mar, cambió el tercio de la conversación.

—Mira el mar, ¡qué bonito está!; con esa preciosa luna parece casi de día. Es una pena que se acabe la fiesta. ¿Por qué no salimos ya, y cogemos sitio en cubierta en alguna de las butacas?

Seguro que la respuesta de Nuel hubiera sido afirmativa, pero sin esperarla lo tomó de la mano y cruzaron toda la pista, abriéndose camino entre las parejas, buscando la salida para cubierta. Una vez allí, se encontraron con que las pocas butacas de madera y los asientos alargados ya estaban todos ocupados, por lo que la opción era pasear o arrimarse a la barandilla, tomando opción por lo primero, sin perder la esperanza de encontrar algún lugar donde sentarse.

Nuel tenía sentimientos encontrados: por una parte no le había dicho la verdad a Carmela, y en algunas conversaciones estuvo a punto de ser descubierto, y por otra estaba absolutamente confuso respecto a lo que sentía por ella. ¿Por qué le atraía de esta manera? ¿Qué estaba ocurriendo en sus sentimientos por Alicia?

Habían llegado al extremo de la cubierta de popa; se apoyaron en la barandilla, contemplando la lengua de espuma que flameaba sobre la oscuridad del océano, mientras Nuel seguía buscando respuestas.

— ¿Te comió la lengua un gato, o te has quedado mudo? —Carmela hizo el gesto de mirar al horizonte, tras la popa—, ¿o estás pensando en alguien que dejaste allí?

Ante la perspicacia de Carmela y su confusión, Nuel se sentó en una de las dos butacas que acababan de quedar vacías, pues la pareja que las ocupaba sintió violada su intimidad y se marchó, y la invitó a sentarse, arrimando su butaca a la de ella. Casi recostados, la miró interrogante.

—Tú tampoco me has contado mucho, solo me aclaraste lo del criado de tu tío. Pero, ¿por qué el cura te sacó de Santiago y te envía para Buenos Aires? ¿Qué has dejado en Santiago?

Carmela, por primera vez, quedó sin palabras, le evitó la mirada, y contemplando la estela de las hélices, le relató que no era en Santiago, sino en su pueblo, donde había un chico que le gustaba y con el que tonteó, pero que no era de buena familia y su tío amañó el matrimonio de él con una chica rica, pero ligera de cascos, como se comentaba…, y a ella la envió para Santiago; pero, una vez allí, no confiaba en el ambiente estudiantil, y por eso le arregló los papeles. Y esta era su vida; sin embargo ella no sabía nada de la suya.

Nuel ahora ya no tenía excusas... y solo le quedaban dos opciones: o mentirle, como al principio, o decirle la verdad. Pero... ¿cuál era su situación con Alicia? Cierto que él no le había escrito hasta hacía unos días, pero eso no era motivo para no tener noticias suyas, puesto que, además de saber la dirección de su tío en Santo Domingo, también le había dado la dirección de San Feliz; y, cuando llegó a casa no había ninguna carta de Alicia, ni tan siquiera las que pudieran reenviarle desde Santo Domingo, al no tener allí su domicilio; ni tampoco, se las habían reenviado a Haití. Tras este razonamiento, se sintió aliviado, porque intuía que Alicia se había olvidado de él, y, quizás fuese razón suficiente para abrirse a Carmela; lo que hizo, contándole con todo detalle lo que le había ocurrido desde que salió de San Feliz, por primera vez, con quince años.

El relato conmovió a su amiga, que intentaba que las lágrimas no se le desbordasen, conteniéndolas alternativamente con los dedos índices.

—Me has dejado sin palabras. Yo sospechaba que no me decías la verdad, pero te excuso por lo que has sufrido. Y lo de Alicia, pobriña..., seguro que se ha buscado la vida al no tener noticias tuyas. A lo mejor hoy ya es madre de varios niños.

Nuel la miró sorprendido por esta última deducción..., pero le pareció lógica, pues Alicia le propuso que se quedase y buscase un trabajo en Gijón, cosa que él no hizo. ¿Por qué tendría que esperarlo después de cuatro años sin haber tenido noticias suyas?

—Carmela, quizás tengas razón, Alicia habrá seguido su vida y habrá encontrado a alguien con trabajo y un porvenir. Me siento liberado, y me alegro de sentirme así en tu compañía.

Le cogió la mano, se volcó ligeramente hacia ella y, sin necesidad de buscarla, se encontró con su hermosa cara y carnosos labios, fundiéndose con los suyos en un largo beso que alimentó la libido de sus cuerpos, unidos

147

bajo una espléndida luna de noche ecuatorial, y en una cubierta casi desierta, salvo algunas parejas diseminadas por distintos recovecos.

∞

El resto de la travesía pasó mucho más rápido de lo que los dos esperaban y deseaban, disfrutando apasionadamente de cada minuto, sin tierra a la vista, o entrando por la bahía de Rio de Janeiro, o atravesando el Golfo Santa Catalina, que de nuevo ponía en movimiento al Antonio Delfino. El atraque en el puerto de Montevideo fue otra cosa: marcaba para ambos el final de la travesía y una incógnita en la continuidad de la apasionada historia de amor que vivieron durante más de diez días.

Las seis o siete horas que permanecieron atracados en el puerto uruguayo las desperdiciaron en cuanto a visita turística por la ciudad, pero las aprovecharon permaneciendo juntos en el barco, recorriendo una y otra vez los lugares donde habían pasado los momentos más felices, y, sobre todo, disfrutando de la soledad a bordo. Eran conscientes que, cuando desatracasen al anochecer, solo les quedaba la travesía del Mar del Plata, la cual se realizaba durante la noche, atracando al amanecer en el puerto de Buenos Aires.

— ¿Sabes Carmela? Nos estamos alejando de Montevideo, y cuando embarqué en Vigo lo hice con el firme convencimiento de que me bajaría en este puerto para visitar a unos amigos, que han convertido en realidad sus sueños de hacerse ricos.

—Y, ¿por qué no lo has hecho?

—Porque la realidad de mis sueños eres tú, y porque la realidad del viaje toca a su fin mañana. ¿Aún crees que debía desperdiciar el tiempo?

—No…, pero cuéntame quiénes son esos amigos… ¿Hay alguna amiga?

—No, ninguna amiga… como tú piensas. Hay dos hermanos, Francisco y Carmen que los conozco y vivimos muchas cosas juntos desde que éramos niños. Y después, de un pueblo cercano al que yo siempre fui a la fiesta de San Antonio, hay otros dos hermanos que se han convertido en el ejemplo a seguir…, en el cual se miran todos los padres que envían sus hijos a América. Reconozco que me gustaría verlos, pero… ¿crees que iba a cambiar Montevideo y su compañía por la tuya?

Esta muestra de amor fue como un sello para Carmela, que lo miró tiernamente, lo acarició y lo besó en la mejilla con un trémulo *ite quiero!* de agradecimiento.

Aquella última noche no se acostaron, la pasaron en cubierta, acondicionando dos butacas en forma de tumbonas y tapándose con unas mantas. Fue una noche de sueños e ilusiones, de esperanza, fue una noche de amor, fue la noche que abría el día de sus nuevas vidas.

Antes de atracar, dispuesto el desayuno en el comedor, fueron los primeros en acudir y los primeros en tener listos sus equipajes en cubierta, cogiendo un sitio en la barandilla de estribor, puesto que habían visto la disposición de los remolcadores tirando por el barco en esa dirección.

Según se iban acercando al muelle, la multitud allí congregada cobraba dimensión, empezando a distinguirse las personas individualmente.

Carmela no sacó ninguna foto, porque tenía la de sus padres grabada perfectamente, y no iba a tener ningún problema para reconocerlos, pero lo dudaba de Nuel.

— ¿Conoces a tú tía?

—No; si no miro la foto, no.

Así que sacó la cartera, metió los dedos en el apartado de las fotos y tiró por la de su tía, pero apareció la de Alicia. Nervioso, la empujó y buscó la de Leonor, tirando precipitadamente de ella, tan precipitadamente, que la foto de Alicia salió volando y empezó a caer suavemente hacia las aguas del Rio de La Plata.

Toda la operación la siguió Carmela sin pestañear y, viendo lo ocurrido, disimuló gesticulando hacia el muelle.

— ¡Creo que he visto a mi padre! Mira Nuel, allí, y los que están junto a él deben ser mis hermanos. Pero no veo a mi madre. Tú, ¿ves a tu tía?

Nuel miró la foto y rastreó la multitud, pero no la distinguió. Se completó el atraque, habiendo desaparecido la foto de Alicia bajo el casco del barco, al tiempo que las gentes del muelle se habían redistribuido a lo largo de todo el buque, buscando a los que esperaban, lo que facilitaba la búsqueda.

Carmela también había sido vista por su padre y por sus hermanos, que saltaban sin cesar para hacerse ver mejor. Hablar era misión imposible, pero se suplía con el lenguaje de los gestos.

Nuel se acercó a Carmela y le enseñó la foto de su tía. Ella la miró fijamente, intentando recordarla, y al poco tiempo señaló hacia la derecha de su padre.

— ¡Allí, creo que es aquella! Nuel, mira tú.

Nuel miró y efectivamente era ella, que miraba hacia arriba pero sin reconocerlo. Carmela dejó de gesticular, dejándole el protagonismo a Nuel que lo hacía en dirección a su tía, la cual, al darse cuenta de que el chico que gesticulaba la estaba saludando a ella, le correspondió. A partir de entonces, tanto el padre y hermanos de Carmela como la tía de Nuel adoptaron una actitud de espera…, de espera a que se abrieran las pasarelas y descendiesen los pasajeros.

Antes de iniciar el descenso al muelle, donde necesariamente se tendrían que separar, Nuel y Carmela comprobaron que tenían las direcciones respectivas y, en el momento de abrirse la escalerilla retrocedieron unos pasos que les permitieron, en la confusión del desembarco, aprovechar para despedirse con un último beso.

—Te quiero, no te olvides de mí. Tienes mi dirección, ven a verme... —Carmela le iba hablando mientras se dejaba arrastrar por la multitud.

Nuel cargó el macuto, se acercó a la barandilla, y viendo que su tía se había trasladado a la segunda pasarela, se encaminó hacia ella, sin prisa, mientras pretendía poner en orden sus sentimientos: la imagen de la foto de Alicia cayendo por la borda, la carta que le había escrito en San Feliz, lo que había ocurrido con Carmela en el viaje... Cuando embocó la escalerilla y vio a su tía, lo agradeció, pues tenía la cabeza a punto de estallarle, ¿o era el corazón? Desde la mitad de la escalera miró hacia la otra buscando a Carmela, pero ya había desaparecido entre la multitud del muelle. Justo al final se encontró con los brazos de Leonor, que lo recibió como a un hijo, abrazándolo, besándolo y mirándolo, asombrada de lo mayor que estaba.

ARGENTINA, TIERRA DE PROMISION

Enero 1924

El recibimiento en Buenos Aires había sido bastante diferente al de Santo Domingo, dado que Leonor lo acomodó en su casa, haciéndole un hueco en la habitación de su hijo Carlos, en el pequeño apartamento en que vivía desde que se quedó viuda.

Ella había trabajado en un hotel del centro y ya había hecho gestiones, por si su sobrino quería incorporarse a alguno de los servicios del hotel; opción que le planteó, junto con la de acudir a la zona portuaria donde trabajaba Carlos.

Nuel se lo agradeció mucho, pero le manifestó que sería mejor para ella no comprometerse en el trabajo, lo mismo que Carlos, por lo que prefería buscarlo por su cuenta, de ese modo si no le gustaba tenía más libertad para dejarlo. A Leonor le pareció responsable su actitud, pero le indicó que no debía precipitarse y que buscase trabajo sin agobios.

—Sé lo que te ha pasado con mi hermano, y no estoy en absoluto de acuerdo en cómo se ha portado contigo. No todo el mundo tiene por qué hacerse rico, ni trabajar con ese fin. —Nuel la miraba sorprendido de que pudiera estar informada—. Sí, me ha escrito cuando te mandó para Haití; también después, cuando no regresaste. Se sentía culpable y quería que yo intercediese a su favor en casa.

—Gracias, tía, yo...

—No te excuses, aquí no te faltará de comer; por mi parte, puedes emprender la vida en la dirección que quieras; y, créeme, has venido al mejor país de América.

—Mi tío Firme, ¿no está en Buenos Aires?

— ¡Ah Firme!... Mi hermano es un aventurero. No le ha bastado con La Pampa, ahora se ha trasladado al sur de Argentina. Las últimas noticias que tengo de él son que estaba en Tierra de Fuego. Sé que tú también eres un espíritu inquieto; espero que te quedes en Buenos Aires, aunque no quieras depender de tu tía...

A partir de aquel momento se le abrió el mundo: tenía libertad para buscar trabajo y tenía libertad para pensar, pues desde La Habana, donde participó activamente en el sindicalismo portuario y donde se afianzó en sus ideas comunistas, se sentía con las alas pegadas al cuerpo, ya que en Nueva York, si quería aspirar a permanecer en el país, el comunismo era algo para esconder y no para hacer bandera de él.

Al día siguiente hizo algún tanteo buscando trabajo, pero sin resultados, aunque averiguó dónde estaba la sede del Partido Comunista de la Argentina; se acercó hasta allí, siendo recibido con amabilidad, pero con suspicacia, pues no era normal que un emigrante español acudiese a la sede del P.C. nada más llegar. En la sede se enteró que el Partido, como tal, se había fundado hacía cinco años, como consecuencia de una ruptura del Partido Socialista, y en adhesión a la Revolución Rusa y a la Tercera Internacional Leninista, algo con lo que Nuel estaba de acuerdo, y en lo que estaba formado, pues en los últimos años había leído todo lo que llegaba a sus manos al respecto. En esta primera visita tuvo la sensación de que era recibido con cierto recelo, y no solo la sensación, pues le invitaron a que volviese al día siguiente para entrevistarse con el camarada Rius, español como él.

Pensó que era lógica esta reserva, ya que nadie lo había presentado ni conocía a nadie del Partido, por lo que se despidió hasta el día siguiente, continuando por la zona en su misión de buscar trabajo.

El camarada Rius era un viejo militante de la CNT, del ramo textil de Cataluña, que se vio obligado a salir de España. Al ver a su compatriota, con tan solo algunas preguntas, pudo despejar las dudas que le transmitieron la tarde anterior respecto a este joven.

—Creo que... primero, debes integrarte en el tejido obrero de este país, y después tienes aquí tú casa. Si lo necesitas, nosotros podemos facilitarte contactos.

Nuel le agradeció el ofrecimiento, pareciéndole razonable la propuesta de integrarse primero en el país y en el movimiento obrero antes de buscar la militancia.

Pese a la bonanza económica de la que se hablaba, no encontró trabajo tan pronto, pues la zona portuaria la descartó de entrada, dado el conocimiento que ya tenía de ella, tanto en La Habana como en Nueva York.

Para no depender de su tía, que continuaba comportándose como si fuera su madre, pronto se decidió por un empleo como dependiente en un negocio del tipo de su tío, porque era lo que mejor conocía, el cual le permitió dejar la habitación de Carlos y buscar alojamiento en un *conventillo*[22] donde alquiló una habitación con derecho a baño y cocina, aunque esta última apenas la utilizaba porque podía hacer las comidas en el trabajo.

El sistema laboral no se diferenciaba del que había tenido en Santo Domingo, salvo el poder ir a dormir a su cama en el conventillo, por lo que, sin apenas darse cuenta, pasaron los primeros quince días en un soplo. No se había olvidado de Carmela, pero prefería dejar pasar un poco de tiempo para que pudiera llegarle co-

---

[22] Vivienda colectiva, con un patio común al que miran ventanas y corredores.

rrespondencia de España, y así podría estar seguro de lo que había ocurrido con Alicia.

El día de carnaval, un espléndido día del mes de febrero, en pleno verano austral, Nuel descansaba, disponiendo de todo el día; madrugó para poder visitar a su tía y darle la última oportunidad a la correspondencia, antes de visitar a Carmela en su domicilio. Su tía le agradeció la visita y se alegró de que le estuviera yendo bien en el trabajo. En cuanto al correo..., nada, ninguna carta, lo que le hizo reaccionar con alegría, dejándola perpleja.

—No, tía, no es lo que usted se imagina; de casa, sí que me gustaría tener carta. Ya se lo explicaré, ahora me tengo que ir. Recuerdos a Carlos.

Y partió justificado: el no tener carta, era como confirmar la versión de Carmela.

Preguntó por la dirección y caminó durante más de una hora, hasta que vio el nombre que figuraba en el papel que llevaba en la mano. Leyó el número, y empezó a recorrerlo en disminución hasta que llegó delante de la casa, en cuya fachada figuraba el que buscaba. Se trataba de una hermosa mansión de dos plantas, nada parecido al *conventillo* donde él vivía, con un pequeño porche de entrada y una verja. Se paró junto al árbol de la acera que había justo enfrente a la puerta; sintió un estado de ansiedad, que no le resultaba nuevo, por la opresión de felicidad que sentía en su pecho, y decidido abrió la verja, pulsando con fuerza el timbre. Repitió la llamada varias veces, pero nadie respondió a la misma. Salió a la acera, miró hacia arriba, comprobando las ventanas, y las halló cerradas, lo mismo que las de la planta baja. No había reparado en el porche de la casa de al lado, donde una mujer, con la escoba en la mano, estaba quieta en la faena de barrer, mientras lo contemplaba.

— ¿Busca a la familia Patiño?

— ¿Cómo?

—Sí, a don José Patiño.

—Busco a su hija Carmen.

—Se han tenido que ir. Su madre estaba muy enferma, del pulmón, y lo han vendido todo y se trasladaron a la sierra, porque dicen que allí las enfermedades del pulmón se curan mucho mejor.

— ¿A la sierra? ¿Qué sierra?

—A la sierra de Córdoba.

— ¿Tiene usted la dirección?

—No. El día que se macharon yo estaba en Mar del Plata, me lo dijo una vecina, pero tampoco sabe a dónde.

Nuel le agradeció la información, dio media vuelta y empezó a desandar el camino lentamente, mientras se planteaba que lo del amor no era su fuerte: primero atraía a las chicas, pero luego se le iban. La vuelta la hizo sin reparar en el ambiente carnavalesco que existía en las distintas calles por las que iba pasando, pero ahora, sin el ansia de llegar pronto, al contrario, regocijándose en el ambiente festivo, y disfrutando de lo que veía, hasta que se abrió un balcón, se asomaron dos jovencitas, sacaron un cubo de agua y lo volcaron sobre él, alcanzándole solo un costado, gracias a los reflejos que tuvo, saltando rápidamente. Sorprendido, se paró mirándolas como pidiéndoles una explicación, pero por respuesta solo obtuvo sonoras carcajadas de las infractoras...

—*Che*, ¿*sos* nuevo por aquí? En este día hay que tener ojos hasta en la nuca, pues esto es lo que puede sucederte. —Un joven lo apartó de la acera y lo condujo hasta el centro de la calle—. *Tenés* que caminar por aquí, si no *querés* terminar *empapao*.

Enseguida comprendió que esta era la costumbre, ya que el tiempo ayudaba, tan diferente al de su tierra, que por estas fechas estarían las sierras nevadas, y, sin embargo, aquí se agradecía un baño fresquito.

∞

El país empezaba a vivir con el presidente Alvear un período de estabilidad democrática, de respeto a las reivindicaciones sociales y de gran prosperidad económica...; prosperidad, pensaba Nuel, para los patronos, a consta del sudor de los trabajadores, pensamiento que lo llevó de nuevo a la seccional del P.C. para hablar con el camarada Rius, pues consideraba que ya había pasado un tiempo prudencial de integración. Rius también lo consideró así, y le aconsejó cambiar a un trabajo más de clase, donde las ideas comunistas pudieran ser más permeables, pues en negocios de servicios como bares, restaurantes o establecimientos de comestibles, los empleados tenían las mismas aspiraciones que sus dueños: poner algún día su propio negocio; y el sindicalismo, en esta base, tenía pocas expectativas.

Nuel consiguió un empleo en la construcción, en la rama de carpintería, como ayudante de encofrador, trabajo que le permitió ser militante del partido comunista y afiliarse al sindicato del ramo.

Esta profesión le satisfacía; se sentía partícipe en el levantamiento del nuevo Buenos Aires, con edificios de una considerable altura, aunque nada que ver con los rascacielos de Nueva York, pero quizás con más empaque. Esta fiebre constructora, era producto de la nueva prosperidad de la ciudad porteña.

En poco tiempo ascendió en su trabajo, pues debido a su falta de vértigo, a una cierta inconsciencia del riesgo, y a una buena maña en el oficio, el capataz lo nombró oficial, con la consiguiente subida de honorarios; subida insuficiente para el ritmo en que se movía la economía argentina en aquellos momentos, tal como trascendía por las protestas sindicales.

El camarada Rius, quizás por su militancia en España, le aconsejó afiliarse al FORA[23], central anarquista. Esta central, a lo largo de 1924, tuvo serios enfrentamientos internos, lo que Nuel pudo experimentar en carne propia, pues cuando había logrado un puesto de dirección en el Sindicato, en representación del ramo de la construcción, sin explicaciones, se vio desposeído de él; y la explicación fue tan pueril, como que su puesto debía ocuparlo un representante del gremio de la hostelería, cuando realmente este era un gremio que apenas contaba. Las motivaciones eran otras: Nuel se estaba significando como un activo miembro del partido comunista, y lo que ocurría en la central anarquista era que querían liberar la dirección del sindicato de socialistas y comunistas. No obstante, Nuel no se desinfló en la militancia sindical, y participó activamente, tanto en la huelga general apoyada por el FORA como en la propia huelga del ramo de finales de año; aunque, a partir de la huelga general, Nuel se cuestionó las posturas del FORA entre sus dos medios de comunicación enfrentados: protestistas y antorchistas, pues no veía coherentes las dos posturas ante el sindicalismo que representaban. Así lo expuso en algunas de las reuniones de dirección posteriores, y quizás estas manifestaciones, junto a su militancia comunista, fueron las que motivaron realmente la desposesión de su cargo directivo.

Su vida transcurría tan activa como lo hacía la propia vida de la ciudad de Buenos Aires, en plena ebullición económica: de crecimiento y de plena efervescencia portuaria, tanto en lo referente a la exportación de mercancías hacia EE.UU y a Europa, como a la importación de emigrantes que llegaban en continua riada.

Había tenido ya alguna correspondencia cruzada con su casa, y estaba feliz, porque todos se encontraban bien. Visitaba con frecuencia a su tía Leonor, a ve-

---

[23] Federación Obrera Regional Argentina.

ces, con la esperanza de encontrar carta de... ¿Alicia o de Carmela?; pero, habiendo pasado más de un año, no tenía noticias de ninguna de las dos.

Carlos se portaba con él como un verdadero primo; lo introdujo en ambientes de la sociedad porteña, de un determinado nivel, dado que su posición en un buen puesto en la Aduana del Puerto así se lo permitía; pero Nuel se sentía más cómodo en las fiestas del barrio de su *conventillo*, o en los salones de los centros regionales de los emigrantes españoles.

La seccional Boca del Partido Comunista a la que él pertenecía, y en la que fue introducido por el camarada Rius, era el lugar donde más tiempo pasaba. A petición de su compatriota catalán, colaboraba en el órgano de propaganda, en versión española, ya que, debido al gran número de emigrantes europeos, se imprimía en distintos idiomas. También participaba en la comisión política, que decidía las acciones frente a FORA en la lucha sindical, pues, con frecuencia, chocaban, dado que tenían visiones políticas diferentes.

En el FORA, los anarquistas de una u otra facción consideraban a Rius como un anarquista vendido al comunismo, y, desde este punto de vista, veían en Nuel a un comisario de Rius en la central sindical, por lo que intentaban apartarlo de cualquier decisión que fuera a tomar el sindicato; e incluso, intentaron involucrarle en acciones violentas, como las que se llevaron a cabo ante la embajada de EE.UU.

Su lucha sindical fue perdiendo fuelle, sobre todo porque no se veía identificado con la ideología anarquista, que estaba presente en casi todas las decisiones del sindicato, volcándose, cada vez más, en el Partido, lo que le llevó a un mayor conocimiento del marxismo y de la importancia de este en las sociedades capitalistas, para la liberación de los oprimidos.

El *conventillo*, poco a poco, se había ido convirtiendo para él en una familia. A la caída de la tarde, el conjunto de patio y corredores eran el verdadero corazón de la vecindad: niños disfrutando de distintos juegos, según el lugar de su procedencia, pues lo mismo se imponían los traídos de España, como de Italia, o de Polonia..., expresándose cada cual en su acento de origen, lo que conformaba una miscelánea de sonido y colorido realmente agradable; las matronas sentadas a las puertas de sus casas, repasando la ropa, y vigilando los juegos de los pequeños, al tiempo que mantenían animada conversación sobre lo acontecido aquel día, o rememorando su vida anterior; el grupo de adolescentes, que se daba cita en una de las esquinas del patio, en torno a un par de bancos, justo el lugar que menos visibilidad tenía para todo el entorno del *conventillo*. Esa sensación de familiaridad, Nuel la sentía cada día cuando cruzaba el arco de entrada al patio central y todos lo recibían con un afecto, que no solo era de vecindad. Antes de entrar en su habitación, se entretenía embobado contemplando a los niños en sus juegos, cuando no, robándoles una pelota y entregándosela a aquel que suponía que nunca podía tocarla. Los adolescentes de la esquina lo llamaban para que les contase sus aventuras; así, hasta que llegaba a su habitación en el primer piso, después de subir la escalera, recorriendo el pasillo que bordeaba el patio, saludando en distintos idiomas a la señora Fiorella, a la señora Aniuska, a doña María..., o parándose absorto en la esquina, justo antes de su puerta, escuchando el llanto del viejo bandoneón, manejado con mimo por las rudas manos del pampero Agustín, que había cambiado las boleadoras en la Pampa por las teclas, en un viejo bar del puerto.

—*Che, gallego.... ¿por qué no te animás, y con esa planta que tenés, te marcás un tango con la Marietta, que no te quita ojo desde el patio?*

Esta apreciación no le resultaba nueva, pues desde hacía ya bastante tiempo también él la tenía, ya que

Marietta se le hacía la encontradiza por cualquier motivo: en la cocina, en el lavadero, en la entrada o en la salida.

—Gaucho, ¿qué *querés*, que me denuncien por infanticida? ¡Si apenas tiene quince años!

Esta respuesta que le dio a Agustín le hizo darse cuenta de dos cosas: que ya hablaba con un cierto acento porteño, y que, quince, eran los años que tenía Alicia cuando la conoció. Ante esta última reflexión, una cosa más: que Alicia seguía fluyendo a su memoria... y... ¿a sus sentimientos?

∞

La falta de una militancia activa en el sindicalismo, como cuadro, no fue óbice para que Nuel participara en él, aunque desde otra vertiente. En 1925 el partido comunista, en alianza con los sindicatos revolucionarios, declaró su oposición a la OIT[24], y, en parte, debido a ello, en no pocas ocasiones salió a la calle apoyando a sus compañeros trabajadores, lo que le llevó alguna vez a dormir en los calabozos de la policía. Alguna de estas detenciones le hizo temer que lo involucraran en el embrollo del atentado del periódico Pampa Libre, precisamente por no comulgar ni con un bando ni con el otro. Pero cuando la cosa llegó al extremo, fue al estallar una bomba en la embajada yanqui, pues la policía echó mano de nombres de antiguos detenidos por causas sindicales, y salió a relucir el suyo, sin haber tenido la más mínima relación, ni con el hecho en sí ni con las personas que pudieran haber participado en el atentado.

---

[24] Organización Internacional del Trabajo

Aquella mañana del día de Noche Buena, de 1926, la vida del *conventillo* estaba copada por la fría y espesa bruma del puerto, que envolvía Boca y las calles adyacentes. Sus habitantes entraban, o salían, según turnos y ocupaciones; en silencio, como no queriendo rasgar el embrujo de la niebla. De pronto, escalera arriba, agitada, emergió Marietta, que corrió hasta la habitación de Nuel.

— ¡Nuel, Nuel..., te están buscando!

—Calma Marietta, no pasa nada, ahora bajo.

—No me gusta, tiene sombrero y gabardina, y pinta de milico.

Marietta seguía agitada, sin disimular su miedo, pues no era ningún secreto en el *conventillo* la militancia de Nuel y su fama de dar la cara por los obreros. Bajaron la escalera y atravesaron el patio cuando la niebla era más espesa. Dibujándose en el arco de entrada, había una figura humana con sombrero. Empezaron a sonar unas notas salidas del viejo bandoneón del pampero Agustín, en una especie de angustiosa llamada a todos los vecinos, que de inmediato se arremolinaron en torno a él y a Marietta, mientras se acercaban a la silueta transformada en un señor, de gabardina y sombrero.

—Me manda Rius, te está esperando en la seccional, es urgente que vayas.

—Marietta, ¿lo ves?, es un amigo. Amigos... —dirigiéndose a los que lo rodeaban—, entrad en casa, no hay motivo para alarmarse.

Nuel ignoraba que aquella despedida informal iba a ser la despedida definitiva de sus vecinos y de Marietta.

EL DESTIERRO

Diciembre 1926

La camarada Nuria lo recibió en la antesala del despacho de Rius cariacontecida, preocupada, pues no en vano había compartido con él muchas horas de trabajo.

— ¡Ya estás aquí! —le dijo, intentando disimular la preocupación—. Tenía miedo que el camarada Anselmo, de la seccional Retiro, no te encontrase. Lo mandamos a él para que, si lo detenían, no lo relacionasen contigo.

Nuel, que los avatares ya lo habían forjado en serenidad ante los problemas, de pronto, viendo a Nuria nerviosa...

— ¡Ya sé! No soportabas estar sin mí... y mandaste llamarme, ¿no es eso?

— ¡Tonto! ¡Qué cosas tienes!

La broma de Nuel surtió un efecto inesperado para él, pues Nuria se puso como un tomate, declinó la mirada y, sin dilación, le abrió la puerta.

—Anda, pasa, que Rius tiene que comunicarte algo.

Rius salió a su encuentro, cerró la puerta y se sentó con él en un banco ante la mesa de reuniones.

—Te busca la policía; el atentado de esta semana requiere cabezas que presentar, y esos mierdas de milicos no se andan con complicaciones, tu nombre figura entre los que lo hicieron; si los cabrones que lo pertrecharon ya se pusieron a buen recaudo, sin lugar a dudas vendrán a por ti aunque podamos demostrar que ni participaste, ni estuviste allí, ni tienes nada que ver con la mierda que los enfrenta.

Rius se levantó, y dando por buena la argumentación hecha, sin dejarle intervenir, le puso la mano en el hombro en actitud cariñosa.

—Si fueras mi hijo te aconsejaría lo mismo. —Mirándolo con autoridad—. Te vas fuera, te marchas de Buenos Aires; terminarán encontrándolos a ellos, y a ti te olvidarán.

Nuel también se levantó, y permaneció serio ante Rius.

— ¿A dónde?

—Te vas a ir a Córdoba. Allí afluye una gran multitud de gente: unos enfermos, otros para pasar una temporada de descanso, y muchos en busca de trabajo. Cambiarás de actividad, nuestros camaradas te colocarán en el Hotel Imperial, un nido de capitalistas, en busca de la salud, donde pasarás desapercibido. —Rius se acercó a una mesa, y de un cajón sacó un sobre—. Toma, aquí va todo lo que necesitas.

— ¿Cuándo?

—Esta tarde. Ya tienes ahí el billete de tren.

— ¿La maleta?

—He mandado a por ella; Nicolás la llevará a su casa —Nuel intentaba decir algo—. No te preocupes, él no subirá a tu habitación, se lo hemos encargado a Marietta.

— ¿Mí tía?

Su templanza ya no era tal, la sorpresa de los acontecimientos solo le permitía articular palabras y no frases.

—A tu tía se lo diré yo, pero no hoy. Y la correspondencia de casa te la haremos llegar a través nuestro.

Rius se acercó a un perchero, cogió una gorra de marinero y se la dio, al tiempo que abrió la puerta.

—Póntela, Nuria te acompañará hasta casa de Nicolás y permanecerás allí hasta la hora de salir para la estación. —Se abalanzó sobre él y le dio un fuerte apretón—. ¡Camarada, suerte! Ahora, salid y caminad como una pareja de enamorados.

Nuria ya estaba preparada, le tendió la mano y lo dirigió hacia la salida. Nuel se había quedado sin palabras. Salieron a la calle, y, cumpliendo con lo encomendado, Nuria lo tomó del brazo, abandonando la seccional. Para ir a casa de Nicolás, les pareció conveniente dar algún rodeo; se apartaron tanto de Boca como de la zona de su *conventillo*, dirigiéndose primero hacia el centro, donde ya no llamarían la atención.

La zona comercial de Corrientes, Córdoba y Tucumán estaba completamente abarrotada de gente, fundamentalmente por la fecha que era. Nuria le tiró del brazo y lo paró frente a un enorme escaparate, que mostraba un belén formado por niños y animales de verdad: había una mula, un buey, pastores, la Virgen, San José, el Niño Jesús y un coro infantil tocando distintos instrumentos navideños y cantando villancicos. Nuel, entrando más en situación, le pasó a Nuria el brazo por los hombros, la atrajo hacia sí y le comentó con voz entrecortada.

—Ahora... mi madre... estará pelando el pollo para la noche, y mi abuela, la pobre, si es que tiene fuerzas, haciendo las "maravillas".

Nuria lo miró también emocionada, pues no reconocía en aquellas palabras al chico duro, al militante que nada le arredraba y que jamás le había hablado de sus sentimientos respecto a su familia.

— ¿En tu casa, celebráis la Navidad? ¿Y qué son maravillas?

—Por supuesto, mi abuela es muy religiosa, aunque en casa, la Noche Buena nada tiene que ver con los curas; mi madre siempre nos inculcó que esta es la noche de la familia. —Aprovechando que la tenía ro-

165

deada con su brazo, la apartó del escaparate, invitándola a reanudar la marcha—. Y... ¡mira lo que son las cosas!, otro año que la celebro sin la familia, y escapando, como hace dos años en Vigo, en vísperas de embarcar, o algunos más en Santo Domingo, embarcado hacia Haití. Ah, y lo de las "maravillas", son unos dulces que hace mi abuela a base de una pasta de harina, huevos y azúcar, pero que cortada de un modo especial, en tiras, conformando una sola pieza, al freírlas forman... pues eso, una "maravilla".

—No te conocía en esta faceta, nunca hemos hablado de estas cosas... ¡Qué pena! En las noches de pegatinas por las calles, yo esperaba que algún día pudiéramos andar así, de "novios", y no corriendo delante de los caballos, como lo hicimos tantas veces. Te escribiré a Córdoba, y ya me contarás.

Nuel, por primera vez, reparó que llevaba abrazada a una mujer hermosa, casi tan alta como él, morena, de pelo castaño, ojos negros, voz aterciopelada, o algo así le parecía a él, pero... ¿dónde estaba la aguerrida militante comunista que lo había escrutado el primer día, poniendo en cuarentena su aspiración?, ¿dónde la arriesgada compañera que pegaba pasquines hasta en las mismas paredes de las comisarías, arengando a sus compañeros? Indudablemente era la que caminaba a su lado, dulce, comprensiva, tierna y... ¿enamorada de él?

∞

Acudió solo a la estación del Retiro, esperando hasta el final, cuando ya la sirena del tren había exhalado el último y más prolongado silbido de vapor, señal de que sus bielas se ponían en movimiento. Se abrió camino entre los que despedían a los viajeros, y, de un salto, se encaramó en la plataforma, dirigiéndose de inmediato a su vagón y asiento. Colocó la maleta debajo de la bancada varillada, y se caló aún más la gorra de marinero, intercalando su mano entre la ventanilla y la cara, en un gesto de disimulo que le permitía contemplar el andén, el cual se iba deslizando suavemente hacia atrás. Hacia la mitad del mismo, el reloj marcaba las seis en punto, hora que le indicaba también la llegada a Córdoba al día siguiente.

La postura, la gorra, sirviéndole de leve almohada, y el repetitivo traquetear hicieron que Nuel se sumiera en un profundo sueño, que duró varias horas, pese a que no era precisamente el silencio lo que reinaba en el vagón, ya que todos los asientos se habían ocupado.

La mujer de su camarada le había preparado unos bocadillos, los necesarios hasta llegar a Córdoba, y Nicolás le regaló la bota de vino que se había traído de España, bien aprovisionada con vino de Mendoza. Cuando se puso a comer el primer bocadillo, imitando a sus vecinos, pues ya era el momento de la cena, al tener sed, sintió un poco de apuro con la bota, pues era el único que utilizaba algo así en el vagón, y más aún porque en frente viajaba un matrimonio, él con boina y acento andaluz que no le quitaba ojo a la bota; pero, ante su indecisión, la mujer lo sacó del apuro.

— ¡*Ozú*, niño, no tengas reparos, puedes empinar la bota!

Nuel se lo agradeció, pero, cuando ya la tenía levantada, viendo que su marido seguía extasiado mirándola, se la ofreció, no teniendo tan siquiera que extender el brazo, pues el de la boina se apresuró a tomarla, aplicándose un buen y prolongado chorro sobre su boca sedienta.

Aquel fue el gesto definitivo para que, a partir de ese momento departiesen, compartiendo sus experiencias en la Argentina, pues también ellos habían pasado varios años en Buenos Aires, aunque finalmente se decidieron por Córdoba, una ciudad con más expectativas.

Lógicamente, Nuel rellenó su parte con experiencias en Santo Domingo, en Haití, La Habana, Nueva York y Buenos Aires, sin entrar en el tema político.

La noche había sido larga, calurosa, incómoda, salpicada de paradas. De madrugada, cuando en el horizonte se perfilaba un hilo de luz rojiza que parecía desparramarse a lo largo de una amplia pradera, ¿la Pampa?, se preguntaba Nuel, se levantó con cuidado de no despertar a sus vecinos y se dirigió a la plataforma posterior del vagón para respirar el frescor del amanecer. No hacía mucho que habían parado en Rosario; se estaban dirigiendo a Santa Fe, por lo que la sombra que proyectaba el tren debía marcar la dirección de Córdoba, pensó, ya que la máquina iba en dirección norte. El Sol se había desperezado de improviso; invadía toda la llanura, remarcando la silueta de una multitud de cabezas de ganado vacuno, que pastaban apaciblemente a uno y otro lado de la vía del tren, motivo por el que el maquinista hacía uso reiterado del silbato de vapor.

Pero, por encima de esta bucólica imagen de madrugada, a Nuel le asaltaba otra imagen que evocaba otros sentimientos, los cuales le embargaban desde el comienzo del viaje: *Córdoba era algo más que un destierro, era el lugar en donde se encontraba Carmela*; y ahora, desde la plataforma de aquel tren, sus ojos estaban contemplando, más bien adivinando, la serranía de Córdoba, donde podría encontrarse con la chica que más sentimientos despertaba en su interior; también pensó esto mismo cuando llevaba abrazada a Nuria por la calle Corrientes, tras ella insinuarle el deseo de un noviazgo; y lo pensó porque, pese a ser una chica muy atractiva, ni entonces ni durante el tiempo que la trató, nada había despertado dentro de él. Alicia se iba perdiendo en el recuerdo, mientras Carmela se le hacía cada vez más presente cuando acudía a casa de Leonor en busca de correspondencia. Lejos de olvidarla, su amor por ella iba en aumento, mientras el recuerdo de Alicia se iba desvaneciendo. Se le nubló el horizonte, no por negros nubarrones impensables en aquella mañana soleada, sino porque los ojos se le inundaron de sentimiento, de rabia por no haber emprendido aquel viaje, por voluntad propia, hacía ya mucho tiempo.

— ¡Chiquillo!..., ¿estás aquí? Estábamos preocupados por si te habías quedado en tierra en Rosario. Ven a desayunar, quiero que pruebes unos panecillos dulces hechos por mí; ya verás, ¡saben a gloria!

La señora andaluza no le dio opción y, sin esperar respuesta, regresó a su asiento. No era cuestión de desaire, pese a lo inoportuno del momento, por lo que Nuel se recompuso y volvió a su sitio.

Las horas de aquel día de Navidad trascurrieron más rápidamente que las de la noche, pues lo desconocido iba apareciendo como algo real, cobrando vida, tanto en el paisaje como en las personas: familias que subían en las estaciones después de haber pasado la Noche Buena; otras que hacían lo contrario, que descendían para pasar la Navidad; campesinos que se trasladaban de lugar, con mercancías a cuestas para acudir a mercados cercanos; pero sobre todo, emigrantes en busca del dorado.

Cuando el cansancio del viaje había hecho absolutamente mella en los pasajeros, desapareciendo las ganas de conversación, Nuel contemplaba el paisaje de la tarde bajo un sol abrasador, viendo cómo el ganado de la Pampa buscaba los pocos refugios con sombra: en unas ocasiones bajo arbustos y en otras bajo algún ombú solitario, al mismo tiempo que ponía en orden las ideas. Una... tenía clara: que tan pronto como se acomodara e iniciase el trabajo, al primer descanso, intentaría buscar a Carmela y su familia. Lo que había oído de Córdoba es que no era una ciudad demasiado grande, aunque sí tenía muchas residencias, hoteles y sanatorios para enfermos del pulmón. Recorrería uno a uno,

169

si fuese necesario, cada residencia, cada sanatorio, cada hospital, hasta encontrar a la señora de Patiño, pues no era un apellido muy vulgar.

Después de Villa María, la gente se empezó a poner nerviosa ante la proximidad de Córdoba. Nuel presintió que no iba a lo desconocido, al destierro, como había experimentado cuando Rius le puso el sobre con el billete de tren en la mano, sino que iba al encuentro de la persona que había amado, en plenitud, en el barco, de la chica que había borrado el recuerdo de Alicia; que iba al encuentro de la mujer por la que flameaba su corazón, en una apasionada llama de amor. Así se sentía, cuando el silbato del tren anunció la llegada a la estación de Belgrano en Córdoba.

Viendo cómo muchos eran esperados y recibidos en el andén, mientras portaba su maleta a lo largo del vagón, se imaginó lo fantástico que sería poder encontrarse con la inmensidad de los ojos azules de Carmela, resaltados por su cara de hoyuelos infinitos, en medio del revoltijo de su cabello ondulado, dándole la bienvenida. Cuando saltó de la plataforma, pisó la realidad de la estación, que no era abrazar a nadie, sino sacar el sobre y buscar la dirección recomendada.

EN LAS SIERRAS DE CORDOBA

Enero 1927

Tal y como le había dicho Rius, Nuel no tuvo ningún problema para conseguir trabajo en el Hotel Imperial, donde entró como ayudante de cocina. Tampoco lo tuvo para conseguir una habitación en un edificio del centro, no lejos del hotel.

En principio le aconsejaron no iniciar una militancia activa en el partido, al menos mientras lo de Buenos Aires no se solucionase, por lo que se volcó en el trabajo. El jefe de cocina le tenía simpatía, bien porque tuvieran las mismas ideas y supiese de su trayectoria, aunque no habían hablado de ello, o bien porque les unía la tierra, ya que también era asturiano, siendo los dos únicos españoles. Quizás por ello, le puso de ayudante del primer cocinero, un italiano, buena persona, pero que de continuo, al mínimo error, amenazaba a sus dos ayudantes con la *cosa nostra*.

La promesa que se había hecho durante el viaje no sabía por dónde empezarla, pues Córdoba no era la pequeña ciudad que se imaginaba, ni los alrededores tenían la limitación deseada, pues la serranía era muy extensa y toda ella estaba salpicada de lugares que acogían en sanatorios y residencias a los enfermos que llegaban de todas partes, especialmente de Buenos Aires, cuyos médicos ponderaban el clima de las montañas de Córdoba para enfermos de tuberculosis, asma y otras enfermedades respiratorias; y, por desgracia, en aquellos momentos, existía una pandemia que se estaba cebando con la población.

Si se tratase de hoteles de lujo como el Imperial, a donde acudían las clases pudientes, la cosa era sencilla pues no había tantos, pero sanatorios, clínicas, residencias, pensiones y demás afloraban por todas partes a lo largo de la Sierra, por lo que abandonó la idea de ir en busca de la señora Patiño, creyendo que podía ser más efectivo investigar en la Universidad sobre María del Carmen Patiño, pues ella venía totalmente predispuesta a terminar los estudios de magisterio.

Durante el mes de enero y febrero trabajó todos los días, sin descansar, intentando ganarse un tiempo de asueto, que le serviría para dedicarlo a la búsqueda, lo cual trasladó a su jefe de modo confidencial.

—Conforme, muchacho: has trabajado duro estos dos meses y te mereces ese descanso. Dos días, en principio, y si no encuentras nada aquí, otros dos días, para que vayas a la sierra. Pero ojito..., el amor y la política causa son de grandes sinsabores... —El jefe de cocina, desde la altura de su gorro pronunció la última sentencia con la autoridad de quien sabe de lo que habla.

El consejo no desalentó a Nuel, que aprovechó el primer día libre para dirigirse a la Universidad. Pero, con esta, le ocurrió lo mismo que con la ciudad, no era un simple complejo universitario, se trataba de una de las Universidades más importantes de la Argentina y el número de alumnos superaba con creces sus expectativas. En la secretaría de la Facultad de Letras le pusieron las cosas cuesta arriba, pues no sabía el curso ni el año en que pudiera haberse matriculado, por lo que, viendo su cara de angustia ante esta barrera, la funcionaria de turno le extendió unos legajos con cientos de papeles para que buscara. Se pasó toda la mañana, toda la tarde y la mañana del día siguiente punteando estudiante a estudiante, en cualquiera de los cursos que pudiera estar matriculada durante los años 1925, 1926 y 1927. En la tarde del segundo día finalizó la búsqueda sin resultado alguno.

Al día siguiente regresó al trabajo; tras pasar por la taquilla, para revestirse de ayudante, llegó un poco tarde a su puesto junto al cocinero italiano, y, además, sin la gorra de ayudante. El cocinero lo miró espantado.

— ¿*Ma che serviremo oggi per pranzo? ¿Spaghetti capelli spagnolo? ¡Mamma mía, qui abbiamo bisogno dell'intervento di cosa nostra!* (¿Pero qué vamos a servir hoy para comer? ¿Espaghetti de cabello español? ¡Madre mía, aquí es necesaria la mano de la *cosa nostra!*

Nuel regresó corriendo a la taquilla para encasquetarse el gorro de ayudante; antes de terminar, se le acercó su compañero, ayudante también del cocinero italiano.

— ¡*Ché, vos*, ni preocuparte! El italiano, un poco cascarrabias, pero buena persona... Ah, te llamá el "rey".

— ¿Quién?

—El "rey", don Melchor, el jefe...

Dentro de la cocina, en una especie de cabina acristalada sobre medio tabique de madera, había un diminuto despacho donde el jefe confeccionaba los menús y llevaba la administración de la misma. Nuel llamó a la puerta y, ante una señal afirmativa, entró.

—Dígame, don Melchor.

—Nada de don Melchor, Melchor a secas —le miró sonriendo, como dándole confianza—. ¡Menuda broma, eh, la del misionero de Quirós! Por él mis padres me pusieron este nombre de chufla. Supongo que sabrás que todos me llaman el "rey", ¿No? —Nuel, esquivando la respuesta, le correspondió con una pregunta.

— ¿Es usted de Quirós? Tengo entendido que está por las montañas de Teverga.

—Sí, sí, es un valle paralelo. Pero no te llamé para hablar de la geografía de Asturias. A ver, cuéntame, ¿cómo te fue con la investigación?

—No encontré nada, y es muy extraño porque ella venía totalmente confiada en que podría continuar con los estudios de maestra.

—Cuando se fue la familia de Buenos Aires, ¿a qué se dedicaban?

—Me dijo que el padre tenía negocios, pero no sé de qué.

—Es posible que, si se vinieron a Córdoba por problemas de salud de la madre, se hayan establecido en la ciudad con un negocio similar. Existe una oficina de inscripción de negocios, en la que quizás pueda figurar ese tal Patiño. Ahora andamos un poco escasos de personal, pues ayer se pusieron de baja dos ayudantes, pero cuenta con los dos días que te prometí para la sierra, y uno más para la oficina de inscripción.

Nuel, de nuevo, se aplicó en el trabajo y lo hizo sin descansos, salvo algunos periodos intermedios de horarios de comida, que el jefe les permitía estirar las piernas por los alrededores del hotel, y lo hizo con tal entrega que muy pronto el cocinero italiano le puso al frente de determinados platos, con su supervisión.

En el mes de marzo, la tuberculosis no solo se había cobrado las dos bajas de los ayudantes, sino que el jefe de cocina también se tuvo que ausentar ante la sospecha de haber contraído la enfermedad, pasando a ocupar su puesto Rino, el cocinero italiano.

De Buenos Aires no había buenas noticias: los culpables del atentado aún no habían caído, por lo que el panorama para Nuel no era nada halagüeño, así que se parapetó en su trabajo y, en los escasos descansos que Rino le daba, se acercaba a la oficina de inscripción de negocios, teniendo que realizar un trabajo similar al de la Universidad: puntear uno a uno los negocios inscritos en busca de algún rastro de los Patiño, pero esta búsqueda tampoco tuvo un feliz término.

Las previstas salidas a la sierra no tuvieron lugar, ya que no podía disfrutar de varios días completos de descanso, y no por voluntad de Rino, que lo tenía bien considerado, sino por la escasez de personal y aumento de los clientes. Así que acomodó su vida a la situación, y, sin volver a la militancia, se dedicó a consultar bibliotecas y a leer, leer todo lo que podía.

La correspondencia de Buenos Aires le seguía llegando vía Rius, mejor dicho vía Nuria, y por Nuria supo que su tía Leonor se había disgustado por lo ocurrido, aunque ella confiaba en su sobrino y, para lo que la necesitase, siempre la tendría; y si era preciso, hablaría con don Hipólito Irigoyen, para quien trabajaba como modista en su casa desde 1920 cuando era presidente de La República, lo cual le sorprendió agradablemente a Nuel, pensando en su situación.

En cuanto a la correspondencia de San Feliz, no era nada fluida, por lo que la carta del mes de Noviembre lo dejó perplejo, acongojado, desesperado, impotente... Adela se había casado con su tío de Santo Domingo, y la abuela había muerto. Las dos noticias le dejaron paralizado: *¡La abuela, pobre!, se fue sin apenas noticias mías* —pensó—; *bueno, seguramente mamá la habría consolado diciéndole que estoy bien* —concluyó—. Pero, lo de Adela... *¡Cómo pudieron dejar que ocurriese!* Continuó con la lectura, y lo siguiente lo dejó atónito: *¡era* tío de dos sobrinos! Creía estar soñando, el mundo en su casa estaba corriendo al revés; y él... ¡lejos!, ocupándose de arreglar los problemas de los demás mientras los suyos seguían sin solucionarse. No se podía creer la noticia, la releyó y rompió la carta, encerrando los trozos en un puño encrespado que desahogó golpeando la pared más próxima, para dejarse caer sobre la cama llorando desconsoladamente.

En diciembre, pocos días antes de Navidad, le llegó otra carta de Nuria, que contempló vacilante antes de abrirla, esperando que no siguiera la racha de las malas noticias anteriores. Pero no, aquella era diferente:

Querido Nuel:

Sé por lo que has pasado este año, pues me he hecho muy amiga de tu tía, y sé además lo que estás sufriendo por no poder acompañarme en nuestras "correrías". Pero ya todo se acabó, las cosas pueden volver a la normalidad, pues "mis pretendientes" ya están a buen recaudo y pasear por la noche sin peligro es posible. Ya ves, nadie se ocupará de ti, si me pretendes o no, porque ellos..., es como si estuvieran en la cárcel, y no hizo falta la intervención de tu tía.

Recuerdo la última Noche Buena cuando paseábamos por Corrientes, ¿te acuerdas? Le he preguntado a Leonor cómo se hacen las maravillas y me dio la receta. Ya he ensayado y creo que no me salen mal.

Me gustaría que esta Noche Buena pudieras pasarla conmigo y con mi familia, pues me quedé muy angustiada cuando me dijiste que "últimamente te tocaba pasarla solo y escapando".

Ah, y por lo del pollo, no te preocupes, en mi casa también se celebra el día de la familia, aunque como bien sabes nada tenga que ver con los curas.

Como no habrá tiempo para la contestación, el día 24 estaré en la estación Retiro esperando el tren de Córdoba. Si no te bajas de él, sabré que no tengo demasiada suerte en el amor.

Un abrazo de tu amiga Nuria.

De nuevo, la sensación de cercanía de Nuria le llevó al sentimiento de desesperación por Carmela; ahora sabía que no se iba a bajar de aquel tren el día de Noche Buena.

∞

Las fiestas navideñas, este año, no le permitieron sentir nostalgia alguna, pues no se veía en San Feliz ni tampoco en Buenos Aires, por lo que se concentró en los exquisitos menús, para hacérsela más feliz y entrañable a los capitalistas del hotel: ellos sí creían en la fiesta de los curas, no en vano se construyó un gran belén en vestíbulo, se contrató una coral que amenizó la Noche Buena con villancicos y se programó un concierto con una relevante figura del *Bel Canto* para el día de Navidad.

Después de Reyes, Rino, consciente del gran esfuerzo hecho por Nuel, pues realmente fue el único de los ayudantes que no tomó ni un solo día de descanso, y, después de una visita a Melchor que parecía se estaba recuperando, lo llamó para decirle de parte de su compatriota que tenía cuatro días libres. Ciertamente, Melchor sabía de la situación de Nuel, pues este lo había visitado dos o tres veces aprovechando los descansos que Rino les daba entre comidas.

El descanso de la mañana del día que recibió la noticia del permiso, Nuel lo aprovechó para seguir la Cañada, pasar al río Suquía y perderse por el nuevo parque inaugurado recientemente. Desde él tenía una mejor vista de toda la serranía, especialmente de Sierra Chica, que iba a ser por donde comenzaría la búsqueda. Consciente de que Rino lo disculparía, alargó un poco el descanso; pasó por la estación y se enteró de los horarios y recorridos de los trenes que hacían las sierras en distintas direcciones.

Aquella noche apenas descansó; tuvo repetidos sueños, que se convirtieron en pesadillas, lo que le hizo despertar muy pronto. Con mucha anterioridad al horario, se encaminó hacia la estación, donde lógicamente tuvo que esperar. Mientras tanto, aprovechó para despacharse un buen desayuno, pues no sabía dónde y cuándo podría hacer la comida de medio día; no tenía prisa, y dio cuenta pausadamente de la abundante vianda, mientras pensaba en el encuentro con Carmela.

El tren iba repleto de pasajeros: unos, enfermos, acompañados de algún familiar para internarse en los sanatorios de montaña; otros, familiares, en viaje de visita. Esto le sirvió para informarse de los sanatorios existentes en aquella ruta, aconsejándole varias personas, conocedoras del entorno, que lo mejor era que se apease en Cosquín, puesto que concentraba el mayor número de residencias y sanatorios. A los que iban a visitar a los familiares enfermos les habló de la persona que buscaba, Patiño, pero nadie había oído ese nombre.

Al final de la tarde había agotado todas las posibilidades en Cosquín y sus alrededores; y el resultado, igual de negativo que en las búsquedas anteriores. Estuvo a punto de tirar la toalla, pero buscó una pensión y la posadera le dio esperanzas hablándole de los últimos sanatorios de Sierra Chica, pues allí estaban las personas de mayor gravedad. Al día siguiente por la mañana se dirigió hacia allí, siendo el resultado el mismo que el del día anterior. De regreso a Córdoba venía verdaderamente abatido, no solo por no haber encontrado rastro del apellido Patiño, sino por el sufrimiento y el dolor que vio en cada uno de los lugares visitados: mayores y jóvenes, muchos sin esperanza, pues las estadísticas de mortalidad eran aterradoras; padres acompañando a su hijo o a su hija; maridos acompañando a sus esposas o al revés; todos huyendo de la muerte en busca de la salud.

Al día siguiente, disponiendo de aquel y otro día más, emprendió la dirección de Alta Gracia, siendo el resultado el mismo. Se incorporó al trabajo sin ningún tipo de ánimo, no descartando el regreso a Buenos Aires.

Los dos meses siguientes, transcurrieron sin darse cuenta, quizás por esa falta de ánimo para tomar decisiones. Cuando se incorporó Melchor, vencida la enfermedad, las cosas cambiaron para él. Rino lo propuso como cocinero, asistido por uno de los ayudantes más antiguos y por uno nuevo. Lógicamente, por parte del jefe de cocina no hubo ninguna oposición.

Nuel recobró el ánimo, y la nueva situación le permitió reencontrarse consigo mismo y con lo que quería hacer en el futuro, que era continuar en esta profesión, puesto que disfrutaba con ella. Lo de la *cosa nostra* de Rino se había estandarizado en los cocineros, que amenazaban con ella a los ayudantes novatos; incluso Nuel lo hizo aquella mañana del primer día del otoño con su ayudante novato, cuando llegó tarde, y, lo mismo que él, sin el gorro; el pobre chico se deshizo en mil disculpas, diciendo que había tenido que acompañar a un amigo suyo que empezaba hoy a trabajar como botones, llevándolo al despacho del encargado. Nuel lo creyó, pero al otro ayudante, más veterano, le sonaba a disculpa.

— ¿Y cómo se llama ese amigo tuyo? –le inquirió el ayudante veterano, ante la indecisión de Nuel.

—Luis Patiño.

Pese al ajetreo de la cocina, en los primeros momentos de la mañana, Melchor estaba siguiendo, desde no muy lejos, aquella conversación, lo que le permitió oír con claridad el apellido Patiño.

Ante la petrificación en que estaba sumido Nuel, se acercó y le dio instrucciones al ayudante novato.

179

—Chico, ve al responsable de recepción y le dices, de mi parte, que nos mande al nuevo botones, a ese Luis Patiño. ¡Ya!

El ayudante salió corriendo y Melchor condujo a su compatriota al despacho.

—Siéntate y espéralo aquí. Habla con él todo lo que necesites. Cuando entre, cierras la puerta, pues no tengo ganas de que se me paralice la cocina. Yo te sustituyo en los preparativos del desayuno.

Melchor lo dejó solo y, ante las miradas de sus compañeros, que simulaban estar trabajando, cuando realmente tenían la atención puesta en lo que estaba sucediendo, empezó a dar órdenes, ocupando él mismo el puesto de Nuel.

Al poco tiempo llegó el ayudante novato con el joven botones, embutido ya en su flamante traje, y lo condujo hasta el jefe de cocina, quien le indicó que lo llevase ante Nuel. Cuando entró, Nuel se puso de pie, miró a Melchor agradecido y, despidiendo al ayudante, cerró la puerta.

— ¿Tú eres Luis Patiño?

El joven botones se puso nervioso, e instintivamente se llevó la mano a la gorra; la quitó y la puso sobre el pecho, sujetándola con las dos manos.

—Sí, señor.

— ¿Tienes una hermana que se llama Carmela?

—Sí, mi padre gusta de llamarla Carmiña, aunque yo la llamo Carmela, como prefiere ella.

Nuel respiró profundamente, pues sus palabras y el modo de expresarse le recordaban las de Carmela. Se sentó en una silla y le ofreció otra a Luis para que lo hiciese frente a él. La búsqueda había terminado, casi se sintió desfallecer, por lo que, antes de continuar el interrogatorio, se quitó el gorro de cocinero, que parecía imponer al joven y lo colocó sobre la mesa. Lo miró de una manera afable, casi entrañable.

—Me llamo Nuel. ¿Sabes quién soy? —Luis reaccionó absolutamente sorprendido, levantándose.

—Sí, cuando cuidaba a mi madre, en casa, ellas dos no hacían más que hablar de usted, y le decía a mamá que, nada más se pusiera buena, le escribiría para que viniera a visitarnos. Y ahora, en el sanatorio, Carmela lo sigue recordando continuamente...

Ante la confirmación de que también Carmela lo recordaba a él, se puso de pie, como pretendiendo una contestación más rápida.

— ¿En qué sanatorio?

—En el sanatorio Nuestra Señora de la Merced, aquí, a las afueras de Córdoba, en dirección a Sierra Chica.

—Gracias, Luis, muchas gracias, ahora vuelve a tu puesto. Ah, ¿cuál es tu segundo apellido?

—Piñeiro.

Nuel procesó rápidamente esta información, entendiendo que no necesitaba nada más, pues tampoco era uno de los más frecuentes en Argentina; despidió a Luis, le abrió la puerta y lo acompañó hasta la salida de la cocina.

Al regresar y pasar por su puesto de trabajo, se paró junto a Melchor.

—La encontré, está cuidando a su madre en el Sanatorio Nuestra Señora de la Merced.

—La teníamos aquí al lado, y estábamos buscando por Alta Gracia o por las Sierras...

El jefe de cocina se incluía como implicado en la búsqueda.

— ¡A qué esperas! Cámbiate y vete, pero para la cena te quiero en tu puesto.

A sus compañeros solo les faltó aplaudir la decisión de su jefe, pues, por lo demás, lo estaban siguiendo todo en silencio y con gran interés, volviendo a las tareas tan pronto como Nuel salió en dirección al vestuario.

Apenas traspasó la puerta rotativa de la entrada, no tuvo la menor duda de la dirección a tomar. Se encaminó hacia el cauce del Suquía y lo empezó a seguir aguas arriba hacia las sierras, pues necesitaba poner en orden las ideas, ya que los sentimientos las tenían por completo alborotadas.

En primer lugar, debía ser comprensivo con ella y entender el sufrimiento vivido durante estos casi tres años y medio, no pudiendo estudiar, y teniendo que encargarse de la familia, especialmente ahora, viviendo tan dolorosamente la enfermedad de su madre en el sanatorio.

En segundo lugar, debería expresarle sus sentimientos, que seguían siendo los mismos que los vividos durante los diez maravillosos días del barco.

Y por último, expresar lo hermosa que estaba, como la contemplaba en cubierta, cuando confundía sus ojos con el azul del mar, y su cuerpo con la silueta de una sirena.

Y cuando la besara debería hacerlo en los hoyuelos de sus mejillas, como lo hacía al repetirle una y otra vez lo hermosa que era, susurrándoselo al oído.

Era consciente de que posiblemente no la viera así, pues el sufrimiento de estos años habrían pasado factura; pero lo que sí seguía siendo lo mismo era su amor por ella, y esto bien merecería la mentira piadosa de lo anterior, si es que tuviera que decírsela.

La distancia no era tanta, o sus pasos se habían apresurado solos, puesto que su intención era hacer aquel trayecto pausadamente para meditar en el encuentro, y sin embargo en tan solo media hora estaba ante la puerta de entrada del sanatorio.

EL SANATORIO

Abril 1928

Empujó la puerta, pero viendo que estaba cerrada, acercó la cara a la parte de arriba acristalada, posicionando las manos en las sienes para enfocar la mirada al interior, donde pudo ver un mostrador de recepción vacío. Pulsó repetidas veces el timbre y esperó, sin respuesta. Se acercó de nuevo al cristal repitiendo la operación de enfoque, pero al ver que se acercaba una enfermera, se apartó unos pasos hacia atrás, estando a punto de caerse por la escalera.

—Esta escalera es muy peligrosa, no es usted el primero que se da un traspié —le dijo una señora mayor con el uniforme de enfermera, pero que su cofia parecía el de una nurse—. ¿Qué desea?

—Busco a la señora Piñeiro.

—Ah, sí... La señora Piñeiro ya no está aquí. Se ha muerto hace casi un año.

—Pero...

—Le han informado mal; aunque es lo habitual, ya que de aquí se sale antes de lo previsto, pero no para el lugar deseado; así es la tuberculosis.

Después de su sincera y fría explicación, viendo el estado de shock en que se encontraba Nuel, le dijo:

— ¿No será usted familiar suyo?

—No..., no, solo conozco a su hija...

—Ah, entonces pase. Carmen está paseando por el jardín.

La enfermera dejó la puerta abierta y se dirigió hacia recepción, pasando para detrás del mostrador. Al ver que aquel muchacho seguía de pie, petrificado, a la entrada, se dirigió a él afablemente.

—Puede pasar, no se quede ahí fuera, vaya al jardín.

Nuel empezó a caminar como un autómata, pasando por delante de la enfermera y encaminándose a la única puerta de la sala de entrada que daba al exterior, salvo la principal. En el corto trayecto, hasta que llegó fuera, pese al aturdimiento en que se encontraba, pudo procesar la información recibida y concluir que, quien estaba en el sanatorio, enferma de tuberculosis, era Carmela. Aplicándose la receta que se había dado a sí mismo, durante el recorrido por la orilla del Suquía, se serenó, aunque el corazón le latía a mil, y buscó a Carmela por los distintos senderos del jardín. La localizó en el fondo, caminando pausadamente, atenta a la lectura del libro que sostenía en las manos. Buscó el modo de acercarse sin que lo viera de frente, dando un pequeño rodeo, que no resultó necesario porque al poco tiempo ella se sentó en un banco y continuó con la lectura. Ya muy cerca, viéndola de perfil, en la palidez de su rostro descubrió la misma belleza que lo había enamorado.

Continuaba ensimismada en la lectura. Nuel se aproximó por la parte del respaldo del banco, pisando el mullido césped que no lo delató. Se dirigió al lado opuesto al que, de vez en cuando, Carmela miraba cuando levantaba la vista del libro y contemplaba el follaje ocre y amarillo que tamizaba la tenue luz solar de la mañana. Aprovechó Nuel uno de esos momentos para sentarse en la esquina, sin que ella se apercibiese.

—Interesante lectura...

Carmela se volvió y no se creía lo que estaba viendo; se le iluminó el rostro como si resplandeciera dentro de él la luz de todas las estrellas del universo en un solo haz, al tiempo que sus mejillas dibujaban tímidamente los dos hoyuelos que Nuel recordaba, resaltados desde la sonrisa.

— ¡Nuel...! —Emocionada, quedó paralizada hasta que Nuel se acercó para besarla—. No, no me beses, ¡abrázame!

De las lágrimas vertidas en aquel largo, larguísimo abrazo, fue testigo el viejo banco de madera, que en tantas historias de esperanza, de dolor, de desesperación, de soledad, de angustia y de alegría, había estado presente; pero, además, ahora también era testigo del reencuentro de un gran amor.

El ruido del libro, al caérsele a Carmela de las manos, los despertó de aquella ensoñación, para ponerlos uno frente al otro, una vez que Nuel lo recogió del suelo y lo depositó en el banco. Luego le tomó las manos y la miró detenidamente.

—No has cambiado, Carmela, estás como te he soñado durante estos años sin noticias tuyas. Sabrás que, tan pronto como pude, acudí a vuestra casa en Buenos Aires, a la dirección que me diste, y la señora de al lado me dijo que os habíais ido sin dejar ninguna dirección, aunque me aclaró que había sido por la salud de tu madre.

Viendo que a Carmela se le cristalizaban los ojos, continuó con el relato de lo que había vivido en Buenos Aires, en cuanto al trabajo y actividades sindicales.

—Al principio todas las actividades en que me metí servían para olvidarme de lo vivido en los pocos días de travesía, pero no lo lograron; y, con el paso de los días, de los meses, de los años..., tu amor afloraba a mi corazón con ansias de reencuentro, cada vez mayores.

—No sigas... —un poco más serena—; no tienes por qué justificarte, quien debe hacerlo soy yo, que desaparecí de tu vida sin dejar rastro alguno. Pero... ¡fíjate el destino!: tenía que venir de España para auxiliar a mi madre en su enfermedad y asistirla hasta su muerte, de lo cual doy gracias a Dios, porque de no haber venido se habría muerto sin apenas conocerla. Sé que murió feliz en mis brazos, mientras las dos rezábamos el rosario. Decía mi tío, el cura, que Dios escribe derecho con renglones torcidos. ¡Qué razón tenía!

Nuel empezaba a ver en Carmela aquella chica vital, parlanchina, que había conocido en el barco; parecía como si las fuerzas acudiesen a ella de golpe, cambiándole incluso la palidez del rostro. Pero había algo que no podía entender: Le daba gracias a Dios por la historia de su vida, con la madre enferma de tuberculosis y ella teniendo que abandonar los estudios de maestra; le daba gracias por el momento de la muerte, por poder asistirla... Todo esto era algo que le sobrepasaba: *¿Cómo puede decir que Dios escribe derecho con renglones torcidos?* —Se dijo para sí—; *¡Escribe torcido con renglones muy torcidos!* —Pensó—; y continuó interrogándose: *¿Qué clase de Dios es ese que permite esta terrible enfermedad, que se está llevando a miles y cientos de miles de vidas?*

—Nuel, ¿qué te ocurre? Estás sudando... ¿Te encuentras bien?

—Sí, sí, me acabo de marear un poco. Es que vine sin desayunar, y subí por la orilla del río caminando bastante de prisa.

—Aquí ya empieza hacer un poco de calor. Levantémonos y caminemos despacio por el paseo, por la sombra.

El jardín se había poblado de enfermos: unos paseaban y otros descansaban en tumbonas o butacas a la sombra. El paseo de Carmela, cogida del brazo de Nuel, estaba siendo objeto de observación por multitud de miradas que les sonreían complacidas, como si hubieran estado esperando aquel momento.

Lógicamente, Nuel no le habló a Carmela de sus sentimientos respecto a la religión, sino que se limitaba a asentir cuando ella invocaba con fe a su Dios.

A punto de llegar a la entrada posterior del sanatorio, muy próxima la hora de llamada a desayunar, Carmela aprovechó un banco vacío, tomó a Nuel de la mano y le invitó a sentarse.

— ¿Sabes por qué estoy aquí, verdad?

—Sí, claro, te estás curando de una enfermedad del pulmón... –viendo que Carmela iba a intervenir—, ...que va a ser muy pronto, ya verás. Fíjate en mi jefe, hace unos meses tuvo que tomar la baja porque también le detectaron algo similar y, hace una semana, ya se incorporó al trabajo.

Carmela le dejó hablar comprensiva. Cuando terminó, lo agarró de las dos manos, clavó toda la intensidad de su mirada azul en el corazón de Nuel y le habló con sinceridad.

—Nuel..., sé lo que tengo, es tuberculosis, y sé cómo evoluciono... Viví la enfermedad de mamá muy de cerca, estuve a su lado en cada memento, en cada mejoría y en cada recaída, en cada respiración o en cada fallo de la respiración... No te voy a engañar, me estoy muriendo... —Ante el intento de Nuel por hablar, hizo el ademán de acercarle dos dedos a los labios—. ¡Calla! No digas nada y escúchame. Hoy, me has hecho muy, muy feliz... A veces he soñado esto, que te me aparecías como un ángel y que te posabas junto a mí y me declarabas un amor eterno... Y esto es lo que has hecho hoy, confirmar mi sueño, y este amor me lo llevo a la eternidad... No llores, Nuel, yo no tengo miedo.

Nuel se acercó a ella y, sin tiempo a que reaccionase, la abrazó posesivamente, besando su cara en el lugar de los hoyuelos, repitiendo sin cesar: *¡Te quiero, te quiero, te quiero!*, que obedecía tanto a la expresión de su amor como al quejido del hondo dolor que experimentaba en lo más profundo de su ser.

El otoño se encaminaba presuroso al invierno. Las sombras de los árboles ya no se proyectaban verticales sobre el césped del jardín, convirtiendo la tonalidad del manto verde en una alfombra oscura a los pies de cada árbol, como en verano, lo que a Nuel le hizo reflexionar sobre la intensidad de la luz solar, muy superior a la de su tierra, pues en Asturias, debajo de cualquier árbol, el prado seguía siendo verde pese a la sombra proyectada, y aquí no: en el hemisferio Sur, las sombras se recortaban oscuras, sobresalientes, sobre cualquier tipo de suelo, como oscura era la esperanza que Carmela proyectaba sobre su enfermedad.

La soledad en que había quedado el jardín del sanatorio, mientras sus pobladores acudieron a la llamada del desayuno, hizo también que se percatase de los cantos matutinos de las aves, que a juzgar por la variedad de los mismos debían ser muchas, pero... *¿Qué pájaros cantan aquí en otoño?,* se dijo para sí. Intentó localizarlos entre los ramajes, haciendo tiempo, mientras Carmela regresaba del desayuno, pues tenía la intención de acompañarla durante toda la mañana. Respiró profundamente, siendo invadido todo su ser por los olores otoñales de hierba seca, de rosas en el final de su ciclo, de jazmín, de romero..., de anisetes, que en su conjunto hicieron el cóctel perfecto para que los sentimientos por Carmela afloraran a su corazón y se manifestaran en forma de lágrimas que surcaban sus mejillas calladamente. Volvió al banco del encuentro y se sentó, recostándose con las piernas estiradas, viviendo el hechizo del momento, mientras la brisa de la mañana le secaba el rostro.

— ¿Te has aburrido sin mí?

Ahora fue Carmela la que lo sorprendió, no leyendo un libro..., sino los sentimientos de su corazón.

—Siéntate. No me aburrí, pero... ¿tan pronto has desayunado?

—Hoy permitieron que me saltase algunas partes del desayuno. Sor Florinda, antes de ser monja vivió en el mundo. Mi tío decía lo contrario: que al convento se debía ingresar de niña, y me lo decía con segundas, pero yo creo que no...

—Sor Florinda... ¿es la que me abrió la puerta?

—No, tonto, esa es seglar. Se ve que no entiendes de monjas ni de curas. Sor Florinda es monja, pero también enfermera, y es la que me asiste a mí en todo. Ya me dijo que tienes su autorización para visitarme y acompañarme siempre que puedas...

La emoción y la conversación ininterrumpida hicieron que le faltara resuello para continuarla, fatigándose y teniendo que toser, al tiempo que se llevaba la mano a la boca, girándose hacia otro lado mientras desplegaba el pañuelo.

—Dale las gracias de mi parte, pues vendré a verte siempre que el trabajo me lo permita.

Nuel interiorizó el gesto de Carmela al toser, como síntoma de apoderamiento de la enfermedad, y, sin hacer referencia a ello, procuró que, en el resto de la mañana, no se fatigase ni cansara, interrumpiéndola cuando hablaba sin cesar, con el fin de que no le volviera el acceso de tos.

∞

Las visitas de Nuel a Carmela en el sanatorio fueron frecuentes en los días sucesivos, aunque no tan largas como la del primer día. Pero, sobre todo, surtieron efectos beneficiosos para ella, que recobró la alegría de vivir y la esperanza en la curación. Esta percepción no solo la tenía Carmela, sino que Nuel también estaba esperanzado ante una mejoría aparentemente visible, fundamentalmente por las ganas de vivir que manifestaba.

Las primeras nieves habían aparecido en los picachos de Sierra Chica, y los paseos por el jardín se habían restringido, acomodándolos a los momentos del día en que las temperaturas lo permitían; por ello, Nuel y Carmela, cada vez con más frecuencia, se veían en una salita dispuesta para visitas, la cual Sor Florinda procuraba que fuese solo para ellos, desviando las demás para una contigua.

En el hotel, los pasteles confeccionados por Nuel habían ido cobrando fama, hasta el punto que había clientes caprichosos que exigían que, al menos una vez a la semana, Nuel les confeccionase esas exquisiteces, algo que Sor Florinda les agradecía, porque Carmela, no con muchas ganas de comer, compartía con su hada protectora los ricos manjares que Nuel le llevaba.

—Nuel, eres exagerado, a mí me basta con uno o dos pastelillos...

Sor Florinda, como si estuviera escuchando detrás de la puerta, la abrió y entró presurosa a recoger la bandeja de pasteles que Nuel le estaba entregando a Carmela.

—Ni hablar, nada de exagerado, las hermanas y yo esperamos ansiosas este día... —le hizo un gesto a Nuel mientras salía con la bandeja—; a ella no le vienen bien tantos. —Y cerró la puerta tras de sí.

Carmela, sabiendo que la puerta ya no se iba a abrir de nuevo, le tomó las manos, lo miró a los ojos y lo atrajo tiernamente hacia sí, abrazándolo y besándolo en la mejilla.

—Te quiero muchísimo, me has hecho muy feliz todos estos meses, hasta el punto que tengo la sensación de que estoy mejorando...

—Claro que estás mejorando, y te vas a curar del todo —Carmela lo interrumpió, cambiando el tercio de la conversación.

— ¿Sabes qué es esto? —mostrándole una carta.

—Claro, una carta.

—Es de mi tío, el cura. Nunca ha dejado de escribirme y se lamenta de haberme dejado venir. Me cuenta cómo está la situación en España. Dice que... si volviera ahora, no conocería el pueblo, pues hicieron una carretera hasta él; además, a muy pocos kilómetros pusieron una estación de tren. También me dice que la situación económica mejoró mucho, y que la escuela llegó para todos los niños. Me pide que te cuente... —Se turba al ver que Nuel hace un gesto de extrañeza—. Sí, a los pocos días de encontrarnos, le escribí hablándole de ti... Me pide que te cuente que, ahora, la Dictadura de Primo de Rivera ya no es tan Dictadura, pues el Directorio Militar fue sustituido por un Directorio Civil, y se habla de que va a haber elecciones, como aquí en Argentina.

—Te estás cansado, no hables con tanto entusiasmo... Quizás tu tío hable de Primo de Rivera con buena voluntad, pero está equivocado...

—No te lo voy a discutir; él cree que las cosas allí pintan mejor que aquí; quiere que volvamos a casa tan pronto como yo me ponga buena. Sabe de la situación de papá, que se arruinó por la enfermedad de mamá y la mía, que mis hermanos tuvieron que ponerse a trabajar, siendo aún niños, y que yo ni tan siquiera inicié mis estudios. —Se separó de él, como cogiendo perspectiva y lo miró fijamente—. Nuel, si un día... salgo de este sanatorio, quiero que regreses a España conmigo...

La emoción y el énfasis puesto en la súplica, hicieron que la tos acudiese para sofocar sus últimas palabras.

—Sí..., te lo prometo. ¡Y vas a salir, Carmela, vas a salir!

Ahora es él quien la atrae hacia sí y se funden en un fuerte abrazo.

Los meses de julio y agosto de 1928 se presentaron con record de frío y nieve en las sierras, en una ola sin precedentes, que llegó a la capital Buenos Aires con una nevada, el 27 de julio, y una temperatura de 13,9º bajo cero, el día uno de agosto.

Esta situación térmica, en el sanatorio de Carmela, se tradujo en mayor número de ingresos, correspondiendo a un mayor número de bajas por fallecimientos.

Nuel procuró, durante estos dos meses, acompañar a Carmela, tanto como pudo, para hacerle más llevadera la situación, intentando ocultarle la realidad de su entorno. Seguía acompañándola en la salita, arropándola, cuidándola, dándole cariño y sobre todo esperanza. En contra, empezaba a tener a los compañeros de cocina que, pese al encubrimiento de Melchor, se estaban cansando de sus ausencias, aunque fueran reglamentarias, pero en un horario que ellos tenían que suplir.

Ante la aparente mejoría de Carmela y, fundamentalmente, por indicación de ella, Nuel retomó el horario normal y los turnos en el trabajo, como uno más, pues Sor Florinda le permitía entrar, aún fuera del horario de visitas, siempre que su permanencia no alterase los horarios de descanso o de comidas.

∞

Con la llegada de la primavera, Carmela aparentaba mejor ánimo, aunque los continuos accesos de tos delataban el poco retroceso de la enfermedad.

—No es nada... —Nuel la retuvo, casi sosteniéndola, y la condujo hasta el banco más próximo del paseo—. Ya me encuentro mucho mejor... Esta tos y la serranía tan cercana me oprimen... ¡Cuánto daría por contemplar las suaves ondulaciones de mi pueblo, con el horizonte azul del mar al fondo!

—Las volverás a ver, lo haremos juntos. Desde que trabajo en el Hotel, tengo todo el dinero ahorrado. ¡Ya soy casi un capitalista, yo..., que combato el capitalismo!

Nuel tomó distancia en el banco, separándose ligeramente para darle mayor solemnidad a la propuesta.

—Carmela, te quiero... y nada más que te den el alta, aunque estés delicada, nos casaremos; ¡vamos a regresar a casa! Nos estableceremos en Vigo, yo ahora tengo una profesión que permite que pueda montar mi propio negocio. Luego, si lo desean, podrán regresar tu padre y tus hermanos.

—Mi..., mi... –Carmela lloraba con una emoción incontenida—, mi tío...

—Sí, ya sé, tu tío el cura, que... ¡ya se sabe los curas la influencia que tienen!, que... con esa influencia podrá echarnos la primera mano, ¿no es eso?

—Síí...

Nuel, viendo que se derrumbaba, se acercó de nuevo a ella y la cobijó entre sus brazos, mientras la besaba en distintas partes de la cara, sin el menor temor por acercarse a sus labios, algo que ella no consintió, reponiéndose.

— No, Nuel, eso será después, cuando me den el alta.

Dado aquel paso de compromiso por parte de Nuel, que Carmela comunicó ilusionada a Sor Florinda y a su familia, los siguientes encuentros, durante toda la primavera y hasta casi las Navidades, estuvieron condimentados con proyectos, ilusiones y ansias de regreso; pero la salud de Carmela no caminaba en la misma dirección, algo que Sor Florinda le hizo saber a Nuel, agradeciéndole lo que estaba haciendo por ella y animándole a que continuase.

Esta última conversación con Sor Florinda lo dejó descolocado, pues él estaba creyendo en su recuperación; y, sinceramente, le prometió su amor en la esperanza de que sus proyectos e ilusiones se llevarían a término.

Al comienzo de la semana de Navidad, Melchor llamó a Nuel a su despacho; con la puerta abierta, se dirigió a él.

—Esta semana, tú harás turno de mañana y de tarde, para que puedas adelantar la repostería de Navidad. La consecuencia es que... tendrás libre la tarde de Noche Buena y el día de Navidad. Supongo que te vendrá bien para pasar estos dos días con Carmela.

Nuel, instintivamente, dirigió la mirada hacia sus compañeros, esperando una reprobación, pero se encontró con su complicidad, pues ya todo el mundo sabía el estado de Carmela, menos él, que, viéndola día a día, pese a la advertencia de Sor Florinda, no era consciente, o no quería serlo, de su degradación. Y lo sabían porque Melchor había hablado con Luis y este les dijo a él y a sus compañeros, los cuales se habían arremolinado entorno a los dos para tener noticias de primera mano, que Carmela se estaba apagando; que ya se encontraba en una fase similar a la de su madre, unos días antes de morir.

—Te lo agradezco, Melchor, pues a ella le hace mucha ilusión que pueda pasar la Noche Buena en el sanatorio.

El tiempo que medió entre este día y el veinticuatro de diciembre fue... trabajo, trabajo y trabajo; y, al final de la jornada, una visita rápida al sanatorio, en la que era acompañado por Sor Florinda a la habitación de Carmela, la cual siempre estaba acostada; también una carta de Nuria desde Buenos Aires, invitándolo a pasar las Navidades o el Fin de Año; y... el mismo día veinticuatro, poco antes de finalizar el turno, una orden del chef.

—Nuel, cuando termines, después de cambiarte, pasas por recepción, que el director quiere hablar contigo.

— ¿Conmigo? —le preguntó extrañado—. ¿Sabes algo?

—No, simplemente me preguntó si ibas a estar aquí los próximos días, y, al decirle que hoy por la tarde y mañana no, me indicó que fueses a verlo. Pero no te preocupes, el permiso depende de mí.

Estas palabras de su jefe y amigo le tranquilizaron, pues no tratándose de la supresión del permiso, nada le inquietaba. De modo que finalizó la tarea, se cambió y se acercó a cada uno de los compañeros deseándoles una feliz Navidad, y dejó para el final a Melchor, con el que ya le unía no solo una buena amistad sino también la familiaridad de compartir nacionalidad y, como decía Carmela, morriña por la tierra, tendiéndole la mano; pero Melchor la esquivó recibiendo la felicitación con un abrazo.

Al verlo acercarse a recepción, el encargado salió de detrás del mostrador, lo saludó, y lo invitó a dirigirse a un despacho, en la puerta contigua.

—Pasa, el director te está esperando.

Le abrió la puerta y la cerró tras de sí. Delante estaban el director y un cliente, uno de los más importantes. Se decía de él que medio Buenos Aires era suyo, pues controlaba los mejores hoteles de la ciudad.

—Nuel, ya conoces a don Ricardo Arbuet, pues en repetidas ocasiones te ha felicitado por tus desayunos.

—Don Ricardo...

—Hola chico, gracias por venir. —Lo invitó a sentarse en la silla que estaba a su lado, y Nuel lo hizo, intentando que no se notase su perplejidad—. Te preguntarás por qué te llamé. Pues se debe a que, a primera hora de la tarde me marcho —en tono vencedor— ¡de alta!, y me gustaría no perder tus buenas manos. No, no, no te preocupes por tu trabajo aquí, soy accionista mayoritario de este hotel y... no habrá el más mínimo problema, salvo que debes trasladarte a Buenos Aires.

—Como si un resorte lo empujara a levantarse, le contestó de pie.

—Señor Arbuet, en estos momentos me es imposible aceptar su proposición, pues mi... mi... novia está internada en un sanatorio cercano y debo estar a su lado.

El rostro del director palideció, dirigiendo una mirada inquisitoria a Nuel, como queriendo infringirle la orden de aceptación.

—Bien, bien, lo sé... —poniéndose también de pie—, te comprendo, pero... —le dirigió una mirada al director para que no mediara— cuando tu novia esté bien, ya no tendrás excusa; te esperaré en Buenos Aires. —Le tendió la mano, y lo acompañó a la puerta.

—Gracias, don Ricardo, cuando llegue ese momento, allí estaremos.

Al abandonar el despacho del director se sintió en la obligación de poner al día a Melchor, aunque el corazón lo instigaba a salir corriendo hacia el sanatorio, lo cual hizo, pero después de relatarle brevemente a su amigo y jefe lo que había sucedido.

Era media tarde. En el jardín, la tumbona que solía ocupar Carmela estaba vacía. Su mirada se dirigió de inmediato hacia la ventana de la habitación y la halló cerrada, con las cortinas ligeramente entreabiertas.

—Sí, está en su habitación, hoy he preferido que permaneciese en la cama, debido a su estado un poco más debilitado.

Sor Florinda lo sorprendió preocupado, y las palabras que le dirigió no fueron precisamente un alivio.

—Puedes y debes acompañarla. Su padre y sus hermanos estuvieron aquí por la mañana. No tienes horario de visita, pues la otra cama no está ocupada.

Sin respuesta, y casi sin mirarla, se encaminó presuroso hacia la habitación de Carmela. La encontró en calma, ligeramente adormilada, acostada, pero incorporada por medio de almohadones hasta una posición que le facilitaba respirar con menos dificultad. No habiéndose percatado de la entrada de Nuel, este permaneció de pie contemplándola. Él no era creyente, pero si existiesen los ángeles, la imagen de Carmela, con su cara de porcelana, los hoyuelos de alegría, de serenidad, de espontaneidad, de ilusión, dibujados en su rostro; los bucles de su pelo celta reposando sobre los hombros; la luz de sus ojos, ahora entornados y ocultos por los párpados, pero que no impedían adivinar la inmensidad de un cielo azul; y la dulzura de su palabra, ahora encerrada en su corazón, pero cuya resonancia invadía el silencio..., todo ello, inducía a Nuel a ver en ella a un ángel.

Se acercó sigiloso y la besó con ternura, lo que hizo que ella se despertase y lo mirase angelicalmente, así le pareció a él.

—Hola, mi amor... Te busqué fuera, pero sor Florinda me dijo que hoy era mejor que permanecieses en la habitación, pues el rigor de este verano, tan caluroso, te puede afectar.

—Sí..., lo sé..., aquí, con las ventanas cerradas, se está más fresco. —Se incorporó un poco, con dificultad, intentando Nuel ayudarle—. No hace falta, puedo yo sola. Sabes, esta mañana estuvieron aquí mi padre y mis hermanos. Pobres, no pueden librar en estas fiestas.

—Pero yo sí, he terminado mi jornada de trabajo y tengo libre hoy y mañana. Así que, si sor Florinda, en pago a los muchos pasteles que le traje, me da la cena, pasaré la Noche Buena contigo.

Carmela se emocionó, y lo atrajo, fundiéndose con él en un intenso y largo abrazo, cuyo esfuerzo le provocó un acceso de tos.

—Recuéstate tranquila, no te conviene excitarte.

—Estoy tranquila..., y mucho más teniéndote a ti aquí. Te quiero, Nuel...

La tos de Carmela debió advertir a sor Florinda, pues de inmediato entró y se acercó a ella, recomponiéndole los almohadones.

—Tranquila, pequeña, ahora tienes aquí a tu príncipe azul... y podrá quedarse contigo hasta después de la cena, que yo misma os traeré a los dos. Hoy no es conveniente que bajes al comedor. Antes de la misa de gallo, que será en la capilla, el padre Policarpo vendrá a verte, y juntos rezaremos unas oraciones y te dará la comunión...

La intención de sor Florinda, al mirar a Nuel, fue proponerle ir a misa de gallo, pero se contuvo al recordar que Carmela le había hablado de su agnosticismo.

—Gracias, madre..., mi tío siempre decía que..., ante una situación de enfermedad grave..., era conveniente recibir los santos oleos..., puesto que es un sacramento para vivos y no para muertos. Él..., él tenía muchas experiencias de gente... que se había puesto bien después de recibirlos.

Nuel estaba asistiendo perplejo a aquella conversación, atreviéndose a interrumpir.

— ¿Qué son los santos oleos?

—Es un sacramento –le respondió Carmela—, el de la Extremaunción; mi tío prefería decir... "de La Unción de Enfermos".

—Nuel, tienes mucha suerte de tener una novia como Carmela, que te quiere y, además, con una gran fe. Bien, os dejo solos hasta la cena, pues tenéis mucho que deciros. Y hoy —dirigiéndose a Nuel— ¿no hubo bandeja? —Viéndolo indeciso—: no te preocupes, es una tontería mía. Hoy la madre cocinera nos va a obsequiar con su especialidad de Noche Buena. Adiós.

—Me ha tomado mucho cariño..., y a ti también... Bueno, a mí con ella me pasa lo mismo... que... a ti con Melchor; es de mi tierra y compartimos morriña.

Se dejó caer sobre los almohadones, descansando de la postura un tanto incorporada que tenía.

—Nuel..., abre un poco la ventana... y... dime cómo están... las sierras.

Nuel la miró complaciente, se acercó al ventanal, entreabrió la ventana, corrió las cortinas y dirigió la mirada hacia Sierra Chica, intentando extraer una síntesis de lo que contemplaba.

—Están lejos, y ahora, desposeídas de su copete blanco de invierno, aparentan una vegetación reseca.

—No..., no..., no me estoy refiriendo a estas... sierras... Quiero que me hables... de... cómo estarán ahora las sierras de tu tierra, de Grandas...

—Ah, eso es diferente. Allí estamos en pleno invierno; suponiendo que venga un tiempo tan crudo como el que hemos tenido aquí, desde mi casa, a la orilla del Navia, se verán todas las laderas nevadas, blancas, descendiendo casi hasta la ribera. Mi abuelo estará preocupado, pues, si el invierno es muy riguroso, los frutales y las vides corren riesgos. Pero eso no ocurrirá, ya que San Feliz tiene un clima especial; y yo nunca vi llegar la nieve a la ribera. Sí, en varias ocasiones estuvimos incomunicados con Grandas por la nieve acumulada en la sierra, pero nosotros nunca hemos tenido que dejar los animales en la cuadra por las nevadas. Hoy mi madre y la abuela habrán hecho una hornada de pan, para que esté tierno durante todas las fiestas; luego, volverían a hornear, para asar los mejores pollos del corral; y, mientras se asan, harán las maravillas... —Se apartó de la ventana y regresó a su lado—. Te gustará mi casa... y mi familia, ya lo verás.

Carmela se sentía débil, pero le seguía la conversación, aunque cada vez con menos fuerza. Nuel la contemplaba, la arropaba, incluso veló en silencio un largo rato su sueño, aparentemente plácido, pero que denotaba cierto esfuerzo para respirar, algo de lo que él no era consciente. Cuando los visitó de nuevo sor Florinda, para anunciarles la cena, encendió la luz y percatándose de su respiración jadeante, varió la versión de su presencia.

—Carmela, Carmela, escucha, vengo para decirte que el padre Policarpo vendrá ahora a visitarte, porque, antes de la misa de gallo, tiene que hacer un servicio fuera del sanatorio. ¿Estás preparada?

—Síii..., si..., hermana. Lo comprendo... Quiero..., quiero que además..., además de... la... comunión me... traiga la unción...

—Sí, preciosa; Nuel se queda contigo hasta que regresemos.

Sor Florinda salió apresurada. Nuel se le acercó y sentándose en la cama le tomó las manos.

—Nuel, yo, yo... yo... te quie... quiero y no tengo miedo a lo que venga..., te... espera... esperaré siempre.

—No hables, descansa.

—No, escúchame..., ahora vendrá el cura, y aparecerá... revestido... No quiero que te asustes ni... tengas miedo... Sé que no lo entiendes..., pero... para mí es muy importante encontrarme con... con... El Señor. No... no... no me muero..., voy..., voy a la vida..., y ahora... acerca... tu mejilla, quiero... quiero... besarte.

Nuel, por fin, había salido de la ensoñación; el estado de Carmela era extremadamente grave, estaba al límite. Entendiéndolo así, y sabiendo que ella no tendría fuerzas para rechazarlo, aproximó temblorosamente sus labios a los de ella y se fundió con ellos en un eterno beso, que hizo que las lágrimas se derramaran por ambos rostros; por el de ella, lágrimas de felicidad, de paz...; por el de Nuel, lágrimas de desconsuelo, desesperación, rabia, impotencia...

Se abrió la puerta y, revestido de púrpura, el color de la muerte para Nuel, apareció el sacerdote acompañado de un muchacho vestido de blanco; también los acompañaba sor Florinda, que, viendo a Nuel desconsolado, se le acercó.

—Puedes estar presente, pero, si prefieres esperar fuera, yo te iré a buscar.

La ceremonia no fue larga y Sor Florinda salió a por Nuel, acompañándolo, mientras lo llevaba cogido del brazo.

—Es el final, está tranquila y en paz, agárrale la mano y dile, suavemente, que estás a su lado…

BUENOS AIRES

Enero 1929

Las Navidades de 1928 tampoco fueron para Nuel unas buenas Navidades, era su sino desde que había abandonado San Feliz por primera vez; fueron, al contrario, las peores en su corta vida.

Después del funeral de Carmela, el regreso a Buenos Aires no solo era el cumplimiento del deseo de don Ricardo Arbuet, sino su máximo anhelo: abandonar aquella maldita tierra de destierro, de destrucción y de muerte. Este sentimiento le pareció injusto, tras despedirse de Melchor en la estación del tren, ya que, mientras el vagón se deslizaba suavemente por el andén, quedando expuesta ante sí la amplia visión de las sierras, comprendió que aquella ciudad y aquellas montañas fueron tierras de acogida y de promisión para muchos, pues en ellas encontraron trabajo y, no pocos, la salud.

No había prestado mucha atención al viaje, más bien lo pasó ensimismado en los recuerdos, por lo que la hora de llegada a la Estación Central de Buenos Aires lo encontró desprevenido, hasta tal punto que fue el último en recoger sus maletas y en abandonar el vagón. Bajó pausadamente los dos escalones y depositó el equipaje en el andén, como si estuviera desorientado, sin saber qué hacer. La lentitud de sus movimientos y de las decisiones fueron la causa de que se viera solo ante aquel penúltimo vagón, lo que sirvió para que Nuria lo distinguiera con facilidad y echara a correr a su encuentro casi desde la cabecera del convoy. Conforme se iba acercando, la perplejidad de Nuel era absoluta.

— ¡Nuel…, Nuel…! —Nuria se abalanzó sobre él abrazándolo, casi haciéndole perder el equilibrio—. ¡Qué bueno, *che*, poder tenerte de nuevo aquí entre nosotros! ¡Estás fantástico! —El silencio, producto de su asombro, hizo que Nuria le diese una explicación—. Melchor le envió a Rius un telegrama anunciándole tu llegada, y antes ya nos había comunicado lo de tu novia; lo sentimos de verdad, Nuel.

—Gracias, Nuria, me pareció muy extraño verte aquí. ¿Cómo está Rius? Y… ¿cómo va todo por la seccional?

—Luchando, las cosas no son nada fáciles. Rius está bien, mayor… *Dejá*, yo te llevo estos paquetes; ¿puedes con las maletas? ¡Qué tontería, un hombretón como tú! Vamos, mis padres quieren que te acomodes en nuestra casa, hoy al menos, hasta que decidas lo que vas hacer.

—Te lo agradezco, aunque tenía pensado ir al *conventillo*. Quizás allí hubiese alguna habitación libre. Me vine sin decirle nada a mi tía. Mañana la visitaré.

Pese al cansancio del viaje y al agotamiento de los últimos días, Nuel participó activamente en la tertulia posterior a la cena en casa de Nuria, junto a sus padres. El padre era español, emigrado muy joven a la Argentina, y la madre italiana. Nuria presumía de sangre española, y el hermano, Ariel, de la descendencia italiana, y para ello exageraba su acento ítalo-argentino, mientras su hermana, para no ser menos, intentaba catalanizar su acusado acento porteño en honor a su padre, pero sin éxito. Ante esta pugna ridícula, el señor Josep tomó las riendas de la conversación poniendo a Nuel al tanto de cómo estaban las cosas en España.

—Rius y Nuria me hablaron de tu situación en Córdoba. Supongo que ahora vendrás con ganas de incorporarte a la lucha...

—Sí, tengo ganas de ponerme al día en todo, especialmente en la militancia, pues en el hotel no he tenido muchas posibilidades.

—Más ganas tiene Rius, que espera mucho de ti. Necesitamos gente joven que se prepare y que, un día, tenga posibilidades de regresar a España. Allí el Partido sigue ilegal por orden del dictador Primo de Rivera, pero ya hay un cierto movimiento...: republicanos, anarquistas, comunistas, nacionalistas, estudiantes e intelectuales, entre los que destacan Unamuno, Ortega y Gasset y Marañón, le están poniendo las cosas difíciles al dictador; incluso existe descontento en un sector del ejército por las arbitrariedades que se comenten... Aquí, de continuar las cosas por el mismo camino, Yrigoyen nos va a llevar a las barricadas.

—Señor Josep, pero Yrigoyen solo lleva un año en el poder...

—Un año en el poder... continuando o permitiendo que sigan los mismos vicios del periodo anterior. Aquí los políticos no tienen remedio. Yo soy un viejo luchador, lo mismo que Rius, y las veo venir...

—Papá, ya está bien, deja a Nuel tomar un respiro.

Nuel reparó en Nuria, que acudió a su rescate para llevarlo a un asiento más cómodo que la silla del comedor en la que estaba sentado. Seguía siendo la chica vital de siempre y se había arreglado para ir a esperarlo, pues se le notaba el colorete de las mejillas... *que no necesitaba* —pensó.

—Ven, siéntate aquí, y ahora cuéntanos tus proyectos.

— *¡E bene...!* —le dijo su hermano—. ¿No eras tú la que decías que había que darle un respiro? Nuel, no le *contestés, pregúntale* más bien por sus proyectos, pues después que la plantaste en aquellas Navidades...

—Ariel, ¡qué tonto eres! Bueno, quise decírtelo en la estación. Tengo novio. ¿Te acuerdas de la primera noche que pasamos en la comisaría? ¿A quién detuvieron con nosotros?

— ¿El vasco?

—Sí, Iñaki.

—Me alegro mucho, Nuria, es un gran chico.

—Bueno, bueno..., pero es vasco... —intervino el señor Josep—. Catalán y vasco... no es muy buena mezcla.

— ¡Papá! ¡No eres tú el que se va a casar con él!...

Ante esta confesión inesperada, los coloretes de las mejillas de Nuria quedaron opacos frente el rubor de toda la cara.

—*Piba, pero... ¡qué decís!* Papá, mamá... ¿estáis escuchando? ¡Nuria hablando de boda! ¿No será por la Iglesia?

—Pues sí... ¡listo! Mamá siempre me dijo que nadie en su familia se había casado fuera de la Iglesia, y, por tanto, sus hijos no serían los primeros. ¿No es verdad, mamá?

—Un hijo de la "Moreneta"... tampoco permitirá cosa distinta —sentenció el señor Josep.

Ante la deriva de la conversación, Nuel replegó velas en la contestación pendiente, y se limitó a felicitar a Nuria y desearle lo mejor, no mostrando la más mínima discrepancia en cuanto al modo de la ceremonia, civil o por la Iglesia.

El día siguiente se lo tomó para visitar a su tía Leonor, a la que no encontró en casa, dirigiéndose entonces a la Aduana para ver a Carlos.

—Espere aquí, don Carlos está despachando; tan pronto esté libre lo recibirá —le comunicó la secretaria.

Indudablemente, su primo había ascendido, pues, a juzgar por el despacho y la secretaria, debía ocupar un alto cargo en la Aduana. Permaneció en la antesala por espacio de más de una hora, tiempo que le permitió deducir un montón de cosas, entre ellas que la asistencia de su madre en casa del Presidente de la República, algo tendría que ver con aquello.

—Puede pasar, don Carlos lo recibirá ahora.

El recibimiento fue cordial, afable y cariñoso, indicándole que había tardado en recibirlo porque así tendría libre el resto de la mañana para estar con él. Lo cual hizo, invitándolo a comer a uno de los locales de moda en Boca. Le despejó la incógnita de su tía, diciéndole que ahora pasaba casi toda la semana en la casa del Presidente, donde dormía, acudiendo a su domicilio solo los domingos; y que él se había mudado, y vivía en una de las calles adyacentes a Corrientes. A Nuel ya no le quedaba duda del progreso de Carlos, confirmándoselo el ofrecimiento para darle un empleo en la Aduana, empleo que rechazó, aunque se lo agradeció, bajo el pretexto de que ya disponía de uno como cocinero. El motivo del rechazo seguía siendo el mismo que la primera vez a su tía: quería ser libre... para tomarlo y para dejarlo, libre para defender sus ideas y luchar por ellas.

De vuelta hacia la casa de Nuria, dudó entre visitar a don Ricardo Arbuet o pasar por el *conventillo* para solucionar el problema de la vivienda, decidiéndose por esto último. La tarde era apacible, calurosa, linda para pasear; caminó sin prisa, perdiéndose por los lugares más emblemáticos del centro de Buenos Aires, con edificios de tipo renacentista, algunos de reciente construcción, como el que tenía delante: un fantástico edificio nuevo, ya habitado, que no desmerecía ante el propio "Barolo". No lo había reconocido, pero pronto cayó en la cuenta de que aquel era el edificio en el que había trabajado por última vez en la construcción. Se paró un buen rato, analizando la fachada, que le pareció verdaderamente hermosa, aunque no así los recuerdos que le traía de lucha sindical y de los motivos que indujeron a su destierro.

Al llegar a la entrada del *conventillo* los viejos sones de un bandoneón le anunciaban que, al menos, el pampero Agustín estaba allí para recibirlo, como así fue, aunque tardó en reconocerlo. Cuando lo hizo interrumpió los acordes; posando el instrumento se puso de pie y le tendió los brazos. La interrupción de la música hizo que por las puertas apareciesen cabezas, que reconoció de inmediato: doña María, Fiorella, Aniuska..., quienes se abalanzaron sobre él, contentas de tenerlo de nuevo allí. Le faltaba alguien.

—Y... ¿Marietta?

No obtuvo una contestación inmediata. Fue Agustín quien le dio una explicación.

—Se le murió la mamá... Ella se puso a trabajar, pero las malas compañías la apartaron de su gente. Ahora ya no vive aquí.

—Si buscas habitación... —intermedió doña María—, Agustín es el nuevo administrador del *conventillo*, y... hay una vacía, ¿no es así Agustín?

—Sí Nuel, tú siempre tendrás una habitación entre nosotros —Agustín caminó apenas unos pasos por el pasillo—. Es esta, la contigua a la mía.

Aquel mismo día trasladó sus pertenencias y se acomodó en su nueva habitación, junto a los que consideraba su otra familia en Buenos Aires, como así se lo demostraron día a día. Aquella misma noche todos los vecinos querían que cenase en su casa, pero, al ver que se sentía comprometido, doña María y Aniuska se adelantaron y le dejaron encima de la mesa de la habitación una buena cena, al tiempo que le aprovisionaron de suficientes viandas para el desayuno, dejándoselas dentro del armario, donde se guardaba un *primus*[25] que hacía las veces de cocina.

Una vez instalado y acogido como uno más por la comunidad vecinal, aunque los ahorros que traía podían

---

[25] Infiernillo.

dar de sí para vivir de ellos durante mucho tiempo, sintió la imperante necesidad de iniciar la actividad laboral. En sus largos paseos para intentar poner en orden su vida, los pasos lo conducían una y otra vez a la casa de los Piñeiro, que seguía cerrada como la primera vez que acudió allí en busca de Carmela.

— ¡Señor, señor...! ¿Ha podido encontrar a los señores Piñeiro?

La misma vecina que cuatro años atrás lo había informado, también ahora, apoyada sobre el mango de la escoba, como si el tiempo no hubiera pasado, era la que lo estaba interrogando.

—Ah, sí, usted disculpe... Sí, sí, efectivamente estaban en la sierra.

La vecina puso cara de satisfacción, al tiempo que de interrogación, esperando recibir más noticias, algo que no obtuvo porque Nuel, embargado por la emoción y el recuerdo, dio media vuelta huyendo de la situación. Entonces entendió que era el momento de visitar a don Ricardo Arbuet.

Sin haberlo decidido así, al cabo de un rato de deambular por el centro, no se hallaba ante la entrada del Hotel Costelo, donde don Ricardo le había comunicado que tenía su despacho, sino que estaba llamando en la puerta de su tía Leonor, que incomprensiblemente le abrió, pese a no haber concertado con Carlos el día que podían verse.

Se fundieron en un largo e intenso abrazo, que permitió a Nuel emocionarse y contener la emoción al mismo tiempo, de modo que cuando se sentaron estaba suficientemente sereno para poner a su tía al tanto de su vida, teniendo la sensación de que no era necesario, pues parecía estar enterada de todo: lo estaba fundamentalmente por Nuria, ya que sus cartas habían sido escasas. Leonor le mostró su dolor por la muerte de Carmela, pero al ver que los ojos se le humedecían cambió el rumbo de la conversación hacia un tema común para los dos, la casa de San Feliz y lo acontecido allí desde la última vez que habían hablado. Coincidieron en la inmensa barbaridad cometida con Adela, casada con su tío, siendo apenas una jovencita. Viendo la indignación de Nuel, que se estaba convirtiendo en un acceso de violencia manifestado en gestos, en palabras y en la aptitud al ponerse de pie, Leonor terció disculpando lo ocurrido.

—Hay que tener en cuenta... la situación de la familia: la propiedad de San Feliz se compró con la ayuda de Julián; este era el hermano menor de todos nosotros y marchó para Santo Domingo con apenas catorce años; Adela nunca lo había visto, y es natural que al regresar, no siendo aún muy mayor, quedara deslumbrada por él, viéndolo, no como a un tío sino como a un primo, lejano quizás... En las aldeas, por necesidad, a veces se cometen errores que desde la ciudad los vemos de otro modo. Yo tampoco juzgo a mi padre porque no haya permitido que las hijas fuésemos a la escuela, y sin embargo sí se preocupó de que asistiesen los varones; luego la vida me dio oportunidades y aquí he aprendido a leer y a escribir. Ten en cuenta que allí las oportunidades son muy diferentes. —Leonor se levantó, lo agarró por la cintura y le hizo sentarse—. Yo solo te pido una cosa, que seas comprensivo y no juzgues ni sentencies desde la distancia. Adela seguro que se casó enamorada de Julián; él ayudó a la familia, y estoy convencida de que esos dos hijos son fruto del amor... Por favor, escribe a tu hermana y a tu madre... Hazlo por el abuelo también, que ya es muy mayor. Nuel, en todas las situaciones hay un momento en donde ya no existe el retorno; por lo tanto, lo mejor es no mirar hacia atrás sino hacia adelante.

—Tía, yo en Santo Domingo he visto...

— ¡Qué importa!..., es el pasado.

Lo apartó de sí, al tiempo que lo sujetó por los brazos y le miró a los ojos.

—Soy tu tía y te recibí como a un hijo; quise ayudarte como a un hijo, y respeté tu libertad para decidir. Hoy te digo que olvides lo que ocurrió en Santo Domingo, que aceptes a Julián como el marido de tu hermana y des gracias por los sobrinos que tienes. Así se lo debes hacer saber a Adela. Cuéntale lo de Carmela, de ese modo compartirá también contigo el dolor por su pérdida, al tiempo que tú compartes con ella la dicha de sus hijos. —Poniéndose de pie—. Ven, grandullón, dame un abrazo.

Tía y sobrino se fundieron en un intenso abrazo que selló lo hablado, lo que hizo que se operase un cambio de actitud y de sentimientos en el corazón de Nuel, hasta el punto de sentirse aliviado de la carga que arrastraba desde el día en que había recibido la carta de San Feliz.

El olor de queso gratinado al horno invadió la estancia y Leonor salió corriendo hacia la cocina, de la que regresó al cabo de un rato con una bandeja de pasta italiana humeante, que depositó encima de la mesa del comedor.

—Sé que no puedo competir contigo, pero no creo que tus raviolis puedan superar a los míos; así que, siéntate y compartiremos.

Nuel pasó la tarde con su tía, poniéndola al tanto de sus proyectos: trabajar en el Hotel Costelo de cocinero, como le había prometido a don Ricardo; incorporarse a la militancia colaborando con Rius; formarse, porque su idea no era quedarse en Argentina, sino regresar a España, donde la situación estaba cambiando muy deprisa y se necesitaría gente preparada políticamente...

—Nuel, perdona que te corte; pero, en esta ocasión, y, respecto a lo que estás diciendo, permíteme que te dé el consejo de "madre" que no tienes aquí. Estás yendo demasiado deprisa, la política no es la solución de todas las cosas, sé de lo que te hablo, tengo oídos y muchos años de trabajo en la casa del Presidente. Nuria me puso al día de todo lo que te había sucedido y de los motivos por los que te tuviste que marchar. Debo advertirte que ahora, aquí, los tiempos empiezan a estar muy revueltos; se avecinan acontecimientos que no te imaginas, y no me gustaría verte en la cárcel o peor aún, muerto. Los militares no se van a andar con chiquitas... Quiero tu promesa de que, durante un tiempo, no te vas a meter en política ni en la lucha sindical. Trabaja y ahorra para regresar a España si quieres, pero mantente al margen.

—Tía, llevo al margen más de dos años, no comprendo...

—Cuando detuvieron a los culpables del atentado, no te exculparon, al contrario, tuve que utilizar amistades para que quedases fuera del expediente y prometer que no ibas a ser detenido nunca más por motivos de militancia sindical o política. —Nuel quedó boquiabierto, sorprendido, casi sin respiración.

—Yo no podía imaginarme que... Tía, le prometo que no he tenido nada que ver con aquel atentado. Nuria se lo habrá podido decir.

—Sí, lo sé, por eso he hecho todo lo que he podido, pero no quiero que hagas que duden de mi palabra. Hoy mi situación y la de mi hijo es la que es..., mañana no sé cuál podrá ser.

Aquella conversación con Leonor, que se prolongó durante toda la tarde, hizo que Nuel se replantease su porvenir más inmediato. De momento acudió a la cita con don Ricardo Arbuet, que no lo pudo recibir por estar de viaje por Europa; sin embargo había dejado instrucciones para él: que quedase incorporado, como segundo chef, en la concina del Hotel Costelo, uno de los más prestigiosos de Buenos Aires.

Su puesto de responsabilidad en la cocina fue la causa, o la excusa, para que durante la primera mitad de 1929 estuviera absolutamente volcado en su profesión, lo que disgustaba a Nuria, que lo visitaba con frecuencia y lo ponía al día de los comentarios de Rius: *Cometí un error cuando le propuse a ese muchacho entrar en la rama de la hostelería, con el juego que estaba dando en el de la construcción; dile que al menos mantenga viva la llama de la lucha por el proletariado en España.* A Nuel le hizo gracia este comentario e incluso le sirvió como justificación a su no militancia activa, que había prometido a su tía.

∞

Pasados aquellos primeros seis meses, don Ricardo regresó estableciendo su cuartel general en el Gran Hotel Lavalle, al cual había dado un giro con una serie de reformas, convirtiéndolo en una especie de casino-hotel, donde se congregaba lo más florido de la sociedad porteña, sobre todo florido en lo económico: nuevos ricos surgidos de la post-guerra, hacendados y terratenientes de nueva generación, especuladores en la importación y exportación, altos cargos de la Administración y altos mandos militares sin escrúpulos, es decir *lo más florido*.

El "crack del 29" no supuso solamente crisis para el continente del norte, sino que se expandió como un reguero de pólvora por todo el continente sudamericano.

El segundo gobierno de Yrigoyen tuvo que enfrentarse a uno de los periodos más críticos de la historia argentina, ya que los capitales extranjeros, fundamentalmente los europeos, empezaron a regresar a sus países de origen para fortalecer sus economías.

Los precios agropecuarios empezaron a desplomarse y las exportaciones disminuyeron considerablemente, surgiendo especuladores que hicieron su agosto, mientras el gobierno se veía sobrepasado por la situación. Todo ello hizo incrementar la crisis del país, que empezó a endeudarse. El gobierno perdió los apoyos internos, lo que dio pábulo a los golpistas para sustentar un posible golpe, apoyados en militares y en sectores de la sociedad más conservadores.

Entre tanto, el Gran Hotel Lavalle se estaba convirtiendo en el local más próspero y emblemático de Buenos Aires.

Esta situación le hizo reflexionar a Nuel sobre la conversación mantenida con su tía y los consejos que le dio, que indudablemente estaban respaldados por lo que escuchaba en el lugar de trabajo.

Este primer año de la segunda etapa en Buenos Aires, trabajando en uno de los mejores hoteles de la ciudad, fue su consagración como un cocinero de reconocido prestigio, algo que no pasó desapercibido para don Ricardo Arbuet.

Justo antes de las Navidades de 1929 —siempre las Navidades para él habían marcado un antes y un después—, el "chef-jefe" del Hotel Costelo le comunicó que debía acudir a Dirección vestido de calle. Primero supervisó el plato que se servía en aquellos momentos, y, tranquilamente, se cambió de ropa, acudiendo a continuación a la cita. Pidió permiso para entrar, y fue el propio director quien le abrió la puerta, introduciéndolo en el despacho, donde lo esperaba don Ricardo, situación que le recordaba la vivida tiempo atrás.

—Nuel, muchacho, no has cambiado... Tengo entendido que te has hecho un campeón de la cocina. La mano, amigo, —Nuel se la tendió, recibiendo con sorpresa el apretón de manos— llegó tu hora, desde hoy quedas trasladado al Gran Hotel Lavalle. Puesto que no soy un negrero, como se rumorea, y conociendo tus veleidades políticas, tendrás unas vacaciones. Dentro de un mes inauguramos oficialmente el nuevo Lavalle y mañana entrará tu sustituto en el Costelo, por lo que, desde hoy, dispones de un merecido descanso. Como ves, no olvido tus desvelos en Córdoba. —De nuevo le tendió la mano y le hizo un gesto al director para que lo acompañase, sin que Nuel tuviera ocasión de manifestarse.

Mientras regresaba a la cocina, mil y un sentimientos encontrados le asaltaban: por una parte, no le había gustado el trato de aquel cochino capitalista; por otra, significaba un ascenso en su profesión; pero sobre todo solo se trataba de la etapa final en Buenos Aires, porque ya tenía la firme determinación de que, con los ahorros que tenía y con los pudiera hacer hasta su regreso, iba a reemprender su vida en España.

Su jefe estaba hablando por el telefonillo interior, y le hizo el gesto de que se sentara dentro de su oficina; al finalizar, cerró la puerta y lo felicitó.

—Me acaban de llamar. ¡Enhorabuena! Te vas al lugar donde está toda la plata de la ciudad y del país.

Los primeros días libres los aprovechó para visitar a la familia y a los amigos. Tardó en decidirlo, pero al final se armó de valor y visitó a su amigo y camarada Rius. Lo encontró envejecido, cansado..., pero vivo, y pareció rejuvenecer cuando le comunicó el deseo de regresar a España, quizás porque vio en Nuel su proyección de lucha por las libertades en su país, algo que para él era ya imposible.

—Nuel, camarada, utiliza ese escondrijo de sabandijas para aprender, para profundizar en el conocimiento del capitalismo, porque de ese conocimiento saldrá tu fortaleza para luchar contra el imperialismo. Y ahora, permíteme que me solidarice contigo, por lo que has pasado con tu novia. Un abrazo, camarada.

—Agradezco tus palabras, Rius, las necesitaba, y también el abrazo por Carmela. Llevaré el espíritu de tu lucha conmigo y, cuando regrese, lo tendré por bandera, porque nuestro pueblo necesita todas las voluntades... como una sola.

Charlaron ampliamente, podría decirse que de lo divino y de lo humano, pero verdaderamente fue más de lo humano que de lo divino, y ambos se sintieron muy reconfortados con este encuentro, prometiéndose repetirlo al menos una vez cada mes, así Rius tendría la oportunidad de ir facilitándole la información que fuese recibiendo de España.

Cuando abandonó la seccional, salía como un hombre nuevo: ilusionado por el trabajo, ilusionado por el regreso a su patria, ilusionado con sus ideales, reconciliado con su familia…, pero triste, muy triste por la pérdida de su amor. En este punto, aun no creyendo en el más allá, miró al cielo e invocó a Carmela haciéndola partícipe de todas sus ilusiones.

En el *conventillo* le estaban esperando para que colaborase en acondicionar el patio común interior para el baile de Nochevieja, pues Agustín se había encargado de que lo acompañasen en la música viejos amigos de la noche tanguera de Boca. Habría juerga y baile hasta el amanecer, y sobre él tenían puestas las expectativas varias jovencitas que habían envidiado a Marietta, porque les había hecho creer que entre ella y Nuel había algo.

Era el más alto de la comunidad, y por ello lo requerían para que colgase las cuerdas que iban a sostener la iluminación, las banderolas y demás adornos, lo cual no significó ningún esfuerzo, porque no le faltaron asistentes, especialmente la hija de la señora Aniuska, una belleza, mestiza de eslava e indio andino. Cuando Agustín vio pertinente rescatarlo del acoso femenino, sobre todo porque ya la tarea había llegado a su fin, se le acercó, sacó un sobre del bolso y le dio la carta que había llegado aquella mañana de España para él. No era el lugar adecuado para abrirla y, después de leer en el remite el nombre de su hermana Adela, se disculpó encaminándose hacia la habitación.

Querido hermano:

No sabes qué alegría más grande me has dado con tu última carta, aunque me he sentido muy triste por la pérdida de Carmela y por ello quiero enviarte mi más sentido pésame, lo mismo que de parte de Julián. Pero para no continuar con cosas tristes, paso a relatarte un poco mi vida desde que te fuiste.

Sé que estabas un poco enfadado con mi marido, por todo lo que pasó en Santo Domingo, pero te aseguro que él solo deseaba el bien para ti; quizás fue un poco duro, ya que quería que empezaras desde abajo, pero no te guarda ningún rencor porque lo abandonaste.

Somos muy felices, él liberó a San Feliz de casi todas las deudas; ahora la propiedad es del abuelo Celestino, quien, como sabes, dejó su vida intentándolo. Ahora Papá, mamá y los hermanos trabajan el caserío como verdaderos propietarios. Julián invirtió el dinero que trajo en varios negocios y nosotros, él, yo, Roberto y Amelia, y dentro de muy poco tu otro sobrino, vivimos en Galicia, muy cerca de Fonsagrada, donde regentamos un negocio. No nos hemos querido ir muy lejos de Grandas; estamos a menos de 30 kilómetros.

Sé por tía Leonor que tú estuviste muy preocupado por mí... Créeme que soy muy feliz. Lo único que siento es no poder ver más a menudo a la familia y en especial a José y a Firme; los pobres trabajan sin parar en las faenas del campo, que, como sabes, se enlazan una con otra: la siembra, la recolección, el ganado, el mantenimiento de los viñedos, el vendimiar y el vino... Bueno, tú has pasado por ello, sabes de lo que te hablo. Además, José está aprendiendo el oficio de carpintero y Firme apunta que le gustaría ser cocinero, no sé si por la influencia de la carta de tía Leonor, que nos ha contado que eres el mejor.

Lo de padre... siguen siendo las continuas subidas a la Villa por cualquier excusa, haya feria o no, aunque ha cortado con lo de los salmones.

Mamá se ha venido a mi casa hace dos días, porque he salido de cuentas, y, cuando te llegue esta carta, ya tendrás tres sobrinos. Si es niño, José quiere ser su padrino, y que tenga su nombre.

Mamá, aquí, está encantada porque nos llega la prensa diariamente, aunque con uno o dos días de retraso respecto a la fecha de publicación, pero puede estar mucho mejor informada que en San Felíz, así que, desde que llegó, ya está discutiendo con Julían, porque cree que, después de la dimisión de Primo de Rivera, la monarquía tiene los días contados. Ya sabes que ella ansía que llegue la democracia y piensa que solo entrará por la República. Te echa mucho de menos porque dice que eras el único con el que podía hablar con libertad, y el único que la entendía. Yo les oigo hablar, y en lo único que están de acuerdo es en que efectivamente estamos viviendo una crisis muy seria, tanto en la ciudad, con la industria, como en el campo. Yo te diría que aquí no se ha progresado nada desde que te fuiste: los pobres siguen siendo pobres, y los que tenían dinero yo creo que tienen más. Bueno, pero este no es mi tema: yo tengo bastante con la casa y con los niños. No le digo a mamá que te estoy escribiendo porque querría continuar ella la carta y sé que nada más dé a luz te va a escribir.

Hermano, te quiero mucho, he pensado siempre en ti y te necesitaba para salir a las fiestas de los pueblos de los alrededores, algo que no pude disfrutar porque José y Firme eran pequeños y sola, o con ellos, no me dejaban. Cada año asistía a las de la Villa porque íbamos toda la familia, a las de Salime porque eran como las del caserío, y a las del pueblo de mamá en Sanzo porque ella ponía la excusa de visitar a los parientes, lo que en cierta medida era cierto, pero yo sé que lo hacía para que pudiera divertirme.

Bueno, Roberto y Amelia ya no me dejan en paz, les parece que llevo mucho tiempo sin prestarles atención, pero no te extrañe porque solo tienen dos y cuatro años, en realidad casi dos y casi cuatro.

Recibe un fuerte abrazo de tu hermana y muchos besos de tus sobrinos. Mamá ya sabes que te quiere y te echa mucho de menos. Julián te aprecia, créeme, y me gustaría que un día os pudierais reconciliar con un fuerte abrazo.

Tuya, que te quiere. Adela

Esta carta era lo que necesitaba Nuel para completar su estabilidad emocional, de cara a iniciar el nuevo proyecto de trabajo que, de ante mano, ya solo consideraba como el último trámite para regresar a casa. Iba a cumplir veintiséis años y había tenido una vida lo suficientemente intensa, llena de experiencias, que le daban los conocimientos necesarios para regresar e iniciar una nueva etapa en su país.

Aprovechó la oportunidad que le daba don Ricardo y pasó por el Costelo, solo para cerciorarse de que su puesto quedaba cubierto, lo cual le permitía poder disfrutar de ese mes de vacaciones, algo que no se conocía en el sector de la hostelería. Ese tiempo vacacional le venía bien para ponerse al día en lo prometido a Rius, pero lo más inmediato eran las fiestas navideñas que pasaría en comunidad con sus vecinos de *conventillo*.

A primeros de enero de 1930, casi con un mes por delante, antes de volver al trabajo, decidió incorporarse a la actividad política, ante la sorpresa de Rius, que lo desvinculó en la seccional de las responsabilidades propias de la actividad política local y le encomendó la Sección de Emigración y Relaciones con España, dándole a esta la categoría de un Secretariado. Se trataba de establecer un canal fluido de comunicación con el Partido en España, para lo cual le dio algunas herramientas, una de las cuales se trataba de un contacto en la Embajada de España en Buenos Aires, un funcionario que, si bien no militaba en el Partido, era simpatizante y cuya relación con él le iba a facilitar la tarea. Rius tomó el teléfono y, tras una breve presentación, casi en clave, se lo pasó a Nuel, que saludó a su interlocutor y se limitó a asentir, tomando nota mental de lo que le decía.

—Alejandro acaba de citarme para esta misma tarde en un cafetín de Barracas —le dijo sorprendido y esperando aclaración de Rius.

—Alejandro es muy cuidadoso con sus citas, prefiere tugurios de Boca o Barracas, antes que bodegas o cafeterías del centro. Es un gran aficionado al tango... y Nuria se hizo una experta bailarina en sus citas con él.

— ¿No pretenderás que haga lo mismo conmigo?

Rius sonrió, sorprendido de la ironía de Nuel, quien continuó:

—Pero aquí... ¿cuál es el problema de que se vea con nosotros?

—No es aquí, es allá, en Madrid, él es un funcionario y depende del Ministerio de Exteriores.

La cita con Alejandro era para aquella tarde, a las siete, en el cafetín "La Vocana", en el centro de Barracas.

De vuelta al *conventillo*, Nuel cayó en la cuenta de que, conociendo Buenos Aires, apenas tenía idea de los dos barrios más emblemáticos: Barracas y Boca, por lo que se dirigió a la habitación contigua, la de su amigo Agustín, con la idea de que él le pusiera al día del barrio Barracas y de las costumbres del mismo, pues no en vano el cansino manejo del bandoneón tenía como objetivo el ensayo para su actuación de cada noche en uno de aquellos tugurios.

—No *tenés* perdón de Dios, siendo uno de los nuestros, casi un criollo, ¡no *sabés* lo que se cuece en Barracas!

Le dijo casi ofendido Agustín, mientras secó los últimos utensilios del almuerzo que acababa de fregar en el lavadero comunitario, guardándolos ceremoniosamente y en orden en el armario, que en aquellos momentos dejaba visible el *primus* sobre el que se estaba calentando el agua del mate. Sacó el mate, lo cebó, introdujo la pipa, añadió el agua y se lo dio a su amigo.

—*Tomá, insuflate de mate pa que podás* entrar en el corazón del *compadrito*, uno más de nosotros, porque Barracas es eso, un barrio humilde pero orgulloso de su condición de ser hijos de gauchos; otra cosa es en lo que vino a ser el barrio con los hijos de italianos y también de españoles, que se enfrentaron a los *compadritos* imitándolos en lo peor. Hoy ahí te podrás encontrar malevos *compadrones*, que a la mínima harán que te veas reflejado en el espejo de sus cuchillos.

El relato de Agustín lo estaba dejando atónito, y, ante la deriva, le aclaró dónde había quedado citado.

—La persona con la que me voy a ver me citó en "La Vocana", pues es un gran aficionado al tango.

—Y "La Vocana", el lugar indicado para disfrutarlo... Pero con el permiso de los *compadres* de turno. En La Vocana tenés los tipos que mejor hacen llorar el bandoneón —esto Agustín lo dijo con cierta envidia—; cierto que uno de ellos mamó las primeras notas de mi viejo Aquiles. —Y señaló hacia la estantería donde reposaba.

Nuel estaba preocupado, pensando en las palabras de Agustín: *Con el permiso de los compadres...* Le devolvió el mate, del que había hecho el simulacro de varios sorbos, pero sin que apenas descendiese el agua, lo cual advirtió Agustín, devolviéndoselo con ademán firme de que debía absorber de verdad, para reponer el agua de la tetera que había tomado del *primus*.

Compartieron mate, continuaron charlando sobre el tema... y Nuel se puso al día del lugar que iba a frecuentar aquella tarde/noche, sorprendiéndose del poco conocimiento que tenía de aquel ambiente, de cafetines y boliches, burdeles y prostitución, tango y bandoneón.

—No *tenés* pinta de *compadre*, y tampoco de *malandro*, y eso no es bueno, pues tu aspecto es de *gili*. Aunque te ayudará la pinta de *gaita* que *tenés*, pues algunos de los compadres que conozco de La Vocana son *gaitas* como tú... No te *ofendás*..., españoles como tú.

Aquel querer ponerse al día, más que tranquilizarlo lo puso en guardia sobre los peligros que podrían acecharle, pues efectivamente no tenía el más mínimo dominio del lenguaje arrabalero, e indudablemente su pinta era de "gaita" o gallego, como también se conocía a los españoles. Puso la esperanza en su condición de "gaita" para relacionarse con los compadres de La Vocana, pues, como le había dicho Agustín, muchos de ellos lo eran.

La Vocana no rebajó sus expectativas, pues tenía todos los ingredientes que le había descrito Agustín: era una mezcla de boliche, salón de baile y burdel, templo sagrado del tango auténtico, con personajes que respondían a todas las características de *compadres y compadrones* que le había descrito su amigo. No vaciló, y traspasó la cortina de humo que lo envolvió a la entrada, dirigiéndose a la primera mesa que vio vacía, sin sostener ninguna de las miradas que lo interrogaban a su paso. Centró su atención en la pareja que pincelaba, con auténtica maestría, los sones del tango que estaba interpretando un trio, cuya primera figura era resaltada por un potente foco que ponía de manifiesto la flexibilidad del bandoneón, cuando su hombro fue apresado por una potente mano. Se incorporó, enfrentándose al que creía un adversario.

—Soy Alejandro..., acompáñame, tengo una mesa al fondo.

El primero y los siguientes encuentros con Alejandro le resultaron a Nuel sumamente provechosos, pues partiendo de un PCE[26] ilegal en 1929, con la celebración del III Congreso en París en agosto de 1929, la caída de la dictadura en el mes de enero de 1930, la llegada de la "dicta blanda" con el gobierno del general Berenguer y la restauración de ciertas libertades, y con la legalización del PCE, la ayuda de Alejandro le estaba resultando a Nuel de lo más productiva para la consecución de los objetivos de su Secretariado.

Durante el mes de vacaciones, con todo el tiempo del mundo libre y con la intención de una mayor integración en el submundo de los arrabales de Buenos Aires, se inscribió en un gimnasio donde se entrenaba el campeón de los pesos pesados de la Argentina, y desde el inicio, debido a su atlética condición física, algo insólito tanto por su profesión como por su edad, el encargado del gimnasio, tras el debido calentamiento con determinados ejercicios, lo subió al ring para recibir las primeras lecciones.

Se había metido tanto en el ambiente de Boca y Barracas, e involucrado de tal modo en el Secretariado que le había encomendado Rius, que ambas actividades le hicieron olvidarse del compromiso con don Ricardo Arbuet, por lo que, cuando a finales febrero, pasados casi dos meses, recibió un aviso del Hotel Lavalle, para incorporarse al día siguiente de la notificación, estaba completamente desprevenido, teniendo que reorganizar en unas horas su nueva vida.

El imponente edificio de líneas modernas le recordaba algunos de la Quinta Avenida de Nueva York, aunque interiormente con un refinamiento pretendidamente sobrepasado: la majestuosidad de su vestíbulo, con lujos que no había visto hasta la fecha; una sirena emergiendo de un estanque que simulaba el océano; inmensas cortinas, cayendo a modo de cascada desde el extremo de la cúpula pintada con motivos de la natu-

---

[26] Partido Comunista de España.

raleza; mar, bosques, ríos, y una laguna de cuyo borde descendían plateadas y transparentes cortinas como lenguas de agua; contrastes de luz surgidos de cristaleras debidamente ubicadas conforme a la posición del sol, que irradiaban rayos multicolores, dirigidos a las distintas paredes, las cuales integraban pinturas que parecían recogerlos como parte de las mismas; lámparas, sofás, porcelanas...; una recepción moderna, al mejor estilo neoyorkino, y al fondo una batería de puertas de ascensores que le recordaban las del rascacielos en el que entró en Nueva York y del que salió detenido para Emigración. Desde el mismo vestíbulo había indicaciones para cafeterías y restaurantes, ubicados en la planta baja, también para el casino, sala de espectáculos, y una que le llamó la atención: "privados"; todo un mundo en único edificio.

En recepción le indicaron que debía dirigirse al restaurante principal y allí preguntar por el maître *monsieur Claude*, que lo llevaría ante el chef jefe, *signore Marcello.*

Indudablemente se trataba de un lugar de mucho lujo, pensó, no solo por los clientes que curioseó en la entrada, sino más bien por el personal, con un pretendido y ridículo estilo afrancesado. El trato con el chef jefe, un italiano con cierto parecido a Rino, fue normal; parecía esperarle, o al menos don Ricardo o su personal le habían dado instrucciones, porque de inmediato pasó a explicarle que dentro de aquella gran cocina había otras cocinas: la del gran restaurante internacional, la del restaurante argentino con especialidad de asados, y la cocina de asistencia a "los privados". Él iba a ser el encargado de esta última, que a su vez sería también la que serviría la estancia privada del señor Arbuet, que ocupaba por completo la última planta del edificio. Los privados, pequeñas suites con habitación, baño y saloncito, ascendían las tres primeras plantas. Entre estas y la última estaban las habitaciones normales de uso

223

público. Lógicamente, la "cocina de privados" servía tanto a las habitaciones de privados como al resto, y su horario era un tanto especial, fundamentalmente desde la cena hasta el desayuno.

Recibidas todas las instrucciones, puesto que no tenía que incorporarse hasta el día siguiente, regresó al *conventillo* dándole vueltas a lo visto, intentando encontrar una explicación a aquel tipo de hotel que, indudablemente era de gran lujo y para personas de mucho poder adquisitivo, pues así lo denotaban los distintos restaurantes dentro del mismo, el propio casino, las salas de espectáculos y el número de suites privadas con cocina propia.

∞

El trabajo, seguir entrenando en el gimnasio y el secretariado en el Partido lo tenían completamente ocupado, y la abstracción de la realidad, evocando lo que estaba ocurriendo en España, la solía hacer en el silencio de su habitación, en las madrugadas, intentando dormirse después de una exhausta jornada en el hotel. La crisis mundial de 1929 se manifestaba en las consecuencias graves sobre la agricultura e industria españolas, y Nuel ya se estaba imaginando una transición hacia La República, y se la imaginaba con fundamento, pues los siguientes meses de primavera-verano trajeron sobre el campo español una tremenda sequía que hizo que descendiesen alarmantemente todas las producciones agrícolas, que el paro se extendiese, que los salarios bajasen y, como efecto rebote, que la industria sufriese las consecuencias de la contracción, viéndose obligada a cerrar altos hornos, amén de la actividad textil, que también vio su actividad reducida, debido a la disminución de las ventas.

Su labor al frente del Secretariado de Emigración obtuvo muy buenos resultados en cuanto al conocimiento de la situación en España y la evolución política en su país, pero nulos respecto a los objetivos pretendidos por Rius, que era formar a los jóvenes emigrantes y entusiasmarlos en un regreso militante que pudiera ayudar al cambio en España. Tanto era así que los pocos que participaban en coloquios o conferencias, cuando deducían el interés último, dejaban de asistir a la seccional.

Ante el fracaso de su Secretariado, así lo intuía él, y no por culpa suya ni de Alejandro, que seguía facilitándole la máxima información, Nuel mantenía la actividad del gimnasio, que lo estaba consagrando como un futuro boxeador, pues su entrenador ya lo sacaba al ring, enfrentándolo a algún profesional en entrenamientos; pero, sobre todo, su ilusión la tenía puesta en el regreso a casa.

∞

Las Navidades de 1930 se presentaron para Nuel muy diferentes a otras. Su entorno: familia, amigos, camaradas y vecinos del *conventillo* pretendían compensarlo de la soledad vivida anteriormente. Esto fue precisamente lo que le indujo a tomar la decisión de vivirlas trabajando, ya que *trabajar y recordar a Carmela,* pensó, sería lo mejor en su circunstancia.

El trabajo lo vivía desde un punto de vista absolutamente profesional, pues en el tiempo que llevaba inaugurado el Gran Hotel Lavalle, y él al frente de la cocina de "privados", tenía una idea meridiana de para quién trabajaba. Aquel no solo era el mejor hotel de la ciudad, donde se daba cita lo más florido de la sociedad, sino que era donde se cocinaban los grandes negocios al amparo de la mafia porteña; donde se hacían y desgranaban las mayores intrigas políticas bajo la protección de militares corruptos; y, sobre todo, donde se cobijaba el mayor nido de prostitución de lujo, con trata de blancas incluida.

Este conocimiento no lo tuvo desde el inicio, sino que lo fue conformando a lo largo de los meses, sobre todo con lo acontecido en la madrugada de Nochevieja estando al frente de la cocina, ya que todos los privados requerían un servicio esmerado.

Uno de los principales lo utilizaba frecuentemente un ascendido compadre a la categoría de "jefe portuario", a quien obedecían los sindicatos de estibadores de todos los muelles y rendían pleitesía económica las navieras y compañías de importación/exportación, puesto que controlaba todas las entradas y salidas, humanas y materiales.

Marcos era el camarero de la suite de dicho capo portuario. Llegó nervioso a la cocina y, antes de transmitirle el mensaje a Nuel, le puso al día de quién se trataba.

—Señor Nuel, tiene que acudir al privado de don Nicanor Stela, pues está absolutamente fuera de sí con lo que le servimos, dice que no es lo que pidió y que quiere hablar con el jefe de cocina.

—Bien, no te preocupes, ahora acudo.

Delante de la suite, cuando estaba acercando los nudillos a la puerta para llamar, se detuvo ante los chillidos de una voz femenina. Del interior llegaban nítidos gritos de socorro de una mujer que estaba siendo maltratada. No lo dudó, hizo la llamada repetidas veces hasta que abrieron, quedando la entrada franqueada por un corpulento guardaespaldas con la camisa desabotonada, quizás rota, y con claros síntomas de lucha, manifestados por recientes arañazos en la cara.

— ¡Zorra! —Llegó a sus oídos como una explosión de ira desde el interior de la suite, más allá de la salita de entrada ante la que se encontraba—. ¡Harás lo que te ordene, y si hoy es que te acuestes con Mario, te acostarás con él! —Se oyó el estallido de una tremenda bofetada, seguida de un llanto estremecedor.

— ¿Qué quieres? —le preguntó en tono amenazante el guardaespaldas.

—Soy el jefe de cocina, me mandaron llamar.

—Sí, pasa —indicándole que esperase en el saloncito, mientras él entró en la habitación—. Jefe, el de la cocina está ahí.

— ¿Dónde estoy yo, ahí o aquí? —se dirigió a su lugarteniente de malas maneras—. ¡Decíle que pase!

Le ordenó pasar sin pensar en la situación de la mujer a la que acaba de pegar, la cual estaba semidesnuda en el suelo, queriendo ocultarse entre el cortinaje.

Nuel obedeció la señal del que supuso sería Mario, y, con firmeza, sin miedo, se enfrentó a su jefe, que paseaba en batín enfurecido, de una a otra parte de la habitación.

—Me hizo llamar. —Con autoridad—. ¿Cuál es la razón?

— ¿Cuál es la razón? ¡Esta mierda de bifes que ponen en su restaurante! ¡Y para mí, el bife tiene un punto! ¡Pero no, siempre me los ponen o muy, o poco pasados! —Se acercó al plato, tomó el bife con la mano y se lo arrojó con toda fuerza a la mujer que permanecía de cuclillas llorando—. ¡Lo contrario que esta *piba*, que ni *yira* ni decente!

La joven, ante el fuerte golpe de la carne al golpearle en el cuerpo, giró sobre sí misma, volviendo el rostro suplicante hacia quien la estaba maltratando, lo que permitió que Nuel pudiera identificarla.

— ¡Marietta!

Sin pensarlo se abalanzó sobre ella incorporándola, al tiempo que le recompuso el camisón en su sitio.

Las reacciones sucedieron en cadena, pues la ira de Nicanor Stela hizo que ordenase, mediante una señal, la intervención del guardaespaldas, que se dirigió a Nuel con toda la fuerza e impulso de su cuerpo, pretendiendo derribar al valedor de Marietta de un puñetazo, lo que para Nuel fue un simple ejercicio de ring, esquivándolo con facilidad. De un modo reflejo, le hizo encajar al guardaespaldas un tremendo derechazo en la mandíbula, que lo dejó prácticamente K.O. Ante aquella escena, el valeroso compadre, maltratador de mujeres, replegó velas, y la máxima amenaza que salió de su titubeante voz, viendo a su gorila derribado en el suelo, inconsciente, fue: *De esto tendrá noticias la dirección.*

Nuel indicó a Marietta que recogiera su ropa, se vistiera y lo acompañara, lo cual hizo con celeridad, abandonando los dos la suite, justo en el momento en que el guardaespaldas empezaba a incorporarse. Pasó por la cocina, puso a su segundo en antecedentes, y se despidió hasta el día siguiente, pues debía acompañar a Marietta. No lo hizo a su casa, sino al *conventillo*, donde la fiesta de Nochevieja se prolongaría hasta el amanecer, por lo que, previamente, hicieron alto en un local conocido, para que Marietta se recompusiera y tomase ánimos. Este alto sirvió también para convencerla de que volviese junto a los suyos, con Agustín y los demás vecinos, que en realidad eran su mejor familia.

Aquel incidente en el Hotel, sorprendentemente para Nuel, pues supo que había llegado a conocimiento de don Alvaro Arbuet, no significó el despido; al contrario, fue el despido de Nicanor Stela del Gran Hotel Lavalle, donde desde hacía tiempo ya se le venía haciendo el vacío por parte de la mayoría de los clientes, los cuales no veían con buenos ojos las ostentaciones mafiosas y públicas de aquel advenedizo. Hubiera preferido el despido, pues así tendría justificado adelantar el regreso a España.

La integración de Marietta con los suyos fue como Nuel esperaba, bien recibida por parte de todos, pero difícil para ella, que se sentía acobardada, culpable, sin porvenir, manchada; sin embargo, pasados los días sin que nadie la culpase, al contrario, ayudándola todos, la sonrisa de la Marietta de los quince años volvió a aparecer de nuevo. Nuel se sintió en la obligación de ir algo más allá en la ayuda, y habló con Rius y Nuria, quienes la invitaron a integrarse en la seccional de Boca, facilitándole al mismo tiempo un trabajo.

∞

La idea del regreso, ya no se apartó de su mente. Las noticias que llegaban de España, según iban pasando los meses, eran más en la dirección de caminar hacia la República que estabilizar el régimen vigente. La Monarquía tenía lo días contados, pues el 17 de agosto de 1930, representantes de distintas tendencias republicanas y autonomistas firmaron el Pacto de San Sebastián, que preveía el establecimiento de una república, contando con el apoyo de socialistas y CNT.

La nueva situación hizo crecer en Nuel el sentimiento de morriña, como dicen sus compatriotas gallegos; y este sentimiento lo llevó a frecuentar, con asiduidad, determinadas casas regionales, como la de Galicia y, muy especialmente, el Centro Asturiano, en el cual se tropezó, el día de la fiesta regional, con la procesión de la Virgen de Covadonga, lo que le produjo una especial emoción cuando vio pasar la "Santina" en andas de sus compatriotas. Aquel sentimiento, más que culpabilizarle, lo justificaba, puesto que sería de mal nacidos no reconocer en la Santina de Covadonga el símbolo de su tierra; es más, el día que regresase a Asturias, una de las cosas a que se prometía, era ir a Covadonga, no por motivos "religiosos", sino para visitar el Sitio y a la Santina.

Algunos días después, recibió una carta de su madre, que fue lo que le hizo tomar la decisión de poner fecha al regreso:

Querido hijo:

Sabes cuánto te he echado de menos, por tu compañía, por tu ayuda y por tu comprensión; sin embargo, aunque no era lo que yo quería, el que emigrases era lo mejor para ti...

El abuelo también te echa mucho en falta y dice, siempre para sí, aunque lo repite en voz alta, que él fue el culpable; que no todo el mundo tiene por qué marcharse, y no se perdona que la abuela se muriese sin poder abrazarte, pronunciando tu nombre con un gran dolor en el corazón.

Padre te quiere, pero ya sabes cómo es, rudo, abierto y comprensivo para los de fuera y no tanto para los de casa, pero no es mala persona; se afana por sacar la casa adelante, pero los tiempos son difíciles; Adela, Julián y los niños viven en Galicia, y les van bien las cosas, pero la liquidación de los negocios en Santo Domingo no resultó como él esperaba, así que en San Feliz aún tenemos que seguir haciendo frente a los últimos coletazos de la deuda. José acaba de cumplir veinte años y trabaja de carpintero con Malio de Salime, aprendiendo el oficio, aunque ayuda en casa en todo lo que puede; y el resto de los brazos con los que podemos contar, que no son muchos, son los de Firme, que aún es un niño, los de padre, el abuelo y yo, teniendo que sacar la casería adelante, cumpliendo con lo que nos queda de deuda, pues por aquí los desahucios se están llevando a cabo sin piedad, dejando a muchas familias sin nada; ah, también seguimos contando con la ayuda de Lucas que es uno más de la familia.

No quiero que pienses que te escribo esta para decirte que vuelvas, esa es una decisión tuya, pero deseo que sepas que aquí las cosas ya están cambiando: no es que se haya empezado a mejorar, pero sí se nota la alegría de la gente, porque vamos a tener libertad para elegir a nuestros gobernantes, ¡que ya era

230

hora!, y me gustaría que pudieras vivir con nosotros la llegada de La República.

Este año, las nieves en las sierras se están adelantando, así que también es posible que adelantemos la matanza. Hemos tenido una cosecha de vino muy buena, aunque para poder aprovechar toda la uva a su tiempo, tuvieron que venir a ayudarnos de Paradela y de Salime: vinieron los del Menor y los del Puente de Salime; algunas de las chicas ya son mozas, y todas se han interesado por ti; también para la vendimia, José y Malio dejaron el trabajo de carpinteros y, gracias a ellos, la recolección finalizó a tiempo y en su punto. Este año, tus sobrinos también ayudaron pisando las uvas.

La prima Leonor de Paradela anda tonteando con un chico de la casa de Pedro de Cabanela, que no nos gusta, pues recordarás de cuando íbamos a los roxóes a casa del Caseirón, que se comentaba las palizas que se daban mutuamente los padres; él a ella, cuando la bebida aún le permitía controlar sus fuerzas; y ella a él, cuando no las controlaba; y estas cosas, ya se sabe..., primero se ven y luego... Los tíos están muy preocupados.

Y continuando con Cabanela, sabrás que los hijos mayores de José, el amigo de tu padre, ya están todos en Montevideo; en casa solo quedan los pequeños, Luciano y María Ana. Que sepamos, Francisco trabaja con los hermanos del Meirazo de Vilabolle, los Villarmarzo, pues según cuenta Secundino, el que se vino para cuidar a sus padres, los negocios les están yendo muy bien, y ya pueden colocar a muchos de los jóvenes que van de aquí.

Bueno, hijo, no quiero llenarte la cabeza con cosas, pues tu tía nos tiene al tanto de todo lo que haces, y lo bien considerado que estás ahora en ese nuevo hotel.

Te mando muchos recuerdos de todos y un abrazo muy fuerte de tu madre, que te quiere.

Inés.

Tomada la decisión, lo hizo saber tanto en el trabajo como en la seccional. Rius se alegró mucho, pero le pidió que continuara hasta final de año, lo que le dejaba a él un margen para ponerle un sustituto, ya que consideraba que el trabajo que había realizado al frente de este nuevo secretariado había sido de gran provecho para la seccional. Hecha la concesión a Rius, el director del Hotel también se lo agradeció, dado el margen de maniobra que les daba para nombrar un nuevo chef.

Decidió no hacer gestiones hasta entrado el nuevo año 1931, puesto que suponía que el billete de vuelta lo obtendría sin problemas, especialmente porque lo económico no era ningún obstáculo. El tiempo que le faltaba lo dedicó, fundamentalmente, a profundizar en las noticias que llegaban de España.

El Partido Comunista de España, aún ilegal, el 23 de agosto había editado su primer número de Mundo Obrero, número que le llegó a él casi a los tres meses de su publicación; lo leyó y releyó y, con gran pesar, lo catalogó como fondo editorial de la seccional, pues había albergado la ilusión de conservarlo como algo propio.

El verano había aliviado la intensidad de clientes en "privados", no así en el resto del hotel, puesto que el mes de enero era vacaciones para la alta sociedad bonaerense, que se diversificaba entre Mar del Plata, Punta del Este o el Sur de Argentina, lo que permitía que el chef de "privados" pudiera tomarse un día libre, para iniciar los trámites del regreso.

∞

El día había amanecido despejado como pocos, sin brumas, con un cielo azul límpido; hasta el Río de la Plata aparentaba aguas cristalinas, lo cual debía ser un

232

efecto de la luminosidad porque no lo eran. Nuel disfrutaba de la mañana antes de dirigirse a la naviera, cruzando el Puente Pueyrredón en plena actividad.

La sorpresa le vino poco más tarde, cuando el billete de embarque para España solo podía tener fecha de finales de junio o posterior. Se acogió, con cierta indignación, al mes de junio, ya que su previsión era poder emprender el retorno en uno o dos meses; sin embargo, ahora ya tenía la certeza de que no lo haría hasta finales de junio, según la fecha que figuraba en la documentación que le acababan de entregar.

La prórroga de la fecha de embarque, significó tener que vivir forzosamente los nuevos acontecimientos de su Patria desde la distancia. El rey Alfonso XIII, tras la caída de la dictadura de Primo de Rivera y el fracaso de la "dictablanda" del general Berenguer, decidió nombrar, en febrero de 1931, al Almirante Aznar para que presidiera un gobierno de concentración monárquica; y el almirante, lo que hizo a continuación fue convocar elecciones municipales, en vez de generales, y lo hizo para el 12 de abril de 1931; de modo que el 23 de marzo se restablecieron las garantías constitucionales, se suprimió la censura y se reconoció la plena libertad de reunión y asociación, teniendo lugar la presentación de candidaturas el día 5 de abril.

El gobierno de Aznar no calmó la opinión pública, y los disturbios universitarios no cejaron. El resultado electoral tampoco vino a atemperar la situación, puesto que el medio rural se abstuvo, y las capitales de provincia dieron una clara victoria a las izquierdas. El sistema caciquil había colapsado, y, por primera vez en España, el Gobierno había sido derrotado en unos comicios.

Las elecciones municipales supusieron para la Corona una amplia derrota en los núcleos urbanos: en Madrid, los concejales republicanos triplicaron a los monárquicos, y en Barcelona los cuadruplicaron. Se habían convocado como una prueba para sopesar el apoyo a la monarquía, y también las posibilidades de modificar la ley electoral antes de la convocatoria de elecciones generales; pero los resultados hicieron que los partidarios de la República los considerasen como un plebiscito a su favor. A las diez de la mañana del lunes 13 de abril de 1931, el Presidente del Consejo de Ministros, Juan Bautista Aznar-Cabañas, entraba en el Palacio de Oriente de Madrid para celebrar el Consejo de Ministros, respondiendo a la pregunta de los periodistas:

— ¿Habrá crisis?

— ¿Que si habrá crisis? ¿Qué más crisis desean ustedes que la de un país que se acuesta monárquico y se despierta republicano?

En la reunión del Consejo se impuso la opinión del conde de Romanones: *Está todo perdido*. A primeras horas de la mañana del martes 14 de abril, reunido el comité revolucionario (Niceto Alcalá-Zamora, Francisco

234

Largo Caballero, Fernando de los Rios, Santiago Casares Quiroga y Alvaro Albornoz), el conde de Romanones le propuso a Alcalá-Zamora, presidente del comité revolucionario, crear una especie de gobierno de transición, o incluso la abdicación del rey en favor del Príncipe de Asturias, lo cual Alcalá-Zamora rechazó, exigiendo que el rey saliese del país *antes de que se ponga el sol*, y le advirtió: *Si antes del anochecer no se ha proclamado la República, la violencia del pueblo puede provocar una catástrofe.* Esta respuesta hizo que el Monarca marchase hacia el exilio la noche del mismo 14 de abril.

Tras la proclamación de la II República española, tomó el poder un gobierno provisional presidido por Niceto Alcalá-Zamora.

∞

De todas estas noticias se tuvo conocimiento en Buenos Aires casi de inmediato por la prensa; además, Nuel las recibió de fuente directa a través de Alejandro, que le dio una amplia información, sobre todo de la situación del Partido Comunista. El PCE había sido legalizado inmediatamente después de proclamada la II República, pero no estaba demasiado conforme con la situación, ya que consideraba un engaño para la clase trabajadora la proclamación de la República de este modo, postulando: *¡Abajo la república burguesa! ¡Vivan los soviets!*

Esta información, verídica seguramente por la procedencia de la fuente, había dejado desconcertado a Nuel, y así se lo comunicó a Rius, quien lo confortó.

—Nuel, desde la distancia las cosas se ven diferentes, sobre todo desde la Argentina, donde la democracia, mal que bien, se viene ejerciendo desde hace ya tiempo, y el Partido tiene un mayor recorrido.

Para no sacar conclusiones erróneas, prefirió no profundizar más en la situación de España, puesto que en breve la viviría in situ y en persona. Faltándole muy pocos días para embarcar, dio por finalizadas sus actividades políticas y laborales.

En el *conventillo*, a menos de una semana para tomar el barco, le hicieron una despedida el último domingo. La despedida se convirtió en una fiesta por todo lo alto: música, comida, baile... Ya había tenido sobradas pruebas de su emotividad, pues en no pocas ocasiones las lágrimas resbalaron por sus mejillas ante situaciones que le removían los sentimientos; y ahora, ante los suyos, estaba temiendo que... (Cuando se hizo esta reflexión "los suyos", cayó en la cuenta de que entre "los suyos" no había ningún español, ningún familiar, nadie del Partido..., sin embargo se sentía entre los suyos, verdaderamente, conformando aquel crisol de culturas y de procedencias.) ...pudieran desbordársele precisamente por eso, por los sentimientos de cariño que tenía por cada uno, y no se equivocaba. Agustín paró en seco los acordes de su bandoneón, transmitiendo la misma orden a los músicos que lo acompañaban y, de pie sobre su asiento, instó a todos a parar el baile y formar un círculo.

—Amigos, me conocéis, no soy un orador ni sé de discursos, pero sí de esto. —Se llevó la mano al corazón—. Estamos despidiendo a uno de los nuestros que se nos va..., pero no del todo, porque en cada uno de los que aquí quedamos, queda Nuel, queda el espíritu de este gallego bueno que vino a la Argentina para ser un argentino y vivir como un argentino, queda el espíritu de este *gaita* que ejerció como tal, enfrentándose a los *compadres* y devolviéndonos a nuestra querida Marietta.

Pidió el bandoneón e hizo sonar las notas de La Cumparsita, tango del alma para Nuel que siempre tarareaba, pese a que, musicalmente, sus oídos solo estaban uno frente al otro, pero solo eso. Al compás de la música, Marietta salió del corro de los vecinos y se dirigió parsimoniosamente hacia Nuel con un paquete en las manos. Cuando llegó junto a él se puso de punteras, acercó los labios a su mejilla y le estampó un cariñoso beso, haciéndole entrega del regalo.

—*Tomá* Nuel, es de todos nosotros para que allá, en tu tierra, nos *tengás* presentes.

Aquello fue la gota de emoción que desbordó el pantano de su lacrimal, algo que resultaba chocante en un aparentemente tipo duro como él. Tardó en recomponerse, antes de abrirlo, por lo que Agustín hizo señas a sus acompañantes, que le ayudaron a prolongar el final de La Cumparsita. Con los últimos acordes fue abriendo el paquete, hasta que quedó al descubierto una caja que depositó en manos de Marieta para poder sacar el contenido. Agustín cesó en la música y se hizo un silencio de misterio por lo que sacaría Nuel. A la vista de todos apareció un pequeño bandoneón, se diría que de juguete, si no fuera porque de inmediato lo tomó como si fuese un profesional y le sacó los primeros acordes.

—Nuel, hemos querido que el sentimiento del bandoneón te acompañe, como muestra de lo que sentimos por vos —le dijo Agustín desde su sitio.

A indicación de Marietta volvió a meter la mano en la caja y enarboló una prenda de vestir. Al abrirla mostró un hermoso jersey de lana en varios colores magistralmente confeccionado.

—Este pulóver está hecho con todo el cariño de todas nosotras, con lana de llama –le dijo la señora Aniuska—. Todas participamos en la confección; esperamos que te haga sentir el calor de nuestro amor por vos.

En esta ocasión, Nuel regresaba a casa dando razón de los afectos entregados y recibidos, algo que no había ocurrido anteriormente en Santo Domingo ni en Nueva York. A la despedida del *conventillo* sucedieron la del Hotel, correcta entre compañeros, y la sorpresa de una carta de don Alvaro Arbuet dándole las gracias por los servicios prestados y deseándole suerte en su nueva andadura. La despedida en la seccional fue entrañable, por el cariño de todos, en especial de Nuria e Iñaki, pero, sobre todo, de parte de Rius, que se despidió de él emocionado, como si a través suyo fuese él también al encuentro de la Patria tan querida y añorada, Patria que estaba convencido no volvería a ver.

Por su tía supo lo ocupado que estaba Carlos, pero, aun así, había reservado un hueco para ir a comer con él; sería el jueves en el lugar de siempre, no lejos de los nuevos despachos que ahora ocupaba.

La despedida de Leonor tendría lugar en su casa al día siguiente, 26 de junio, víspera de embarcar, donde le esperaban los mejores raviolis y una sorpresa.

Estuvo intrigado por la sorpresa, pues no tenía la menor idea, y le extrañaba porque su tía era previsible, nada amiga de intrigas, al contrario que la tía Cesárea que se distinguía por las trastadas y bromas que gastaba a todo el mundo; en cierto modo, lo mismo que el hermano de ambas, su padre, aunque, desde luego, en casa era diferente.

Dejó las maletas hechas, pues se imaginaba que después de la cena regresaría tarde. Pulsó el timbre pensando en la sorpresa que no se imaginaba, aunque sí adivinada cómo estarían los ravioles, por el aroma que llegaba de la cocina.

—Hola tía, ¡huele que alimenta!

—Hola grandullón... ¡No, no, a la cocina no! Hoy, en tu honor, se sirven en el saloncito.

Encaminó los pasos hacia la sala del apartamento y, al abrir la puerta, quedó de una pieza: frente a él, un joven que conocía, pero que no se atrevía a pronunciar su nombre, por si se equivocaba.

—Lorenzo... ¡Lorenzo de Vilarpedre!

Se abalanzó sobre él y lo abrazó. Era su amigo de infancia, de tantas correrías en San Feliz, en Vilarpedre o en el Puente de Salcedo, lugar intermedio entre los domicilios de ambos. Sus familias compartían una amistad de años, que se manifestaba en las ayudas puntuales en determinados quehaceres: en los injertos de las vides, las podas, las siegas..., pero sobre todo compartían unos mismos ideales con su madre, lo que hacía que la relación entre las familias fuese más estrecha, aunque su padre no participase demasiado de esas ideas, pero le venía bien la destreza del padre de Lorenzo en los injertos.

Enseguida, la tía le puso al tanto de la presencia de Lorenzo: acababa de llegar de España y su madre se lo había encomendado a ella para que lo ayudase en los primeros pasos de la emigración. Según se veían allí las cosas, en España no aparentaban nada halagüeñas, y Lorenzo ya tenía edad para labrarse un porvenir, algo que era muy difícil en Asturias.

Nuel no perdió la sonrisa por la diferencia de pareceres, pues precisamente él regresaba debido a todo lo contrario. Tampoco era cosa de ponerse a discutir sobre las razones de cada uno. Cenaron los tres y, durante la comida, Lorenzo les puso al día de muchas cosas. Fue en la sobremesa donde Nuel lo interrogó más estrictamente para saber lo que había pasado en el municipio de Grandas durante el paso de la Monarquía a la República y lo que supusieron las elecciones municipales de Abril.

—Es cierto que en la Villa y en todo el Municipio hemos vivido unos meses increíbles. En algunos sitios hubo enfrentamientos, pues los caciques se resistían a la posibilidad de un cambio, ya que ese cambio se adivinaba en contra suya —relató Lorenzo y continuó—,

pero no era para menos, pues la usura de los presta-
mistas llegó a tal punto que en algunos pueblos las
propiedades de todos los vecinos pasaron a manos de
los usureros. En otros hubo desahucios, con familias
enteras que tuvieron que coger sus pocos pertrechos,
sus muchos hijos y buscar una casería a medias en otro
lugar.

—En las elecciones... ¿ha habido libertad para votar? ¿Pudieron los partidos hacer propaganda? —le inquirió Nuel.

—No exactamente, pues las elecciones municipales
de abril de 1931 se realizaron conforme a la ley electoral de la monarquía y según esta ley, si no se presentaba más que una candidatura, automáticamente los que
formaban parte de ella se proclamaban concejales, sin
necesidad de que hubiese elecciones; y eso fue lo que
ocurrió en Grandas por la presión del clero y de los caciques de los distintos pueblos. —En la narración de
Rogelio se adivinaba su desesperanza, quizás la causa
de que emigrase—. Verdaderamente, los cambios no
han sido muchos en Grandas, posiblemente por el
miedo o el recelo de los campesinos a perder lo poco
que les quedaba. Sí hubo propaganda, concretamente,
la Casa de Lixeiro se convirtió en el local donde se dieron los mítines de los políticos que llegaron al municipio, que no fueron pocos ni poco importantes: uno de
los de más fama fue Maldonado de Tineo, como miembro de la coalición republicano-socialista; Angel Sar-
miento acudió por la Confederación Agraria; Eduardo
Piñán por la Derecha, y Dolores Ibárruri por el Partido
Comunista, siendo esta la que más interés levantó por
lo que dijo: *¡Se van a acabar los desahucios!*

Todo lo que Lorenzo les estaba contando superaba
las expectativas de Nuel, que se sentía sumamente
orgulloso de que uno de los dirigentes del PC hubiese
estado en su pueblo, Dolores Ibárruri, miembro del
Comité Central.

En todas las despedidas, familiares o no, Nuel hizo una petición: que nadie acudiese al puerto, algo que todos prometieron respetar. Había intentado aligerar lo más posible el equipaje, distribuyéndolo en tres maletas y descartando una cuarta que había comprado a última hora, la cual iba dejar en la habitación para Agustín; pero cuando llegó a casa con el paquete de su tía para la familia, estando aún sin ubicar en el equipaje el pequeño bandoneón, decidió utilizarla, en la seguridad de que la iría completando durante el viaje. El traslado al muelle lo había dejado solucionando con el marido de Aniuska, que era taxista.

Antes de dormirse, repasó la documentación para el embarque, sintiendo cierto remordimiento cuando leyó *Tercera Clase Preferente en el Reina Victoria Eugenia* en los papeles de la reserva hecha seis meses atrás, puesto que los emigrantes viajaban en *clase emigrante*. Buscó el billete de la naviera retirado hacía pocos días, y efectivamente confirmó este dato, aunque en el buque *Uruguay*. No, no era un error lo de *tercera clase preferente*, porque así lo había decidido para contrarrestar todas las incomodidades de viajes anteriores. Además se lo podía permitir con los ahorros de tantos años. Y lo del cambio de nombre del trasatlántico, también era correcto, puesto que, después de la proclamación de la II República en España, el gobierno español tomó la decisión de que se cambiase el nombre de *Reina Victoria Eugenia* por *Uruguay*. En un folleto de la Naviera constató además los siguientes datos: *El Uruguay* estaba configurado inicialmente para llevar a bordo 1500 pasajeros en cuatro clases: 250 en primera, 100 en segunda, 75 en tercera preferente y 800 en emigrante. El 23 de marzo de 1926, en este mismo barco, había hecho el viaje de vuelta España-Buenos Aires, Carlos Gardel; además en el folleto, se hacía todo un relato de grandes personalidades que habían viajado a bordo del trasatlántico Reina Victoria Eugenia.

EL REGRESO

A media tarde del día 28 de junio de 1931, se encontraba en la cubierta del "Uruguay" con todos los trámites hechos, aunque el pasaje mayoritariamente continuaba en tierra. Buscó el camarote de "Tercera Preferente" y comprobó que respondía a sus expectativas. Puesto que no tenía que compartirlo, dadas sus escasas dimensiones, colocó en el armario la ropa que suponía iba a utilizar durante el viaje, y las maletas las  depositó en un hueco, que entendió estaba dispuesto para tal uso. Reparó en el ojo de buey practicable, a considerable altura del nivel de flotación, que sin ser un gran ventanal, le daba cierta confortabilidad al camarote. A continuación, subió a cubierta para echar un vistazo al buque.

El viento del Sur, que en el momento del embarque le había parecido una suave brisa, se había convertido en algo más que brisa, barría las distintas

242

cubiertas del barco, a veces con gélidas ráfagas que parecían soplar de la misma Antártida, lo que hizo que los visitantes abandonasen las cubiertas y se distribuyeran por los distintos salones y pasillos.

Nuel permaneció unos instantes en la segunda cubierta de babor, quizás esperando encontrar a alguien que vinera a despedirlo, hasta que se le hizo presente su prohibición de hacerlo; dio la espalda a la Aduana y al muelle de embarque, atravesó la cubierta y se introdujo en los salones de Segunda Clase, que estaban abiertos a los visitantes. No encontró ningún asiento vacío, por lo que subió a la siguiente cubierta para intentarlo en el café Verandah de Primera, donde tampoco había una sola mesa libre. Todo Buenos Aires parecía estar a bordo. Quizás el cambio del nombre del buque "Victoria Eugenia" por "Uruguay", gemelo del "Infanta Isabel", rebautizado "Argentina", tuviese algo que ver.

— ¡Nuel...!

Aquella voz femenina, inconfundible para él, pertenecía a la persona que lo estaba agarrando del hombro. Se volvió ansioso por ver a su amiga.

— ¡Nuria...! ¿No habíamos quedado en que nada de despedidas?

Estuvo tentado de abalanzarse sobre ella, tomarla por la cintura, levantarla y abrazarla..., pero no podía ni debía hacerlo, era una mujer casada, la mujer a la que él no correspondió.

—Sí, es cierto, pero... ¿creías que te ibas a ir sin despedirte de mí..., sin despedirte *especialmente* de mí?

La dulzura de su voz, la mirada profunda de sus ojos negros y el titubeo de sus palabras despertaron en su amigo encontrados sentimientos de antaño que, si bien hoy estaban atenuados por el tiempo pasado desde la muerte de Carmela, se acentuaban por la existencia de su marido Iñaki.

—He de confesarte que hace un momento en cubierta estaba mirando si te veía en el muelle. — ¡Qué estaba haciendo!, sus palabras iban en la dirección contraria a lo que le dictaba la sensatez—. Quiero decir que..., que esperaba que a lo mejor... no todo el mundo iba a obedecer mis órdenes.

— ¿Y..., no te alegra que haya sido yo?

—Sí, Nuria, no esperaba menos de ti, mi camarada, mi compañera de mil aventuras, mi amiga... —El rostro de Nuria se tornó triste, pensativa, buscaba una explicación a la contradicción de las palabras de Nuel.

Nuria, te quiero..., pero sabes que he tenido un gran amor que aún no ha cicatrizado. Te quiero y te respeto demasiado, por ti y por Iñaki, pues tenéis un gran futuro por delante. —Estas palabras volvieron a la realidad a Nuria, que reparó en la bolsa que le colgaba del brazo.

—No seas tonto. Como siempre, tienes razón, pero yo estoy aquí porque tenía una deuda contigo... Quiero regalarte esto. —Introdujo la mano en la bolsa y sacó una caja, perfectamente envuelta, haciendo el ademán de dársela—. Ah, no, no puedes abrirla aquí. ¿No me habías dicho que esta vez tenías un camarote para ti solo?

—Sí, pero...

—No seas presuntuoso, solo quiero que abras la caja delante de mí, no delante de toda esta multitud. —Introdujo la caja de nuevo en la bolsa y lo tomó de la mano—. ¡Anda, vamos!

El descenso por distintos pasillos y escaleras hasta el camarote, a Nuel le sirvió para tomar más conciencia de cuál debería ser su comportamiento.

—Pasa, es este, un tanto angosto..., pero suficiente.

Nuria traspasó el umbral, haciéndole la indicación de que la precediese, y una vez dentro cerró la puerta. Este gesto significó para Nuel un acto reflejo: tomó la bolsa y de ella sacó la caja que procedió a abrir con premura.

— ¡Vaya prisas! ¿Creías que no te la iba a dar?

Una vez quitado el envoltorio, Nuria se la arrebató de las manos, como pretendiendo un juego, y se echó hacia atrás.

— ¿Adivina...? —Sin darle tiempo a contestar levantó la tapa.

— ¡Maravillas...! ¡Son maravillas!

—Cierto, ya te había dicho que tu tía Leonor me enseñó a hacerlas. Anda, prueba una.

Nuel emocionado agarró una y le dio un primer bocado, saboreándola...

— ¡Fantástica, igual que las de casa!

Finalizó el manjar, acercándose a continuación a su amiga para agradecerle ambas cosas, el venir a despedirlo y el obsequiarle con algo que no se imaginaba. Se acercó tan lentamente que Nuria tuvo tiempo para depositar la caja en la silla que estaba a su lado; la tomó por la cintura, la atrajo y se dispuso a besarla en la mejilla; pero lo que iba a ser un simple beso de agradecimiento quedó convertido en un beso en los labios, al girar su amiga la cara, mientras lo agarraba fuertemente por la nuca convirtiéndolo además en apasionado. Toda su resistencia estaba vencida y el ardor de los labios de Nuria habían encendido el fuego de una libido escondida y apagada durante años por el amor a Carmela. Colgada de su cuello, hizo que perdiera el equilibrio, cayendo de espaldas sobre la cama, y ella sobre él. La situación pasiva de dejarse hacer lo descargaba de culpabilidad, pero fue Nuria la que le evitó la oportunidad, dando por finalizado el beso e incorporándose, aunque permaneciendo a horcajadas sobre él. Viéndola en esa posición, le sobrevino un irresistible deseo de invertirla, pero...

—Perdóname Nuel. No podía quedarme con las ganas de besarte de este modo, era algo que quise hacerlo siempre y que, quizás, debería haberlo hecho al principio. —Un tanto avergonzada por la situación, se incorporó atusándose el cabello y colocando la falda—. ¡No te quedes ahí como un pasmarote! Subamos al café y charlemos mientras tomamos algo.

Era la intrépida Nuria de siempre, infatigable al desaliento, arriesgada, tenaz, cameladora... Así lo iba pensando él, siguiéndola de cerca por los pasillos abarrotados de gente, en dirección al café. No le había desmejorado la figura, al contrario, la tenía más remarcada y los pechos más insinuantes. Sentía un irrefrenable deseo de detenerla y llevarla al camarote, pero... ¡qué barbaridad, se imaginaba! Si así lo hubiese querido ella, no habrían subido. No, era una idea y un sentimiento estúpido, pues conociéndola no tenía por qué dudar de su integridad y respeto por su marido. Lo ocurrido fue una travesura de adolescente, algo que Nuria añoraba porque siempre repetía que no la había tenido, ya que desde jovencita tuvo que comportarse como una adulta: primero en casa, por tener un hermano irresponsable; luego en la militancia, por la responsabilidad de unas ideas inculcadas desde la cuna, y de las que estaba muy orgullosa.

El aviso de que los visitantes debían abandonar el barco los sorprendió en animada conversación, agotando los últimos instantes. Eran conscientes de que el tiempo no invitaba a permanecer en cubierta, pues a los que veían dirigirse hacia las escaleras en dirección al muelle, lo hacían sujetándose el sombrero, y las damas el vestido o el abrigo, por lo que apuraron hasta el último momento en el interior del lujoso "Café Verandah".

—No salgas, yo tomaré la escalera que está aquí de frente. Cuídate. Recuerda siempre que aquí dejas mucha gente que te quiere. —Como de costumbre, Nuria siempre tomaba la iniciativa.

—Dile a Rius y a tu padre que su lucha va conmigo. *El caminar del emigrante* se ha terminado... Cuando llegue al puerto de Barcelona los tendré presentes. —Sin darle opción a adelantarse, la abrazó y le dio un cariñoso beso en la mejilla—. Sal corriendo, porque te van a quitar la escalera.

Sin que amainara el temporal, el "Uruguay" abandonó el puerto de Buenos Aires en dirección a Montevideo. Nuel no perdonó la cena, aunque muchos pasajeros sí lo hicieron. Aún temprano se retiró al camarote a dormir, porque tenía previsto levantarse al amanecer para disfrutar de la entrada al puerto uruguayo. Esta vez desembarcaría para visitar la ciudad y trataría de encontrar a su amigo Francisco, de Cabanela, que trabajaba para los hermanos de la Casa del Meirazo, de Vilabolle. Intentaría también saludar a alguno de los hermanos Villarmarzo, a Ricardo o Secundino, más próximo a ellos en edad, ya que a José apenas lo había tratado. Esperaba que el éxito no se les hubiera subido a la cabeza, puesto que eran dueños de dos de los más grandes almacenes de Montevideo, el "Universal" y "La Llave", según las noticias que tenía. El 29 de junio era lunes, y todo el comercio estaría abierto, lo cual iba a facilitarle las cosas.

Hubo un primer turno de desayuno para los pasajeros que querían disfrutar de la entrada al puerto y desembarcar después del atraque, para así tener más tiempo de visitar Montevideo, entre los que se encontraba Nuel. El "Uruguay", mientras ponía proa a la bocana del puerto uruguayo, hacía honor a su nombre hermano, haciendo sonar la sirena repetidamente, sin que hubiera motivo para ello, puesto que la visibilidad era perfecta y el práctico ya se encontraba a bordo.

Con atuendo de invierno, sombrero, abrigo, bufanda y guantes, Nuel paseaba y contemplaba desde cubierta el fantástico amanecer, cuyos primeros rayos iluminaban el Cerro, donde se apreciaba la línea difuminada de la muralla que lo bordeaba, mientras las tenues luces del puerto y de la ciudad las apagaba la luz del día.

El muelle apenas estaba concurrido: solo estibadores y trabajadores del puerto y de la aduana, ya que la hora de embarque y de visitas estaba contemplada para más tarde.

Mientras finalizaban las operaciones de amarre, paseaba por la cubierta superior de babor, desde donde tenía una perspectiva perfecta de la bahía y de la bocana al Mar de la Plata. A estribor, como prolongación de la aduana, se contemplaba la ciudad vieja, desde donde partían todas las calles principales de la ciudad. La recalcitrante humedad de la mañana le hizo recomponer la bufanda y abotonar el botón superior del abrigo, elevando las solapas, mientras el pensamiento lo transportaba a otra mañana muy distinta, a aquella de hacía seis años en compañía de Carmela, una mañana cálida de verano, en la que no abandonó el barco para vivir más intensamente las últimas horas al lado de su amor, pese a su intención de visitar a los amigos de infancia.

Por razones de Aduana, el desembarque se hizo esperar, careciendo de sentido el adelanto del primer turno de desayuno, puesto que cuando se abrieron las pasarelas ya había finalizado también el segundo. Avanzada la mañana, la temperatura había cambiado: un tibio sol de invierno lucía en el cielo y la sensación de calor apremió a Nuel a desprenderse de abrigo, bufanda, guantes y sombrero, que los dejó en el camarote. Aliviado del atuendo invernal, dirigió sus pasos con premura hacia la ciudadela, entrando en un cafetín de puerto que le llamó la atención por el anuncio de su especialidad: *café dominicano.* Estaba regentado por un gallego de la provincia de Lugo, que enseguida le puso al día de la emigración en Montevideo y de que conocía a los hermanos Villarmarzo, dueños de varios almacenes y ahora también del *Café-bar Villarmarzo.* Le explicó con todo detalle hacía dónde se tenía que dirigir, haciéndole creer a Nuel que lo iba a acompañar, pues abandonó el mostrador dejando a un mozo en su lugar; sin embargo, lo despidió en el arco que daba entrada a la Plaza de la Independencia.

—A partir de aquí no tienes pérdida, sigues la calle 18 de Julio adelante y, dependiendo a cuál de las direcciones quieras ir primero, giras a izquierda para ir al *Café Villarmarzo,* o a la derecha para *La Llave o el Universal.* Y... ¡suerte compatriota!, este es un país donde, si trabajas duro, sales adelante.

En el centro de la plaza se detuvo delante de la estatua del General Artigas, el libertador de Uruguay. Impresionante monumento, como impresionante era la gesta que se relataba en la descripción del mismo. Caminó alrededor de ella, contemplándola desde todos los ángulos, al tiempo que tomaba conciencia de la amplitud del lugar, coreado por unos edificios clásicos, quizás no de tanto empaque como los del centro de Buenos Aires, pero sí perfectos competidores de la arquitectura porteña del siglo pasado. En el lado opuesto al arco de entrada, tomó La Avenida 18 de Julio en dirección al Obelisco y la fue recorriendo a pie, consciente de que estaba transitando por el centro neurálgico y comercial de Montevideo.

La intuición o el apetito por tomar un aperitivo en aquella hora avanzada de la mañana hicieron que dirigiera sus pasos hacia el café-bar "Villarmarzo". Apenas tuvo tiempo de ubicarse en la barra y pensar lo que iba a pedir, cuando un camarero de sala se le acercó por la espalda bandeja en ristre.

—Señor, mejor esa mesa que está libre, esta parte del mostrador está acotada para camareros.

No lo dudó y procedió a sentarse, decidida ya la consumición. Lo que no le cuadraba era que el camarero hubiera abandonado la bandeja y, arrimando una

NUEL SANFELIZ - EL CAMINAR DEL EMIGRANTE

silla, se sentara frente a él: moreno, larguirucho, barba enjuta, sonriente...

— ¡Francisco!... ¿Eres tú? —le preguntó sorprendido Nuel.

—Sí. ¿No me conocías?

— ¡Cómo te iba a conocer..., si hace seis años eras un imberbe! Te recordaba como un niño y, sin embargo, ahora... eres todo un paisano.

— ¡Qué alegría, Nuel! No hemos vuelto a saber de ti. Lo último era que habías emigrado para La Argentina casi cuando nosotros, pues mi hermana Carmen vino en el año 24, yo en el 25 y Cándida en el 26...

—Bueno, casi: yo me vine en las navidades del 23. ¿Así que están aquí también Carmen y Cádida?

—Carmen, Cándida... y Cristina, que llegó el año pasado. En casa solo quedan Luciano, que tiene 15 años, y María Ana, 13. Padre y la madrastra tienen que arreglarse con ellos dos y trabajar como esclavos para sacar la *casería* adelante. Ahora son cuatro los explotados, antes éramos todos –justificándose—. Quien de verdad sale perjudicado es el amo que tiene la mitad de jornaleros. —Poniéndose de pie—. Esto no es un saludo de amigos, permite que te abrace.

Se fundieron en un corto pero intenso abrazo que dio paso a que Francisco lo invitara a dirigirse al fondo del café, ocupando una mesa con más intimidad para charlar, no sin antes dar órdenes a otro camarero para que lo sustituyese.

—No quiero interrumpirte en el trabajo; yo tengo todo el día, por si quieres que nos veamos más tarde...

—No te preocupes, yo estaba sustituyendo a un camarero de sala, pero ya está aquí; soy el encargado, por lo tanto no tengo problema para tomarme unas horas. ¿Sabes que este negocio es de los hermanos de la Casa del Meirazo, de Vilabolle?

—Sí, lo sé, por eso vine a esta dirección. Y... ¿dónde están?

— ¿Quién, los negocios o los hermanos?

—No, los hermanos, los otros negocios tengo idea de que están cercanos a este.

—Los negocios más importantes son los otros dos, y Ricardo está al frente de ellos, aunque es José quien los dirige todos.

— ¿Y Secundino?

—Regresó a España cuando su padre enfermó para hacerse cargo de aquello y continúa allí como cabeza de familia. —Resaltando la decisión de los hermanos Villarmarzo—. Son buena gente no solo para los suyos, sino también para los compatriotas, pues por sus negocios han pasado y pasan muchos de allá. ¿Te acuerdas de Antonio, nuestro primo del pueblo de Vilarmarzo, el que quedó huérfano cuando la gripe del 18? Pues después de una mala, muy mala experiencia en Argentina, donde un tío lo explotó y casi lo vendió como esclavo a una hacienda, pudo venir para Montevideo, y fueron los hermanos Villarmarzo quienes le tendieron la mano para salir adelante. Bueno, lo estoy hablando yo todo...

—No, no, te escucho encantado; me alegra mucho saber de vosotros.

—Pues para completar, tengo que añadir que Cristina se hizo novia de Antonio... —pareciéndole ver un gesto de desaprobación en Nuel—. Sí, ya sé que somos primos; sin embargo Cristina y Antonio no se habían vuelto a ver desde que ella tenía 9 años y él 12.

—No, no digo nada, aunque a ese respecto yo he vivido lo mío; sé que no es lo mismo, por supuesto, pero mi hermana...

—Lo sabemos, Nuel, sin embargo Julián para Adela era un desconocido, ya que tu tío marchó de niño para Santo Domingo.

—Bueno, mejor cambiemos de tema. No es lógico que yo quiera saberlo todo y no dé explicaciones de mí.

Francisco aceptó el cambio de rumbo en la conversación, pero previamente hizo las gestiones oportunas para liberarse por unas horas, y así tener la oportunidad de enseñarle a su amigo la ciudad, e incluso visitar a Antonio y a sus hermanas. Primero visitaron a Ricardo, que se alegró un montón de volver a ver a su amigo y compañero de correrías en San Antonio, ofreciéndose para ayudarle en lo que necesitara, incluso con trabajo si no deseaba regresar a la Patria, algo que Nuel le agradeció, aunque declinó la ayuda porque su decisión de regresar era firme. Ricardo le encareció le hiciese llegar a su hermano Secundino una botella del mejor vino de la bodega de los Villarmarzo en Montevideo para que pudiera comprobar los progresos del negocio familiar también en este ramo, añadiendo otra botella para él. Luego continuaron con la rueda de visitas.

Las horas volaron, y no lejos la hora de embarque, Francisco lo acompañó a pie hasta el muelle, donde se encontró con la sorpresa de estar esperándolos Antonio y Cristina.

—Nuel, sé que es un atrevimiento por mi parte, pero, conociendo la situación de nuestra casa, me permito rogarte lleves este paquete para María Ana y Luciano; los pobres…, ahora bajo la tutela de la madrastra, no tienen qué ponerse, especialmente María que solo cuenta con lo que confecciona ella con la lana del rebaño, y no todo lo que necesita, puesto que sabemos que la venden. Como supondrás, es ropa.

—Cristina, tengo hueco en la maleta y si no lo tuviera lo llevaría de igual modo.

Antonio, también con un pequeño paquete en la mano, se anticipó a aclarar:

—No, este paquete no es para que lo entregues a nadie. Como nos has contado tu profesión y te suponemos un buen degustador de productos gastronómicos, queremos hacerte entrega de uno que se produce por primera vez en Uruguay gracias a unos emigrantes de Vilabolle, los Meirazo, ya sabes; es otro de sus inventos, un queso azul. Para acompañarlo, un vino de Grandas hecho en el Uruguay, también producido por ellos y que tiene el valor de ser fermentado y trasvasado al estilo del vino del país que se cría en Cabanela y también en San Feliz.

—Me alegra mucho que unos *paisanos* tengan éxito sin olvidarse de su tierra. Pero... ¿dónde hacen el vino y dónde fabrican el queso?

—Dada la buena acogida de estos productos, han adquirido una hacienda en Lavalleja.

—Gracias por todo, Francisco; el vino y el queso desaparecerán en la travesía. Seguro que habrá compañeros de viaje para compartirlos. Espero que la botella de Secundino no se ponga mala en el viaje.

El desatraque se hizo en la penumbra del atardecer, bajo un cielo austral límpido, que se adivinaba tapizado de estrellas tan pronto como el "Uruguay" se hiciera a alta mar.

∞

Fue una travesía placentera y cómoda en su camarote individual, que le permitía de un modo íntimo la lectura y bucear en los recuerdos de lo vivido en los últimos seis años, recuerdos que fluían en cualquier rincón del barco viéndose en compañía de Carmela, aquella gallega vital que le había robado el corazón para siempre.

El "Uruguay" surcaba el Atlántico poniendo aguas por medio al pasado y a lo vivido en La Argentina. Ahora el futuro lo encaraba la proa del buque que acortaba millas en dirección a su tierra, a la que regresaría siendo una República habiéndola abandonado como Monarquía. Esta nueva situación le hacía recobrar la ilusión por el regreso a su tierra y con los suyos, donde podría hacer algo por el bien de su pueblo.

Intentado poner en orden los datos, le surgían sentimientos encontrados, pues lo que Lorenzo le había relatado de la situación en su Grandas natal contrastaba bastante con la información que le facilitaba Alejandro; diferían los datos quizás por su procedencia, unos de un entorno rural, muy alejados de aquellos otros que se referían a la lucha social de la ciudad y de las áreas industriales. En su análisis le preocupaba también que, tras la proclamación de la II República el 14 de abril de 1931, el Partido Comunista volviese en una situación muy precaria, después de estar casi siempre en la clandestinidad luchando por los trabajadores; era legal, pero contaba con menos de un millar de militantes y escasa influencia social, y eso le parecía injusto. Esta preocupación se vio incrementada cuando, entre las revistas y periódicos que incluyó en la maleta, porque no había tenido tiempo de ojearlos en el fragor de los últimos preparativos para embarcar, descubrió una nueva publicación, posiblemente entregada por Alejandro, titulada "La Conquista del Estado" y fundada por Ramiro Ledesma Ramos. De su lectura sacó la conclusión de que propugnaba una ideología totalitaria a través de unas milicias civiles que pudieran derribar la burguesía y el anacronismo de un militarismo pacifista, mostrando además simpatía por los desfiles nazis, como preludio de una nueva Alemania... Concluyó, al cabo de los días de un exhaustivo estudio de la situación en España con los medios a su alcance, especialmente escritos, que sería preferible deshacerse de todo el material comprometedor, echándolo por la borda, y dejar que la realidad, in situ, fuese la que le hiciera concebir un proyecto de futuro, puesto que los veinte y pico días de navegación ya dejaban intuir en el horizonte el puerto Barcelona.

CAPITULO III

LA SEGUNDA REPUBLICA

EN ESPAÑA

El contacto que le había facilitado Rius para Barcelona no le colmó precisamente de satisfacción, pues, pese al entusiasmo y esperanzas que ponía en la causa, lo que le confirmó fue que en la práctica el partido comunista no existía en Barcelona, aunque sí existía un fuerte movimiento obrero canalizado por fuerzas sindicales de distinta índole.

Los dos días que pasó en la capital catalana después de desembarcar, el 24 y 25 de julio, fueron más que suficientes para ponerse al día de la situación. Emprendió el viaje de regreso a su patria chica el día 26 bajo la consternación de haber comprobado que las cosas se veían de diferente modo desde la distancia, sobre todo desde la Argentina, donde sí existía un partido comunista consolidado y con base en un sistema sindical estructurado, algo que comparativamente, en España, le parecía un caos, al menos por la pequeña experiencia de Cataluña. Por tanto, decidió que el largo trayecto que aún tenía por delante lo disfrutaría sin proyectarse. Para ello, a partir de Zaragoza, consideró el bajarse en todas las estaciones y además, desde las ventanillas, ir observando el campo y los pueblos, muchos de ellos ya inmersos en la faena de la siega del trigo.

En los campos se divisaban cuadrillas de segadores a hoz, sin maquinaria, que paso a paso iban dando cuenta de grandes extensiones de sembrados. Cuando el tren se detenía en algún pueblo y desde la estación se podía contemplar una era donde se hacía la trilla, la visión era la de varios tajos en distintos cercos que se iban simultaneando: primero, unos mulos tirando del trillo que desgranaba las espigas; no lejos, los jóvenes más corpulentos que lanzaban al aire la paja ya trillada, apartándola a su caída, para que el montón de grano quedase al descubierto; y en el siguiente, otro grupo que aventaba el grano dejándolo limpio... Estos métodos rudimentarios, atrasados, los mismos que él recordaba de su infancia en los pueblos de Grandas, contrastaban con la inmensa maquinaria automática que había visto en Argentina explotando las vastas llanuras de cereales.

Esta última consideración lo predispuso para observar de un modo más crítico lo que pasaba ante sus retinas: gentes que iban y venían en las estaciones, que se subían o bajaban de vagones distintos al suyo, y cuya apariencia y estado físico difería de sus compañeros de viaje en el vagón de segunda. El pueblo llano viajaba hacinado en vagones de tercera clase, compartiendo espacio con todo tipo de equipajes y mercancías que portaban los viajeros según fuese su destino: mercados, cambios de domicilio, visita familiar o destinos por razón del servicio militar. Se sintió mal cuando en una de las estaciones se subió a uno de estos vagones y pudo comprobar que la incomodidad en tercera era mucho mayor de la que se imaginaba: asientos de madera, ventanillas abiertas para la ventilación, que casi de continuo eran embudos que canalizaban el humo de la chimenea de la máquina de vapor hacia el interior, lo que explicaba que muchos niños se quejasen de que les picaban los ojos, que muchas mujeres enlutadas deslizasen el pañuelo de tul negro de la cabeza hacia la cara, protegiendo los ojos y que en ocasiones la tos fuese el remedio para limpiar las vías respiratorias de la carbonilla respirada. Los soldados hacían lo propio, pero utilizando otro remedio: se pasaban la bota, con la orden de empinarla, para limpiar el gaznate.

Viajando en aquel vagón, comprendió lo poco que habían cambiado las cosas desde su primera salida de España. Había pasado una década en balde, eso sí: vidas perdidas en una guerra colonial inútil, derechos anulados por una dictadura infame y familias y familias separadas por la sangría migratoria.

Cuando regresó a su vagón de segunda, libre de humos y cómodos asientos, se sintió verdaderamente triste por una realidad que contrastaba tremendamente con la que había vivido en América: la del Centro, la del Norte y la del Sur. No le parecía justo el retraso secular español que se prolongaba tras la gran guerra y la gran depresión, puesto que América, aunque en distinta medida según los países, había salido fortalecida. Pero... ¿qué estaba ocurriendo en España?

Esta apreciación no la cambió en el resto del viaje hasta Asturias, más bien al contrario, sobre todo cuando en el lento traquetear del convoy por la cuenca minera del Caudal vio a lo largo de las vías a niños y enlutadas mujeres que recogían el carbón caído de los vagones de los mercancías o de las máquinas de vapor, haciéndosele presente la imagen del hermano pequeño de Alicia en la Calzada de Gijón, portando aquel cesto de carbón que, al igual que los cestos que estaba viendo, servía como complemento al sustento familiar.

∞

Sus cuatro maletas de cuero, el porte trajeado, el sombrero de fieltro y los zapatos lustrados por manos de un limpiabotas en Barcelona le parecieron un insulto a la propuesta de un porteador que se subió a su vagón en la estación del Norte en Oviedo.

—Señor, señor..., permítame llevar su equipaje a donde usted desee, fuera tengo mi carreta..., es el modo de ganarme la vida para los míos...

Casi de inmediato el endeble porteador, endeble por su estado físico de una aparente mal nutrición, fue apartado de la puerta del vagón por un corpulento porteador oficial, al menos eso parecía debido a la gorra de plato que le daba cierta distinción, encarándose e intimidando al que acusaba de usurpador. Nuel bajó los dos peldaños hasta el andén interponiéndose entre ambos y ordenando al primero que se hiciese cargo del equipaje, sin contemplar la posibilidad de que el segundo impusiese la pretendida autoridad, algo que el corpulento aceptó sin rechistar al verse frente a aquel joven de fuerte y atlética complexión que le sacaba la cabeza de altura. El endeble, viéndose respaldado, introdujo el pulgar y el índice en la boca y lanzó un estridente silbido hacia el exterior de la estación, lo que hizo aparecer por la puerta a un larguirucho y famélico joven que, a distancia corta, se manifestó como un niño convertido en hombre por una vestimenta raída, que indudablemente había sido un traje de adulto.

—Padre, la burra quedó tranquila esperando la carga.

—Coge una de las maletas del señor y vuelve a por la otra, yo llevo estas dos.

—No, no hace falta, muchacho, yo llevo dos y tu padre la que falta.

Nuel cogió las dos más pesadas, evitándole al endeble porteador el bochorno de no poder cargar con ellas. En el exterior, la burra permanecía estática, como anclada a una especie de carro o carreta sobre la que depositaron el equipaje. No había espacio para ningún pasajero en aquel artilugio móvil de dos ruedas tirado por una burra, que tampoco estaba muy definido si era burra o yegua.

—Me llamo Antón, y mi hijo y yo estamos a su disposición para llevarle el equipaje a donde desee. Ah, no se preocupe por el de la gorra, aquí todos tenemos el mismo derecho a ser mozos de andén, lo que pasa es que algunos pretenden crear el sindicato del más fuerte.

—Gracias Antón, eso me pareció. El equipaje me lo va a llevar a alguna pensión que esté cercana a la estación del autobús que sale para Tineo.

—Justamente encima está la pensión de doña Camila, a la que le llevo muchos clientes, y seguro le hará un buen precio. Es limpia, se come bien y estará como en un hotel. Síganos, en diez minutos estaremos allí.

Sin esperar opinión alguna, Antón se puso al lado de su hijo y los dos tomaron al animal por las bridas, uno a cada lado del bocado. La burra o la yegua, comprendiendo la señal, inició el tiro de un carro que se deslizaba por sí solo, dado el leve desnivel, hacia la calle Uría. Nuel se limitó a seguirlos por la calzada, contemplando los edificios de la primera calle de Oviedo; varios eran modernos, de tipo colonial, con ornamentos un tanto barrocos; otros, antiguos; y algunas villas indianas, llamadas a caer bajo la piqueta de una construcción expansiva en la ciudad, según le iba comentando Antón. La campana del tranvía les previno y los conductores del carruaje aprovecharon para desviarse en dirección a la Iglesia de San Juan, de la cual padre e hijo se sentían orgullosos como el monumento más hermoso después de la catedral.

Subieron el equipaje al primer piso, pidiéndole a Nuel que sujetase la burra, porque en aquella zona había mucho movimiento de carros, coches, autobuses y

hasta de camiones, lo que ponía inquieta a Alfonsina...
Al pronunciar su nombre, Antón se vio en la necesidad
de explicar el porqué del nombre.

—Fue en homenaje a la expulsión de Alfonso XIII de
España, para que siempre tengamos presente que nunca más otro rey..., ya que solo será la República la que
nos saque de la miseria. El inconveniente es que esta
penca no se siente aludida cuando la llamamos Alfonsina, porque siempre la hemos llamado burra.

La imagen de aquel indiano con traje de corte inglés, sombrero y lustrosos zapatos, sujetando por las
bridas a Alfonsina, resultaba cómica para los abundantes viandantes que iban y venían en todas las direcciones, pero sobre todo para tres señoritas, seguramente
de la alta sociedad, que caminaban en dirección a la
Iglesia de San Juan, las cuales, después de un descarado cuchicheo, soltaron a su paso una estridente carcajada. Nuel, sin inmutarse, elevó la mano al sombrero y
las saludó, lo que hizo que ellas apresurasen el paso sin
volverse.

No tardaron en liberarle de aquella situación el carretero y su hijo, quienes le comunicaron que todo estaba arreglado y que tenía la mejor habitación de la
pensión. Liquidó cuentas con ellos, añadiendo una buena propina, que Antón le agradeció, sin que su hijo lo
percibirse, pues estaba absorto en contemplar el sombrero de Nuel, quizás deseándolo, como complemento a
su viejo traje; así lo interpretó el indiano que lo tomó
de su cabeza y se lo entregó, ante el estupor del joven
que no tuvo tiempo de reaccionar.

—Antón, disculpe la pregunta..., pero, antes de ser
carretero, ¿usted se dedicaba a otra cosa?

El rostro de aquel endeble mozo de andén pareció
de pronto recobrar un orgullo lejanamente perdido.

—Sí, antes de la dictadura de Primo yo tenía un
puesto de alta responsabilidad en la Aduana de Gijón,
pero mis ideas y mi filiación sindical fueron la causa de

que el régimen de aquel hijo de... me encerrase en prisión durante años y perdiese mi puesto de trabajo y mi dignidad.

Ahora a Nuel le encajaba el vocabulario y las expresiones de aquel padre de familia, que afrontaba con dignidad el trabajo de mozo y carretero, con miras puestas en una República democrática en ciernes.

Aprovechó aquella tarde del día 28, martes, cuando hacía justo un mes que había embarcado en Buenos Aires, para conocer un poco la capital de su provincia y visitar alguno de los importantes comercios de la ciudad, con el objeto de hacerse con ropa más apropiada y más acorde con su nueva situación, que era... no solo estar sino quedarse con los suyos, puesto que ya había comprobado que la ropa que vestía lo delataba como indiano, lo que no le hacia ninguna gracia.

El nombre de Gijón en uno de los laterales de un autobús que salía para esa villa lo llevó al recuerdo del primer embarque a Santo Domingo y lo vivido con Alicia en los pocos días de su estancia en la ciudad de Jovellanos; pero eso era *el recuerdo,* y por tanto el *pasado*; no tenía derecho ahora a reaparecer en la vida de Alicia, la que tuviese en estos momentos, puesto que el destino les había trazado caminos divergentes.

∞

Las maletas de cuero y el acento argentino lo seguían delatando como un emigrante retornado. El nuevo vestuario, acorde a como se vestía en España, no lograba hacerle pasar desapercibido, como pudo comprobar cuando el revisor del autobús le colocaba el equipaje en la parte trasera del techo del coche de línea, interesándose primero por el destino e inmediatamente después por la procedencia. Le respondió escuetamente a las dos cuestiones, y le dio un giro a la conversación al comentarle lo poco que habían cambiado los autobuses en los últimos diez años, puesto que aún se continuaba viajando a la intemperie en la cubierta, lo cual no sentó nada bien al empleado de la línea, que se sentía orgulloso no solo de su trabajo sino también de su coche de viajeros. El revisor declinó la intención de seguir interrogándolo y continuó acomodando al resto de pasajeros, después de indicarle cuál era su asiento.

De Oviedo no partía el autobús completo, por lo que había bastantes lugares vacíos, pero, pese a ello, el revisor acompañó a un joven hasta el asiento contiguo al de Nuel.

—Chico, este es tu sitio; el "señor" también va hasta Tineo.

No cabía duda que la observación de Nuel sobre el autobús había hecho mella en el revisor, y ahora se tomaba la revancha ocupándole el asiento contiguo.

Parecía un muchacho despierto, quizás un poco tímido, pues educadamente le pidió permiso para sentarse. El joven enseguida dedujo para sí que el vecino de asiento no era ningún vecino de los pueblos por los que iban a pasar, sino que se trataba de un indiano.

—Me llamo Nuel –tendiéndole la mano—, ¿y tú?

—Soy Faustino.

— ¿Te quedas en Tineo?

—No, allí tengo que hacer noche para al día siguiente coger el autobús que va a Grandas.

—Hombre…, lo mismo que yo, también voy a Grandas…

—Bueno, yo no soy de Grandas —le dijo el joven, queriendo dejarle claro que no presumía de ser de la Villa—, sino de un pueblo de al lado, de Vilabolle.

—Pues lo mismo que yo, tampoco soy de la Villa, me bajo después del Puente de Salcedo; mi casa está en San Feliz. Por cierto, en Vilabolle tengo yo amigos de la infancia... ¿Conoces a Manolín del Blanco?

—Sí, claro, su casa está casi al lado de la mía.

— ¿Tú eres...?

—Bueno, yo no nací en Vilabolle, soy hospiciano; me adoptó una familia muy buena, que me trata como a un hijo más.

Nuel estaba interesado en seguir interrogando al muchacho para ponerse más al día de todo el entorno de Grandas, pues indudablemente Faustino se expresaba bien, pero antes le hizo un resumen de su aventura americana, sin entrar en demasiados detalles y obviando las cuestiones más importantes de su vida. La conversación les hacía más llevadero el traquetear de los primeros kilómetros del viaje.

—Por lo que intuyo, tú tienes estudios..., algo más que saber leer y escribir...

—Sí, siempre me mandaron a la escuela, porque el maestro le dijo a mi padre que yo valía para estudiar; superé la enciclopedia de grado superior mucho primero que otros niños de mi edad.

— ¿Cuántos años llevas en Vilabolle?

—Desde pequeño. Mis padres adoptivos siempre hicieron lo posible para que pudiera ir a la escuela; luego, me dispensaron de trabajar, para que pudiese darles clase a mis hermanos.

Nuel leía en el corazón del joven el agradecimiento a su nueva familia, pese a las precariedades y a las necesidades que tenían; pero no le cuadraba el que pudiera viajar a Oviedo, ingeniándoselas para que él mismo le contase el motivo.

—Desde muy pequeño sabía que era hospiciano, pues los niños se reían de mí llamándomelo. Un día mi madre, viéndome triste, dijo que no quería seguir así, y me contó cómo fue la adopción. No sabía quién era mi verdadera madre, pero recordaba algo que le dijo la monja cuando me entregó: *Pobre, llora porque no quie-*

263

re separarse de Gerardo. Mi madre estuvo un par de días en Oviedo y coincidió con una señora de Las Regueras, Genara de La Altamira, que también adoptó ese día, y lo hizo llevando a aquel niño, a Gerardo. Cuando se despidieron, Genara le contó a mi madre adoptiva que la monja archivera le había dado un papel con el nombre de la madre del niño que adoptaba. Ante ello, mi madre fue a ver a la archivera para pedirle el mismo papel, negándoselo, diciéndole simplemente que solo podía decirle que la madre de Gerardo y la mía eran amigas. Las dos se separaron intercambiando las direcciones, después que la monja del torno se las escribiese en un papel.

—Entonces, el motivo está claro, viniste al hospicio para hacer averiguaciones...

—Sí, pero allí no logré nada. Traía la dirección de Las Regueras y fui a ver a Genara y a su hijo. Genara, por consejo de la familia, no quiso conservar el papel que le había dado la monja, y por tanto tampoco obtuve ningún resultado.

—Mejor que lo olvides. Por lo que me cuentas, ahora tienes una familia de verdad. Dale a tu madre la alegría de que no necesitas saber nada más, y ayúdala con la educación de tus hermanos.

—Tiene usted razón. Por lo que me ha contado, tampoco sirve de nada buscar otra vida en el otro mundo, me refiero a América, porque veo que usted trae todas las ilusiones puestas aquí...

Nuel quedó absolutamente sorprendido y perplejo por la reflexión de Faustino, pues creía que no le había contado nada. El resto del viaje hasta Tineo ya solo fueron apuntes, más que conversación, sobre lo que iban viendo.

La emoción de sentirse en su país y de estar retornando a su tierra chica y a los suyos no hicieron sin embargo que Nuel dejase de analizar críticamente lo que estaba viendo, y lo que veía era un atraso secular en muchos aspectos: en el propio transporte, tanto en tren como ahora en el coche de línea; en los métodos de explotación agraria, tanto en lo que había visto en Aragón y Castilla, como ahora en lo que contemplaba al pasar por distintos pueblos; en la cultura, pues se había relacionado durante el viaje desde Barcelona con muchas personas; y en lo político, ya que todo el mundo estaba más interesado en cómo sobrevivir que en las promesas electorales y democráticas de toda índole que los políticos les pretendían vender.

Faustino se despidió de Nuel hasta el día siguiente, pues ya tenía concertada su parada y fonda en casa de unas amistades.

Hacer noche en Tineo le hizo a Nuel tomar conciencia, aún más real, de cuál sería la situación con la que se iba a encontrar en su concejo, pues Tineo compartía un estilo de vida, unas costumbres y un "modus vivendi" similares al sur occidental de su Grandas natal. Esto lo pudo contrastar en una larga tertulia de bar, que le sirvió para algo más: para establecer contacto con un joven que aportaba argumentos más elevados que los comunes de los asistentes. La exposición y defensa de ideas y argumentos llevaron a los clientes del bar a una acalorada discusión de cariz político: cada cual desde una óptica según las simpatías, lo que sorprendió a Nuel, porque se defendieron y contrastaron ideas de izquierda, derecha y republicanas, sin que se diera una definición clara de estas últimas.

Logró cambiar impresiones, al margen del grupo, con el joven que había defendido sin ambages las ideas de una izquierda más radical, sabiendo de lo que hablaba, desde su militancia sindical en la cuenca minera del Nalón. Claramente le confesó que la única solución, tanto para la cuenca minera como para la industria de Gijón como para el campo, era que el pueblo tomase conciencia de clase, y el partido comunista era la solución.

Cuando Nuel se sinceró con él, exponiéndole cómo había sido su militancia en La Argentina y cómo sus ideas le habían traído de vuelta a España, el joven minero se sinceró hasta el extremo de confesarle que participaba en una célula del PC en la *Cuenca*, y que estaba intentando implantar el partido en Tineo, extendiéndolo a todo el sur occidente asturiano.

Esta parada en la última etapa del viaje fue para Nuel la apertura de una puerta a la esperanza en la consecución de sus ideales.

Aquella noche durmió placenteramente, en parte rendido por el cansancio acumulado del viaje, pero fundamentalmente por la ansiedad colmada de cómo encarar su actividad política futura, que dejó pergeñada con el joven Luis, informándole este que en Grandas el partido era inexistente, a excepción de algunos simpatizantes de los que tenía escuetas noticias; pero el descanso le vino también porque su realidad de emigrante, al día siguiente cuando llegase a su casa, habría acabado.

∞

El jueves 30 de julio, el pueblo de Tineo amaneció en plena ebullición, bien porque era día de mercado, bien porque el mes de julio continuaba un día más con la bonanza climática que había caracterizado todo el mes y había que aprovechar para la siega, tanto de la hierba como del trigo y centeno, que se intuía iba a finalizar primero que otros años; y también porque la capital del concejo era un nudo de comunicación con otras localidades.

Nuel tuvo que localizar el autobús que partía para Grandas de Salime entre los tres aparcados en línea delante del bar-estación de la localidad. El suyo era el de más reducido tamaño, quizás porque la línea tenía menos pasajeros, pero en cambio le pareció que era el más moderno, pues mostraba una carrocería más acorde con los tiempos, y en la parte superior los pasajeros contaban con un parabrisas más elevado que les cortaría el viento de frente, y por los laterales mayor protección, ya que la escalerilla de subida finalizaba en una semipuerta practicable.

De todas formas, él no tuvo necesidad de subir, solo lo hizo para recolocar las maletas, puesto que de momento, los asientos interiores no estaban todos ocupados. Sin embargo, cuando llegó Faustino corriendo con un paquete en la mano, ya no había sitio en el interior; tuvo que subir a la plataforma superior y acomodarse en ella, aunque es muy probable que el joven prefiriese viajar arriba.

Chófer y revisor se apresuraron en ultimar todas las tareas para partir, pues les esperaba un largo y dificultoso viaje; fueron los primeros en hacer sonar la bocina, saliéndose de la fila, mientras un aldeano sujetaba con fuerza dos terneros que se asustaron cuando los conducía al recinto ferial.

La carretera hacia Pola de Allande era sinuosa, mal asfaltada; el empedrado se estaba soltando y aunque los baches no eran muy profundos, por la falta de lluvia, sí eran casi continuos; quizás precisamente por eso, el conglomerado de piedra se desprendía más fácilmente. Pero esta situación no era solo del tramo Tineo-Pola de Allande, sino que los demás tramos Pola-Berducedo-Valledor y Grandas tampoco estaban en mejor estado, tal y como le explicó el revisor, más amable y conversador, también más complaciente con los pasajeros que el que cubría la línea Oviedo-Tineo.

Pese a que había feria en Tineo, desde antes de la mitad del trayecto, entre esta villa y Pola de Allande, de los distintos pueblos fueron subiendo y bajando pasajeros, descendiendo la mayoría en Pola. La explicación del revisor, que enseguida intuyó en Nuel cara de interrogación, fue que tenían mejor comunicación con Pola, puesto que por la tarde podían regresar en el autobús que hacía el trayecto inverso, y era el único día de la semana que se daba esta coincidencia.

Este trasvase de aldeanos en todo el recorrido, el conversar con ellos, el interesarse cómo iban las cosas por la aldea, sobre todo después de pasar el alto del Palo, donde algunos pueblos le eran muy conocidos de oídas, ya que su familia por parte de su abuelo Celestino tenía antepasados en ellos, le sirvió a Nuel para concebir una idea mucho más real de cómo estaban las cosas y cómo se habían desarrollado durante los años de su ausencia, lo cual le sirvió también para comprender mejor lo que quería decirle su amigo Lorenzo de Vilarpedre y por qué continuaba la gente emigrando.

La llegada a Vilarpedre le incitaba a bajarse e ir a saludar a los padres de Lorenzo, pero las últimas horas de la tarde mantenían a sus habitantes atareados en faenas de laboreo en las fincas, fundamentalmente la siega, y los que no estaban en ello habían ido en busca del ganado, por lo que el pueblo estaba casi desierto, a excepción de las gallinas y algún perro que había salido ladrando al autobús, que justamente allí no hizo la parada, puesto que nadie se bajaba ni subía. Lo que no había cambiado eran los viñedos de Vilarpedre que estaban exuberantes, pletóricos de verdor y de racimos, lo cual era indicio de una gran cosecha para septiembre.

El Puente de Salcedo apareció en el horizonte como un revulsivo para su corazón, acelerándolo, pues en breve estaría a la otra orilla del Navia donde, un poco más abajo, ya empezaban las fincas y viñedos de San Feliz. En el Puente hubo parada, bajándose un joven con el que apenas había conversado y que no conocía, lo que le extrañaba, pues recordaba a todos los habitantes del Puente de Salcedo; quizás se tratase de un vecino de aldeas cercanas. En el interior del bar intuyó bastante movimiento, pues además del único establecimiento de la zona, era un lugar de paso entre las aldeas de ambas orillas, con el añadido de que también era la tienda más cercana para muchos pueblos del entorno. El saludar a los conocidos prefirió dejarlo para otro momento, por lo que continuó sentado, inquieto, nervioso, por la proximidad de su bajada, a poco más de un kilómetro, cuando llegasen al cruce de Paradela.

El revisor cumplió su función de deslizarle suavemente las maletas de cuero por la escalerilla para que no se rayaran, mientras Nuel las depositaba al lado del pretil, justo donde se iniciaba el camino de bajada a su casa, y lo despidió con un apretón de manos deseándole suerte, subiendo de inmediato, porque el chofer hizo roncar fuertemente al motor, iniciando la marcha. Desde la cubierta superior Faustino lo despedía con la mano, correspondiéndole él del mismo modo.

Cuando el autobús abrió el espacio que le ocultaba las casas de Paradela, hacia las cuales dirigió la mirada, de inmediato tuvo la necesidad de bajarla porque, justo al borde del camino, al otro lado de la calzada, puesto allí como una aparición, había un joven... alto, delgado... que se abalanzó sobre él abrazándolo.

— ¡Nuel!... ¡Nuel! ¿Eres tú? ¡Por fin has vuelto!

— ¿Firme...? ¿Mi primo Firme? ¡Cuánto has cambiado muchacho! Pero, ¿qué haces aquí?

—Vi que el coche de línea paraba, y eché a correr camino abajo, sabía que si se apeaba alguien era para San Feliz o para Paradela, y que yo supiera no había nadie fuera que fuese a llegar hoy.... Tuve un presentimiento.

— ¡Que alegría! ¿Cómo está tía Isidora y el tío, bueno, cómo estáis todos?

—Como siempre, aquí el tiempo no pasa y las cosas cambian muy lentamente, mejor dicho no cambian. Pero venga, te ayudo a bajar el equipaje.

La línea de sombra trazada por el ocaso estaba en aquellos momentos avanzando por la vega. Había sobrepasado la casa de San Feliz y en breves momentos atravesaría el río y cubriría la ladera de la margen derecha. Sería entonces cuando la suave brisa del atardecer ascendería río arriba y acunaría el follaje de los humeiros (alisos) y de los avellanos, que dibujaban las orillas del río y del arroyo, el cual ascendía por la parte derecha de la casa hasta Paradela, con pinceladas de color, olor y sonido que Nuel recordaba desde su infancia, y que en tantos momentos de su diáspora añoró.

— ¿Me equivoco o... estoy viendo niños corriendo por delante de la antojana de casa?

—No, no te equivocas, son tus sobrinos Roberto, Amelia y Carlos... Los mandó traer tu madre, porque Adela está muy avanzada, y cualquier día dará a luz.

— ¿El cuarto?

No quiso hacerle ningún comentario a Firme, pues le había prometido a su tía Leonor que asumiría la situación sin reproches; así que, en lo que quedaba de trayecto, se interesó ante su primo por cada uno de los sobrinos.

∞

En los siguientes días no le faltó ocasión para conocerlos perfectamente, pues su madre Inés tuvo que partir de urgencia para Galicia, ya que su hermana quería tenerla cerca para el momento del parto, por tanto tendría que aplazar las visitas que traía programadas: visitar a Secundino en Grandas, a Manolín del Blanco en Vilabolle y a la familia del Caseirón de Cabanela. Su madre le encargó que se ocupara de la cocina, lo que agradecerían todos los miembros de la familia, debido a su reputación de cocinero. En cuanto a los niños, el abuelo Celestino los vigilaría, pues tenía la ayuda del mayor, Roberto, que era muy responsable.

Suplió la ausencia de su madre, en cuanto a las tareas de la cocina, que en los días siguientes fueron importantes, ya que en casa comían todos los miembros: los tres sobrinos, el abuelo, su padre, el criado Lucas y sus hermanos Firme y José.

De ordinario, José ejercía la profesión de carpintero en las aldeas del concejo, junto con Malio de Salime, por lo que pasaba temporadas fuera de casa; pero en estas fechas había hecho un paréntesis en el trabajo para ayudar en la faena de la siega de la hierba en los prados más altos de la ladera, y también en la siega y la recolección del trigo y del centeno, seguido de la tarea más fatigosa que era mallar los cereales a base de apalear tallo y espigas con el *mallo*. Precisamente para esta última tarea de mallar, Malio también se encontraba en San Feliz junto con una cuadrilla de mozas de Salime que se personaron voluntariamente para ayudarlos y así rematar toda la faena en el menor tiempo posible.

La presencia de la cuadrilla de mozas, según su hermano Firme, no era para ayudar sino para conquistarlo a él, pues la fama de buen mozo y soltero de oro le precedía. La broma no quedó entre los dos, sino que una de las noches en la mesa de la cena, mientras Nuel les servía, su hermano pequeño hizo esa misma referencia, logrando que casi todas las chicas de Salime se sonrojaran, si bien se tornó contra Firme cuando Nuel, con sus dotes cautivadoras, además del mundo que llevaba a cuestas, les hizo creer a las jóvenes que su hermano le había confesado que estaba enamorado de una de ellas y que lo que pasaba realmente es que tenía celos de él.

La presencia de José y Malio en casa la aprovechó Nuel para tener largas charlas con ellos: José, por ser el hermano mayor después de él, y Malio por las inquietudes sociales y políticas que tenía, al manifestarle que había quedado cautivado por el mitin que había dado en Grandas Dolores Ibárruri, aunque este no había surtido los efectos que él esperaba en las municipales, puesto que solo se presentó la candidatura de derechas y la ley, en ese caso, como ya le había comentado Lorenzo, proclamaba directamente a los miembros de la misma como concejales, sin necesidad de pasar por las urnas.

— ¡Esto no se va a repetir...! —dijo Malio levantando la voz—, los caciques que conforman los curas, el médico, los tratantes de varios pueblos y los amos de más de la mitad de las *caserías* del concejo, que explotan miserablemente a los *caseiros*, a los que se une gran parte del comercio de la Villa..., ¡no se van a salir con la suya! En Tineo se está formando el partido comunista, y tan pronto como aquí logremos un número suficiente para crearlo, esos cabrones se van acordar...

—Malio –lo interrumpió Nuel—, yo he hablado con Luis de Tineo. Me pareció un chaval que tiene las cosas claras, además de experiencia en lucha sindical y de pertenencia a una célula del partido en la *Cuenca*. Por mi parte, puedo hablarte de mi experiencia en el Partido Comunista en Argentina, y cuáles son los pasos necesarios a dar para crear una estructura de izquierdas fuerte, y que no vuelva a pasar lo de las anteriores elecciones municipales, porque contarán enfrente con una candidatura comunista.

A Malio se le iluminó el rostro y el gesto de cabreo pasó a ser de ilusión y esperanza ante las expectativas que le estaba mostrando Nuel. José, sin embargo no parecía demasiado entusiasmado con el tema, ya que en su hermano veía la misma pasión que ponía su madre Inés, y prejuzgaba que ese tipo de lucha no les conduciría a ninguna parte, ya que el mejorar de posición solo se lograba con trabajo, como lo había hecho el tío Julián o los hermanos Villarmarzo de Vilabolle en Montevideo.

Nuel estaba sorprendido de cómo pensaba su hermano, comprobando en posteriores tertulias que lo que verdaderamente tenía en mente era ahorrar para montar una taller de carpintería en la Villa, con el cual podría pedirle a su novia de Hernes, pueblo varios kilómetros ribera arriba del Navia, que se casara con él. Malio lo disculpaba diciendo que era un buen ebanista, pero un pésimo aspirante a una candidatura de izquierdas.

∞

La experiencia de Adela como madre, además de tener una criada que le ayudaba en todas las tareas, hizo que Inés se plantease a los pocos días del parto el regreso a San Feliz, así podría darles la noticia de que había un nuevo varón en la familia; y no solo por eso, sino también porque ella tenía unas ganas enormes de poder hablar extensamente con su hijo.

El regreso de su madre liberó a Nuel de una tarea que, si bien le resultaba grata, a toda la familia le parecía raro ver a un hombretón como él entre cacerolas, sobre todo a Firme, que no desaprovechaba ninguna ocasión para gastarle bromas.

Inés se abrió a su hijo y le transmitió que deseaba lo mejor para él, no viendo necesario que se quedase en San Feliz, pues podría abrirse camino en cualquier parte con las profesiones que tenía. Además, aunque el abuelo ya no podía hacer nada, los que estaban ahora en casa harían frente a toda la faena; y, por otra parte, ya les quedaba muy poco de la quita de la deuda.

—Pese a lo que me decías... —dudó en el trato— en la carta, yo creía que Julian había saldado casi toda la deuda —le afirmó sorprendido a su madre—, pues lo de Santo Domingo le hacía aparentar un hombre rico.

—No, hijo, a Julian, en Santo Domingo, los últimos años, no le fueron muy bien las cosas; él lo achacó a la crisis que barrió el país, antes y después de la depresión. Logró traer lo suficiente para comprar algunas propiedades en Galicia, y para pagar una gran parte de la deuda que aún teníamos aquí; pero yo no le permití que invirtiera más en San Feliz, pues él iba a formar una familia; quería hacerlo, como cumpliendo la promesa que le había hecho a su padre, pero fue también tu propio abuelo el que se unió a mi propuesta; aunque el pobre, alguna vez, no sabemos si muy consciente o no, repite: *No he logrado desempeñar la casería...* Por parte de tu padre tampoco hubo ninguna objeción. Ah..., y en cuanto al tratamiento ya veo que dudas, pero fue un error por mi parte el lograr que los hijos nos tuteaseis... Ahora, y desde hace ya bastantes años, ya todo está en su sitio. Tu hermana nos trata de usted, lo mismo que Firme y José, así que no quiero tener otra afrenta con tu padre por esto.

—De acuerdo madre..., no tendrá que volver a recordármelo. Y tampoco voy a permitir que el abuelo siga repitiendo esa frase; espero que lo que traje sea suficiente para saldar la deuda. —Nuel no esperó la respuesta de su madre ni que lo convenciese de lo contrario, por lo que le hizo un planteamiento firme, que ella comprendería—. Madre, usted sabe que yo no voy a montar un negocio, sino a trabajar y a luchar por conseguir mejores condiciones de vida para la gente; eso hoy puedo hacerlo desde una militancia que respalde a los representantes de los que menos tienen, y aquí, en nuestro concejo, puedo llevarlo a cabo; además es necesario, puesto que el Ayuntamiento está en manos de los caciques de siempre, aquellos de los que tú... usted me hablaba desde niño.

Se acercó a su madre, la miró a los ojos, unos ojos claros, vivos, que desbordaban alegría de vivir y esperanza, pero que no podían ocultar el sufrimiento de un matrimonio a veces con dificultades, de las que siempre había salido perdonando; sufrimientos por sus hijos, una hija que se había llevado la gripe y un hijo que le había arrebatado la emigración, y también por una hija que no vivió la juventud, yendo a un matrimonio que en un principio le costó muchas lágrimas, aunque ahora la veía muy feliz con sus cuatro hijos. No, no tuvo una vida fácil, planeando siempre sobre San Feliz el fantasma de la deuda que, cuando el acreedor quisiera, podría hacerse efectiva, incluso desahuciándolos. Todo esto es lo que aquellos ojos transparentes no podían ocultar.

∞

Trabajar de carpintero con José y Malio no era algo que lo motivara, pues lo hacían por cuenta propia y alejados de la clase trabajadora, teniendo en cuenta que los *caseiros*, o los que trabajaban sus propias tierras, deberían tener una consideración especial. Para empezar, retomaría su primera profesión en Buenos Aires, ya que había sido un buen encofrador y Malio le había dicho que en el Salto de Dorias estaban solicitando encofradores; pero primero haría las visitas que tenía pendientes, y lo haría agotando los últimos días que faltaban para alcanzar la segunda quincena de Agosto.

Le hacía ilusión volver a ver a Tasio de Creixeira y a Manolín del Blanco de Vilabolle, así que después de solucionar la deuda, se vio libre para iniciar su nueva vida.

Ver, pisar... los rincones del alma de su infancia, aspirar las fragancias del brezo, sentirse acariciado por la brisa del atardecer que subía del río, dormirse con el murmullo del reguero... le hacían sentirse vivo, muy vivo. Acariciar a Perla, ya jubilada, en un rincón de la cuadra, le hizo rememorar la primera partida. Estaba vieja, cansada de tanto trabajar, pero cuando Nuel se acercó a ella, sacó fuerzas para lanzar un sonoro rebuzno, y también para alzar la cabeza y reposarla suavemente sobre su hombro.

—Perla, preciosa, ¡qué alegría volver a verte!...

La acarició largamente. Mientras, el sustituto de Perla, un lustroso caballo alazán de carga, de color rojizo y crines pelirrojas, pletórico de juventud, lo empujaba por la espalda con la cabeza.

La cuadra no había menguado en el número de cabezas, lo que era indicio de la cantidad de heno que necesitaban para el vacuno y pienso para los equinos; a los dos caballos había que sumar un burro que se utilizaba para faenas menores, lo cual también justificaba el aumento del sembrado de centeno. Quien le picaba ahora por detrás, apartando la cabeza del caballo, era Lucas, el criado.

—Nuel, ya veo que te siguen gustando los animales. No tuve oportunidad de decírtelo, pero quiero que sepas que te he echado mucho de menos, y Perla también. Cuando regresaron de Vegadeo, tu padre me contó cómo te despidió en el parque; después ella estuvo muchos días triste, no era la misma. Se le pasó cuando quedó preñada; del primer parto tuvo otra yegua que vendimos; del siguiente nació Nemo, que nos lo quedamos.

— ¿Nemo?

—Sí, el que te está empujando por la espalda. El nombre se lo puso tu hermano Firme; entonces estaba leyendo un libro que hablaba de un personaje con ese nombre. Pero, ¿qué hacemos aquí en la cuadra?, ven a la bodega, tu padre me deja hacer todos los años una barrica pequeña de vino, que yo cuido en la fermentación y en el trasiego con mis propios tiempos y métodos, lo que hace que a todo el mundo le parezca mejor vino que el resto.

Nuel se alegraba de ver a Lucas integrado en la familia y no tratado como un criado, algo que su madre no hubiese permitido. Lo acompañó a la bodega y de nuevo revivió allí sensaciones, olores..., y el gusto de un vino diferente, a través de un *cacho* de madera que le ofreció Lucas.

Pese a que sus proyectos solo los había comentado con su madre, aunque el apunte de Malio sobre Doiras había puesto en la pista a José y a Firme, sintió la necesidad de compartirlo también con su padre.

—Te entiendo Nuel, tienes veintisiete años y me he arrepentido muchas veces de empujarte una y otra vez a América; pero queríamos lo mejor para ti. Ahora, debes seguir el camino que desees, libremente. Hasta que te vayas para Doiras, con el fin de que cumplas los compromisos que traes, puedes disponer de Nemo. Supongo que ya eres más de ciudad que de campo, y no estás acostumbrado a largas caminatas...

—Gracias padre; yo te... le he juzgado mucho, pero mamá siempre lo defendió, sobre todo en los últimos tiempos que se ha volcado más sobre la *casería* y menos sobre los salmones... Tardé en perdonarle lo de Gijón. Pero ya está olvidado. La vida, a veces, nos conduce por vericuetos insospechados, por los que no transitaríamos desde la razón, sino desde este —señalando el corazón.

Manuel Sanfeliz, hombre de mundo, rudo, a veces insensible para los demás, pareció quebrarse ante las palabras de su hijo, y ahogando un *gracias hijo* en el nudo de su garganta, dio media vuelta y se dirigió a la cuadra, al tiempo que logró, entrecortadamente, recordarle:

—No olvides que dispones de Nemo los días que quieras.

Saldada esta última deuda en casa, Nuel entendió que aún le quedaba una última con la familia, además de cumplir con su promesa de entregar los paquetes que traía. Así que, en aquellos momentos, tomó la firme decisión de que visitaría a Adela y a su cuñado Julian, antes de partir para Doiras.

Lucas le ensilló gustoso a Nemo, no importándole que Firme se riera de él al verlo subido a un taburete que cogió de la bodega para poder echar la silla sobre el caballo, dada su pequeña estatura. También le ayudó a atar sobre la montura el paquete de ropa que traía para Cabanela. Inés no pudo abstenerse de trazarle a su hijo el plan de visitas, ni tampoco de manifestarle lo orgullosa que se sentía de que hubiese decidido visitar a su hermana y a su cuñado. Así que, sin reparos, lo sacó de dudas en cuanto al orden del viaje.

—Forzosamente tienes que pasar por Grandas, así que allí visitas a Secundino y ya le das lo que trajiste para él; luego te desvías un poco, pero te acercas a Sanzo y saludas a mis hermanos y sobrinos; bajas a Pesoz y continúas hasta Cabanela, entregándoles el paquete a los del Caseirón; y desde Cabanela tomas el camino hacia Villabolle, pero antes pasando por Busmayor; seguro que tu tía Cesárea te lo agradecerá, y podrás charlar con tus primos Amado y Helena, con los que apenas has tenido roce; luego Vilabolle y desde allí hacia Fonsagrada... Con este precioso caballo vas a parecer un potentado...

—Madre, no es eso precisamente lo que yo quiero... ¡aparentar!, pero me parece bien la ruta, y aprovecharé para tantear sensibilidades políticas. ¿Qué le parece?

—Me parece bien, porque yo creo que el consistorio que tenemos no va a durar mucho.

En Grandas se entretuvo más de lo previsto, pues el encuentro con Secundino fue algo más que un cambiar impresiones; lo invitó a su casa, introduciendo a Nemo en el establo o "cabanón" que había en la parte de atrás, amarrándolo a un pesebre repleto de heno, que hizo que soportase tranquilamente la espera, mientras los dos amigos de infancia charlaron durante más de una hora. Nuel vio en Secundino una persona seria, comprometida con el pensamiento democrático y progresista, pues no en vano era militante del Sindicato Agrario y del Partido Socialista, lo que le llevaba a estar esperanzado en que la situación de las elecciones municipales anteriores pudiera revertirse. Nuel tampoco tuvo reticencias para exponerle su sentir y sus ideas, aunque no coincidían, por parecerle a Secundino que el comunismo llevaba demasiado al extremo la consecución de un idealismo de izquierdas. Se despidieron como buenos amigos, en la seguridad de que los dos colaborarían en mejorar la situación política del concejo.

En Sanzo, además de parada obligada, tuvo que hacer la comida de medio día, lo que prolongó un poco más su estancia allí, pues su familia se sentía muy contenta de tenerlo con ellos.

La llegada a Cabanela fue pasada la media tarde, no encontrando a nadie en la casa del Caseirón, ni por los alrededores. Ató el caballo en la casa vieja, en la parte del tendejón que daba entrada a antiguas estancias, y se asomó a la puerta de la cuadra de la casa nueva, sin que tampoco hallase allí ni personas ni animales. Bordeó la casa por la parte de abajo, la que miraba al *Vale*, la finca de mayor extensión de la propiedad, que era recorrida de arriba abajo por un camino de carro que ascendía en zigzag, pareciéndole imposible que pudiera ser utilizado debido al gran desnivel; sin embargo no era así, justo del fondo, de la parte de la finca que terminaba en árboles frutales que hacían de línea divisoria con los prados que llegaban al río, surgió una yunta de vacas tirando de un carro de hierba seca. Por la parsimonia, debido al esfuerzo, calculó que aún tardaría un buen rato en llegar arriba. Recorrió varios pasos más en sentido horizontal de la casa, y al final entró en el tendejón adosado a la bodega y otros locales, acondicionados como taller de apicultura y almacén, donde José, el amigo de su padre, hacía los *roxoes*, destilaba la miel y laboraba la cera; y donde además dedicaba largas horas a destilar el orujo, faenas de las que él, en alguna ocasión, había sido testigo. Desde allí había una vista privilegiada sobre el Agüeira y, por encima del río, también del pueblo de Vilarmarzo, lo que le transportó a pensar en la gripe del 18 y en Antonio...

— ¿Busca a alguien?

La pregunta venía de una de las ventanas del primer piso de la casa nueva, y la voz procedía de una mujer mayor con pañuelo negro anudado en la parte superior de la cabeza, al estilo que recordaba de su abuela María, la cual se esforzaba por asomar la cabeza.

—Sí, busco a los del Caseirón, a José o a sus hijos.

—Suba, yo soy la mujer de José.

Ante aquella voz autoritaria, no tuvo la menor duda. Al doblar la esquina, comprobó que el carro ya había avanzado unos cuantos metros. Al frente, azuzando la yunta con una aguijada, venía un joven, que intuyó debía ser Luciano. Después de presentarse, aquella anciana, que no lo era tanto, aunque lo aparentaba por su indumentaria negra, también con un mandil negro entrecruzado al más viejo estilo de su abuela, le informó que pronto llegarían a casa su marido y Luciano, que eran los que venían con el carro que subía por el *Vale*.

—Si puedo preguntárselo... ¿quién es usted?

—Ah, perdone, yo soy Nuel, amigo de la familia; mi padre es Manuel Sanfeliz.

—Sí, hablan mucho de los de San Feliz... Pero, ¿no estaba usted en América?

—Sí, ya he vuelto. Al pasar por Montevideo estuve con Francisco y las hijas de José; me mandaron para María Ana y Luciano un paquete de ropa. —El rostro de la madrastra entonces demudó, fue como si le mencionasen al diablo, no pudo disimular.

—Ah, sí…, esos han dejado abandonado a su padre, permitiendo que esté reventado de trabajo. Como ve, no cuenta con más manos que las de Luciano, porque María solo se dedica al rebaño. Si quiere puede ir a esperarlos, ya están al llegar.

Indudablemente, aquella era la madrastra de la que le había hablado Cristina cuando le entregó el paquete, rogándole que lo dese directamente a María Ana o a Luciano.

El recibimiento por parte del padre y el hijo fue distinto: emocionante, pues a los dos casi se les saltaron las lágrimas al verlo y referirles que les traía noticias de Montevideo, hasta el punto que aparcaron el carro cargado en el corral, dejando las vacas enganchadas. Luego, cerrando la puerta que franqueaba la salida al *Vale*, lo condujeron a la bodega para agasajarlo con lo más preciado: buen vino, buen jamón y queso curado, que ellos mismo producían, aunque solo para consumo en ciertas ocasiones. Nuel no se negó ante la insistencia de ellos, por ser la hora de la merienda. Durante todo el tiempo de comida y charla, que en realidad fue un interrogatorio acerca de los familiares de Montevideo, la madrastra no apareció por la bodega. Cuando se interesó por María Ana, le informaron que no llegaría hasta el anochecer, porque estaba pastoreando por los montes de las sierras, ya que durante el verano había menos pastos y era necesario apurar más el tiempo.

Los quince años de Luciano no lograron sujetar su impaciencia por preguntar, ya que hasta entonces había respetado, educadamente el turno de su padre. A sabiendas de ser reprendido, interpeló a Nuel en varios aspectos: ¿de qué había trabajado?, ¿cómo se vivía en Argentina?, ¿cuánto podía ganar un joven de su edad?, ¿había libertad, como aquí ahora?... Interrogatorio al que, pausadamente, fue contestando Nuel, intentando satisfacer las expectativas de Luaciano. Parecía estar lográndolo por la expresión del chico, a veces de estupor, otras de admiración, y casi siempre de satisfacción, ya que no solo le contestaba a la pregunta, sino que intentaba ampliar lo suficiente para que el joven, que nunca había salido del entorno de su aldea, pudiera formarse una idea más global de cómo era la vida al otro lado del charco. Incluso le habló de su actividad sindical y política, contándole que tuvo que huir de Buenos Aires porque la policía lo perseguía por su actividad sindical. Intentó explicarle que esa misma actividad se podía llevar a cabo también aquí en España, ya que era legal afiliarse al sindicato agrario o pertenecer a un partido político... Sin dejarle continuar tomó la palabra el padre.

—Nuel, te agradezco que nos traigas noticias de Montevideo y el paquete, pero..., respetando lo que tú piensas, como yo siempre respeté a tu madre en sus ideas, en esta casa, no queremos saber nada de política; tenemos suficiente con el trabajo. Somos pobres y nos gusta cumplir con el amo, con los que nos gobiernan y, lo más importante, cumplimos también con la Iglesia. Gracias a nuestro esfuerzo no nos falta de comer, por eso nada esperamos de los políticos. En estos principios fundamos Carmen y yo la familia, y en ellos quiero que crezcan mis hijos. —Quizás por el cansancio y por el agotamiento del día, aunque más probablemente por el recuerdo emocionado de su esposa, y también por contradecir al hijo de su amigo, a José se le quebró la voz, levantándose—. Ahora Luciano y yo tenemos que embutir la hierba seca en el pajar, luego hay que bajar a por el ganado al prado... Ya sabes, aquí siempre hay trabajo.

Luciano se avergonzó por la actitud de su padre, pero lo obedeció y lo secundó, yendo detrás de él en dirección al cobertizo donde estaba Nemo. Nuel les hizo entrega del paquete de ropa y, después de un abrazo a cada uno, tiró de la brida y arreó camino arriba, en dirección al cruce para tomar el que lo llevaría a Busmayor. Iba incómodo. Le seguía Nemo, que se dejaba guiar dócilmente, como respetando la preocupación de su amo, hasta que al llegar a una fuente cabeceó repetidas veces para que Nuel entendiese que necesitaba beber. Mientras el caballo calmaba su sed, volvió la mirada hacia la casa blanca del Caseirón, y le asaltó un sentimiento de culpabilidad, a la vez que de compasión y de cariño por aquella familia que trabajaba de sol a sol sin recompensa, casi esclavizados, para obtener solo el sustento.

El sol ya había empezado a marcar su posición en el ocaso con una línea que dividía la ladera en dos partes, la de luz y la de la sombra, justo por donde acababa de aparecer un rebaño de ovejas en dirección al camino. La primera oveja corrió en dirección a la fuente, acotando su sitio, sin importarle compartir el pilón con el caballo. Viendo que las demás también se encaminaban al abrevadero, Nuel tiró del bocado de Nemo y lo apartó, dirigiéndolo hacia el final del rebaño, donde se encontró con la pastora, una niña de no más de doce años, de baja estatura, pelo castaño, ojos color miel claros, según el reflejo de la luz en aquellos instantes...

— ¿Es tuyo este rebaño?

—Sí señor... —dijo con cierto pudor o vergüenza, intentando esconder su atuendo entre las ovejas.

— ¿No serás de Cabanela?

—Sí señor...

La última oveja la dejó al descubierto y ya no tuvo modo de taparse. A la vista del forastero quedaron las madreñas de madera y los *escarpinos* de lana, confeccionados por ella, así como una falda de mahón raída, subiéndole los colores a un rostro de tez blanca, pero curtido por las inclemencias de la intemperie. Advirtiendo su nerviosismo, posó la vista sobre las ovejas.

—Tienes un rebaño muy bien cuidado. Yo vengo de Cabanela, de casa del Caseirón... ¿No serás tú de esa casa?

—Sí.

—Entonces eres... ¿María Ana?

—Sí —respondió con firmeza recobrando su dignidad de hija del Caseirón—. Soy la hija pequeña de José y Carmen.

—Tú no me conoces, porque cuando yo marché para América acababas de nacer; pero, quizás hayas oído hablar de mí; me llamo Nuel...

—Sí que hablamos de ti; mi hermana Carmen decía que era muy amiga tuya..., y también decía que tu nombre no era Nuel, sino Manuel. ¿Es verdad?

—No, no es verdad, estoy asentado como Nuel. En realidad, iba a llamarme Manuel, como mi padre, pero mi madre me quitó el Ma... y quedé en Nuel.

—Ah, pues me gusta mucho más; es igual que yo, que quiero que me llamen solo María, pero mi padre no me deja, porque dice que si llevo el nombre de la Virgen y de su madre... ¿por qué me voy a quitar uno de ellos?

—Entre tú y yo, ¿por qué no quitamos la M... y así te queda ARIANA?

— ¡Ariana!... Ariana me gusta, a partir de ahora llámame Ariana, porque si no, yo te llamo Manuel.

—Pues Ariana... —Ante aquella chiquillada, Nuel quiso reconducir la conversación, sobre todo, porque casi el rebaño al completo había abrevado—. Acabo de venir de América, y en Montevideo vi a todos tus hermanos... —Ariana no pudo contener la emoción y se le saltaron las lágrimas, sin poder reprimir un sonoro y jadeante llanto—. No llores muchacha, al contrario, alégrate, porque todos te recuerdan y me dijeron que te de este fuerte abrazo. —La atrajo hacía sí y la abrazó intensa y largamente, hasta que se calmó un poco, soltándola—. En casa tienes una sorpresa que te va a gustar mucho...

— ¿Quién es?

—No, no es quién...; tus hermanas, y también Francisco, os envían a ti y a Luciano un paquete con ropa. —Ahora, fue Ariana quien se abalanzó sobre él, intentando abrazarlo, por lo que tuvo que inclinarse para que lo hiciera.

—Gracias. Estoy muy contenta del paquete y de conocerte. Espero que vuelvas a vernos. Adiós...

Adelantó al rebaño, y en el recodo se volvió lanzando un silbido, que la oveja guía interpretó acertadamente, poniéndose en cabeza de todas las demás para seguir a Ariana, que ya no caminaba sino trotaba en dirección a casa.

Casi oscureciendo, llegó a Busmayor, lo que le permitió encontrar en casa a toda la familia: la tía Cesárea, los primos Amado y Helena y a Alas, el padre. La tía Cesárea, como siempre, protagonizó la sobrecena contando historias, anécdotas y recuerdos que, narrados por ella, resultaban tremendamente divertidos, incluso los problemas familiares o de salud resultaban minimizados de tal modo que no parecían tales. A Nuel le vino bien aquel baño de optimismo, pues cuando le comentó cuáles eran sus intenciones, Cesárea lo apoyó:

—Me parece muy bien, además... ¡quien me verá presumir cuando vaya a Grandas a visitar a mi sobrino el concejal!

Hecha la gracia, se puso seria y le dijo a Nuel que le parecía muy bien que fuese a trabajar al Salto de Dorias; pero como el trayecto San Feliz—Doiras era muy largo, lo mejor sería que trajese la ropa a su casa para lavar, y que la víspera de regresar al trabajo, durmiese allí para salir de madrugada y llegar a tiempo.

Cesárea se llevaba bien con su cuñada Inés, pero, conociendo su personalidad, prefería no tener enfrentamientos con ella; por lo que, conocedora del interés que había puesto en que su hijo visitara a Adela, no propició el que Nuel permaneciese más tiempo del necesario en aquella casa, algo que se barruntaba por la complicidad que se estaba dando entre él y sus primos Amado y Helena. Por lo tanto, le anunció que le iba a dejar preparado un paquete con comida, para que saliese temprano al día siguiente, con el fin de llegar de día a casa de su hermana.

Siguiendo el mandato de su tía, amaneció en Vilabolle, prefiriendo dejar para otra ocasión la visita a su amigo Manuel del Blanco. Atravesó el pueblo y el *vilar* sin ser identificado por nadie; no ocurriéndole lo mismo al pasar por Creixeira, puesto que se dio de bruces con su amigo cuando estaba metiendo las vacas en el prado. Tasio lo reconoció al instante, lo que hizo que descabalgase a Nemo. Los dos amigos se saludaron efusivamente, mientras el caballo, que parecía adivinar una larga parada, empezó a pastar la fresca hierba de la mañana a la orilla de la carretera. Se sentaron en el muro de piedra que delimitaba el prado con la calzada. Este prado, días antes había sido utilizado como "eira", la era donde se había mallado el trigo, y ahora albergaba una enorme *meda*[27] de paja. En la larga charla tuvieron un perfecto entendimiento, porque Tasio compartía sus ideas, aunque no tenía claro la diferencia entre socialismo y comunismo. En lo que no tenía dudas, era a quién no debía votar en las próximas elecciones. No se comprometieron a nada, salvo en que estarían en contacto ante cualquier acontecimiento próximo, si bien Tasio hablaría con algunos amigos que

---

[27] Almiar, o pajar al descubierto con u palo largo en el centro alrededor del cual se va apretando la paja.

pensaban como él, alguno de Vilabolle, también de Vilarello, Valdedo y de Escanlares.

El viaje le estaba resultando fructífero en todos los aspectos; solo cabía esperar que el encuentro con su hermana y su cuñado resultase lo mismo, ya que ahora así lo ansiaba.

Vio a su cuñado envejecido, desposeído de la altivez que recordaba. El que fuese Julián, quien se le acercó primero para abrazarlo, después de haber saludado efusivamente a su hermana y de hacerle las esperadas carantoñas al último sobrino, borró cualquier rencor de su corazón.

Pasó con ellos dos días, reforzándose la reconciliación con su tío, al que ya no consideraba tal, sino que lo veía como el verdadero marido de Adela, dada la complicidad y el amor que existía entre ambos. Los veía unidos y los cuatro hijos, sus sobrinos, eran la clara recompensa a su felicidad.

GESTOR MUNICIPAL

Antes de finales de 1931, después de una reunión en Tineo con Luis, Malio y Nuel acordaron formar la célula del Partido Comunista en Grandas, de la que sería responsable Malio, puesto que Nuel trabaja fuera del municipio, dependiendo orgánicamente del Partido en Tineo. Lograr simpatizantes no les había resultado difícil, pues ya tenían un número importante que se comprometía a apoyarlos; pero... afiliarse, era otro tema. De momento la célula continuaba con cuatro afiliados: los hermanos Naveiras y ellos dos.

∞

El 13 de agosto de 1932, sábado, fue un día triste para Nuel, porque aquel día falleció su abuelo Celestino a los 84 años. Se murió a una edad avanzada, *demasiados años* repetía él continuamente, después de la muerte de su esposa María. Pero se marchó con el deber cumplido: San Feliz era propiedad de la familia.

Dos días antes de empezar el curso escolar, don Mariano Acín, el maestro, que durante el curso anterior había sustituido a don José, el Cojo, como lo llamaban los alumnos, por tener una pata de palo, regresó de su Jaca natal, donde había pasado las vacaciones. En muy poco tiempo se había ganado el aprecio de los alumnos y de la mayoría de los padres, no exactamente porque hubiese puesto en práctica las directrices gubernativas sobre la enseñanza, sino porque lo hizo con un talante

288

democrático y respetando las libertades individuales de cada familia, algo que desde el Consistorio no se veía con buenos ojos, pues se fijaban únicamente en que había quitado el crucifijo y hecho desaparecer los catecismos.

El maestro sintió la frialdad de las autoridades desde el mismo momento en que se proclamó la República, y la situación no había cambiado cuando regresó de las vacaciones; pero el ansia de los niños por empezar a clase lo exculpó ante sus detractores, porque la mayoría de los padres estaban de su parte, no solo en la Villa sino también en las aldeas más cercanas, de donde acudían muchos de los casi cincuenta alumnos que tenía.

Don Mariano había entablado amistad con Nuel, que ya estaba trabajando en Doiras, pero se veían y charlaban los fines de semana; también tenía una relación especial con Antonio Alvarez, el dueño de la fonda y tienda-bar más importante; y era apoyado por muchas familias y por los jóvenes de la Villa, con los que compartía juventud e inquietudes.

Las noticias sobre los acontecimientos que se estaban viviendo en España, aunque Grandas estaba lejos, aislada, con difíciles comunicaciones y nada fácil acceso a la prensa, llegaban amplificadas o minimizadas, dependiendo de quien las traía y extendía.

En 1932 las posiciones estaban definidas: había una derecha atrincherada en el Ayuntamiento, que intentaba que los acontecimientos que favorecían a la República no existiesen, y que amplificaba aquellos que podían perjudicarla. Así, la disolución de la Compañía de Jesus el 24 de enero, con la consiguiente confiscación de sus bienes, corrió como la pólvora; la sustitución el 30 de enero de los cuerpos urbanos de policía por la Guardia de Asalto se comunicó desde el Ayuntamiento como si fuese a afectar a Grandas, donde solo había un simple alguacil; la aprobación de la Ley de

Divorcio el 24 de febrero se presentó como la liquidación de la familia; lo que ocurrió el 10 de agosto, con el intento de golpe de estado del General Sanjurgo, lo presentaban como la consecuencia lógica de lo legislado por la República; y, finalmente, el aprobar la Ley de Bases para la Reforma Agraria la anunciaron como la puntilla para propietarios y *caseiros*... Las mismas noticias presentadas por los prorepublicanos, que en Grandas ya aglutinaba a todo el abanico de centro e izquierdas, eran completamente diferentes, lo que dio motivo a que se iniciase una fuerte oposición desde la calle al Ayuntamiento, puesto que allí no había debate, transcendiendo esta oposición a la capital a través de Tineo.

En muchos lugares de España se estaba dando la misma situación, debido a la aplicación del artículo 29 de la Ley Electoral de 1907, vigente en las primeras elecciones municipales. Esta ley permitió que donde se presentaba una sola candidatura, esta fuese proclamada sin elecciones. Los hechos que se derivaron, por razones que iban desde irregularidades administrativas, reales o presuntas, a problemas relacionados con el orden público, pasando por el simple deseo del control gubernativo, hicieron que el gobierno presidido por Azaña sustituyese dichos consistorios por una *Gestora Municipal* formada por un funcionario del Ayuntamiento, un contribuyente y un obrero, que pasaría a gobernar el Ayuntamiento hasta las siguientes elecciones.

En el mes de octubre, Nuel fue visitado por Luis de Tineo, trayéndole una propuesta clara, ya discutida y consensuada por órganos superiores con las demás fuerzas políticas: él sería uno de los miembros de la *Comisión Gestora* que regiría el Ayuntamiento.

—Yo no tengo experiencia en la gestión municipal... —le advirtió a Luis con honestidad.

—En la municipal no, pero sí la tienes, y mucha, en la gestión sindical y política. Y para nosotros eres la persona más valiosa de la que disponemos.

— ¿Puedo saber quiénes son los otros miembros?

—Sí, por supuesto: el funcionario del ayuntamiento…, no es difícil, hay uno solo; y, por parte de los contribuyentes, Antonio, el de la fonda.

— ¿Entonces, yo…?

—Tú en representación de los obreros. La propuesta ya fue aceptada por Gobernación, y en breve será notificada; así que tendréis que tomar posesión de inmediato.

La noticia corrió como la pólvora por todo el municipio, y no porque ninguno de los componentes de la *Gestora* se fuese de la lengua, pues habían sido advertidos de que no lo comentasen; el rumor lo propagaron interesadamente los concejales en activo, con la intención de poder revertir la situación, aunque el resultado obtenido fue justamente el contrario, puesto que mayoritariamente los vecinos se posicionaron a favor de la *Comisión Gestora*.

Los dos últimos meses del año estuvieron marcados por una actividad frenética para Nuel, pues tenía que compartir su trabajo en Doiras con la de Gestor en el Ayuntamiento. Pudo llevarla a cabo gracias a la ayuda de Malio que, desinteresadamente o más bien por responsabilidad de cara a la implantación del partido en la comarca, ayudaba al alcalde y al funcionario en todo lo que podía, visitando aldeas o incluso haciendo gestiones en Tineo, de modo que su amigo y camarada pudiera liquidar las tareas oficiales durante el fin de semana. Esto le había llevado a descuidar su trabajo de carpintero con el hermano de su amigo, de modo que José se había dedicado en ese tiempo a visitar de continuo a su novia de Hernes, acortando, en alguna ocasión, la distancia al atreverse a vadear el río cuando ya estaba en un periodo de crecidas y de aguas más bien gélidas.

A mediados de diciembre, José cogió un catarro que su madre fue incapaz de atajar, convirtiéndose en pulmonía, sin que el médico de Grandas tampoco pudiera cortarla. Nuel puso todos los medios a su alcance, haciendo venir a un facultativo de Tineo, que no halló remedio. El día 2 de enero de 1933, a los veinticinco años de edad, José era enterrado en el cementerio de Salime. Fue un duro golpe para la familia y en especial para Nuel que se quedó con la sensación de que apenas conocía a su hermano, al haberle robado la emigración diez años de su compañía.

Después del funeral, a Nuel se le dieron las condiciones propicias en el trabajo para poder dedicarse al Consistorio y echar una mano en casa, ya que en el muro de Doiras los trabajos de encofrar estaban menguando. En común acuerdo con la empresa logró un permiso no retribuido por varios meses, puesto que él no tenía problema económico, pese a la quita de la deuda de San Feliz; al mismo tiempo, eso significaba para la empresa el no tener que despedir a uno de los últimos encofradores que había contratado. Esta nueva situación laboral solucionó varios problemas: una mayor dedicación al Ayuntamiento, lo cual agradeció el alcalde; una liberación para Malio, que tenía que hacer frente a los compromisos contraídos por él y José; y una especial ayuda para su casa, donde los ánimos habían quedado completamente por el suelo.

La gobernabilidad del Ayuntamiento se estaba llevando con fluidez gracias al esfuerzo y la colaboración de los tres miembros de la *Gestora*, que se hacía notar en la cercanía de la institución con los habitantes del concejo, no solo de la Villa; especialmente, por la resolución de problemas pendientes, que el anterior consistorio, con todo el número de concejales, no había logrado, sino también porque se hacían eco de las necesidades. Además había una nueva circunstancia, la colaboración del Ayuntamiento con la escuela, que no solo se debía al buen entendimiento entre Nuel, encargado de los asuntos de cultura, y el maestro, sino también porque don Mariano Acín simpatizaba con la República. Por tanto, el maestro no era un obstáculo para la política educativa; al contrario, llevaba su esfuerzo más allá del deber; por ejemplo, cuando junto con el Ayuntamiento planteó iniciar una campaña de alfabetización de adultos, en horario nocturno, consciente del gran número de jóvenes analfabetos que había, tanto en el municipio como en la propia villa.

∞

La noticia de que para el 23 de abril se convocaban nuevas elecciones en aquellos municipios que estaban regidos por una *Comisión Gestora*, vino a aliviarles, al tiempo que a crearles una nueva responsabilidad, que era formar una candidatura que pudiera hacer frente a la de derechas, la cual parecía ansiosa por comparecer de nuevo.

Los miembros de la pequeña célula comunista de Grandas, incrementada con algún afiliado más y varios simpatizantes de Escanlares, Vilarello y Vilabolle acordaron proponer a Nuel como número uno de la candidatura que se pudiera formar, lo que debía conllevar —a propuesta de Malio— que también él fuese el Secretario del Partido, todo lo cual se aprobó por aclamación.

Estas elecciones tuvieron lugar en 2.500 pequeños municipios de toda España, presentándose varios partidos, así: socialistas, republicanos, de derecha católica, agrarios, acción popular, tradicionalistas, etc.

En Grandas se formó una coalición de urgencia entre personas de distintas tendencias: socialistas, republicanos de izquierda y comunistas, para hacer frente a la coalición de derechas que ya venía formada desde el año 31.

El resultado fue diferente al resto de España, donde ganó la derecha. Aquí, en este municipio del occidente asturiano, perdido de la mano de Dios, ganó la coalición de izquierdas, y el consistorio se conformó con don Antonio de alcalde, Manuel Naveiras de teniente alcalde y Nuel de concejal, entre otros, que compartieron tareas con concejales contrarios, aunque con la mayoría suficiente para llevar adelante las políticas emprendidas por la *Gestora*.

Quizás en la victoria tuvo mucho que ver el voto de las mujeres, que por primera vez acudieron a las urnas, y eso fue algo que las izquierdas supieron vender muy bien a todo el cuerpo electoral. En el breve periodo que hubo para la campaña y poder llegar a todas las aldeas, también tuvieron mucho que ver los simpatizantes de la coalición de izquierdas de las aldeas más cercanas, como Escanlares, Vilabolle, Santa María o Vilarello.

La situación política parecía encauzada, y Nuel compartió con su amigo el alcalde la intención de volver al trabajo, pues, por las noticias que le habían llegado, en Doiras se estaba dando ímpetu a las obras, con el fin de inaugurar el pantano en 1934; además, ahora la gestión del Ayuntamiento quedaba reforzada con Manuel Naveiras como teniente alcalde, ya que su profesión de sastre en la villa se lo permitía. Antonio, que contaba con las simpatías de su pueblo, se había involucrado aún más en la gestión municipal, contando también con el apoyo de su esposa Mercedes.

Nuel no tuvo dudas en retomar su trabajo de encofrador, puesto que pensaba acudir a los plenos y también continuar con la actividad cultural del Ayuntamiento los fines de semana, para lo cual disponía de la ayuda y apoyo de don Mariano Acín, aunque este, durante el periodo electoral no significó sus simpatías, como un gesto de respeto hacia sus alumnos.

∞

La vida en San Feliz estaba volviendo lentamente a la normalidad, gracias a la fortaleza de Inés que, ante la desesperación de su marido por haber perdido a José, el hijo que más se parecía a él, sacaba fuerzas de flaqueza y animaba a todos a seguir adelante; lo que hacía también con Nuel, pero a él reprendiéndole su soltería, pues con veintinueve años era para ir pensando en una chica, seriamente, y no para estar picando de flor en flor, pues le habían llegado noticias de que entretenía y daba largas a unas y a otras.

En Junio, Inés tuvo que acudir a la llamada de su hija Adela en Galicia, porque Julián se había puesto enfermo, y ella tenía que estar al frente del negocio, lo que le resultaba imposible con los niños pequeños. Aquella enfermedad, que Julian arrastraba desde su regreso de América, se agravó rápidamente, y el 2 de Julio de 1933 toda la familia acudía a su funeral. Adela, mostrando una fortaleza fuera de lo común, que extrañó a su propia madre, comunicó a todos, después de las exequias, que se trasladaba a San Feliz con los niños, y que dejaría en arriendo los negocios.

En agosto, ya toda la familia vivía junta en San Feliz, arropando a la viuda y a los cuatro hijos, y convirtiéndola en la matriarca de la casa, puesto que Inés entendía que la mayor parte del pago del caserío había sido hecho por Julian y, por tanto, su papel y el de su marido a partir de ahora pasaría a ser el de abuelos, y en esta asignación de nueva responsabilidad colaborarían también los tíos de los niños; tal era su convicción de cómo debían ser las cosas que, a partir de entonces, ella dejó en manos de Adela todas las tareas de casa, y empezó a participar en las demás faenas propias del caserío: ganado, huerta, etc.

La caída del Gobierno de Azaña en septiembre de 1933 provocó la disolución de la alianza entre republicanos y socialistas, y condujo a las elecciones de noviembre de ese año, las primeras generales en que votaron en España las mujeres. El ambiente preelectoral estaba caldeado, como se desprendía de las palabras de Largo Caballero, cuando el día 10 de octubre de 1933, en el Socialista, escribía estas palabras: *Suponemos que ningún trabajador consciente ignora el valor real de las elecciones convocadas. Son, desde hace veintitrés meses, las únicas auténticas en cuanto susceptibles de reflejar cómo se orienta, respecto de su destino, el país.* Y añade esta advertencia revolucionaria: *Cualquiera que sea el resultado de las elecciones en España, se avivará la actual situación revolucionaria... Sea el que sea el resultado electoral, triunfará la revolución proletaria.*

Pero, como en el resto del país, en Asturias triunfó la derecha a través de una coalición electoral de AP (Acción Popular) y el PLD (Partido Liberal Demócrata) de Melquíades Álvarez, que obtuvo el 45,5% de los votos y 13 de los 17 escaños; los otros cuatro fueron para los socialistas, que se impusieron en la zona central de la región, lo cual remarcaba que en el campo se había votado derechas.

Estos resultados no se correspondían con lo que estaba pasando en el municipio de Grandas, donde la coalición de izquierdas se había consolidado y la gobernabilidad del Ayuntamiento parecía garantizada, sin atisbos de que pudiera darse lo que decía El Socialista: *Sea el que sea el resultado electoral, triunfará la revolución proletaria.*

En noviembre, a Nuel le afectó especialmente el fallecimiento de su tío político, el marido de Cesárea, Alas de Busmayor, que dejaba a su tía viuda con dos hijos menores, Amado y Helena, y él se sentía en la obligación de ayudarles, puesto que su tía lo había acogido en la primera etapa de Doiras, cuando hacía parada intermedia en Busmayor para dejar la ropa y dormir el día de vuelta al trabajo, puesto que así acortaba el trayecto. En San Feliz podían hacer frente a las tareas propias de la casería, pues también contaban con los dos niños mayores de Adela, que tenían 8 y 6 años, los cuales, después de la escuela, ayudaban con el ganado.

Al año siguiente, las obras del pantano de Doiras se dieron por concluidas, y unos meses antes de la inauguración, el equipo de encofradores recibió la liquidación, por lo que Nuel tenía que replantearse de nuevo la profesión. No tuvo demasiado tiempo para pensarlo, puesto que la solución le vino de parte de Malio, que no podía hacer frente a todo el trabajo que tenía por los distintos pueblos. Al principio tuvo algunas reticencias, aunque para Malio no existía ningún obstáculo, porque a fin de cuentas se trataba de manejar madera.

—Malio, manejar madera... sí, pero no es lo mismo encofrar, hacer escaleras, puentes... que ser carpintero, mejor dicho, un buen ebanista como lo eres tú.

—Vale, soy ebanista, hago camas, ventanas, armarios..., pero para ello hay que preparar la madera, darle forma, y en eso estoy seguro de que tú eres mejor que yo. Además, no querrás ahora abandonar el barco, porque aquí te necesitamos.

El nuevo trabajo no vino a beneficiar en nada las pretensiones de su madre para que "sentase la cabeza", pues el estar un tiempo en cada pueblo, y luego mudarse a otro, realmente favorecía la fama de don Juan que lo precedía, pese a que su amigo Malio lo marcaba de cerca, con el fin de no perjudicar todo lo que habían logrado políticamente hasta la fecha.

Así transcurrió el año 1934 en que, como novedad importante, había llegado la noticia de que Falange Española, el partido de ideología fascista y nacionalsindicalista fundado por José Antonio Primo de Rivera, se había fusionado con las Juntas de Ofensiva Nacionalsindicalista (JONS), fundadas por Onésimo Redondo y Ramiro Ledesma Ramos, lo cual pareció ser un revulsivo para los jóvenes de derechas del municipio, algunos de los cuales abrazaron con gran ilusión los postulados de esta nueva formación.

∞

Una vez más, Nuel era como el apagafuegos de los problemas familiares, aunque en esta ocasión no se trataba exactamente de la familia. Su padre ya no tenía ascendencia sobre él, pero lo visitó en el pueblo de San Emiliano, donde estaban a punto de concluir los encargos, e iban a pasar para otro pueblo.

—Hola, hijo... —los dos, Nuel y Malio, pusieron cara de sorpresa—. No, no pasa nada, simplemente vengo a haceros una propuesta, además de visitar a Reguera. Resulta que mi amigo, José del Caseirón, tiene que irse a Oviedo unos días para operarse de una hernia inguinal. Como sabes, Nuel, en aquella casa solo hay sus manos y las de Luciano para trabajar, pues la hija tiene suficiente con el ganado. Así que vengo a proponeros, a los dos, que vayáis a Cabanela, hagáis ahora el encargo al que os habíais comprometido, que era hacer un gran tonel para la bodega, y al mismo tiempo, aprovechando la situación, podáis echarles una mano en las faenas de la casería.

Hizo una breve pausa, para a continuación explicarle a Malio que él estaba obligado con su amigo, pues cuando lo necesitó siempre lo tuvo para ayudarle, en especial cuando la famosa filoxera, que si no fuera por él quedarían sin viñedos.

—Manuel, no hace falta que se disculpe, cuente con nosotros, ¿verdad Nuel?

—Por supuesto.

— ¿Cuándo tiene que ir su amigo para Oviedo?

Nuel permanecía callado, dejando que Malio ultimase todos los detalles.

—Tiene que ingresar en el Hospital a primeros de Octubre. Pero antes, me tenéis que ayudar a llevar la madera de roble que tenía reservada, pues él aún la tiene sin curar, y la mía ya está seca. También tengo aros suficientes para lo que él necesita. Además, nuestros robles están de sobra probados; dan unas buenas duelas, tanto para barricas como para toneles. —Ante el asombro de Malio, por tanta generosidad, Manuel continuó:

—José es para mí como de la familia y, en estos momentos, me necesita. Si a las malas cosechas que está obteniendo, por los pocos brazos que hay en casa, se suma ahora la pérdida de la recolección de castañas, que le servirán para alimentar los cerdos el resto del año, queda en riesgo de perder la *casería*, ya que son los jamones la parte más importante para pagar el tributo al amo.

Nuel no salía de su asombro al descubrir la parte más humana de su padre, aquella que pensaba no existía en él. Estaba descubriendo que no solo desde la política se podía dar la solidaridad. Ahora era su padre quien le estaba demostrando que en las aldeas, entre labradores, propietarios o no, la ayuda desinteresada era la moneda más común como respuesta a la esquilmación de los amos. Lo había visto durante la filoxera, en la gripe del 18, cada año en las cosechas, por la siega, la vendimia o en la matanza. Quizás fuese esta la razón de por qué el espíritu revolucionario de las ciudades, de las zonas industriales y de las cuencas mineras no prendía en el campo.

—Padre, no se preocupe, la familia Caseirón tendrá nuestra ayuda. Usted prepare las maderas y en unos días las llevamos. Para cuando José marche, ya estaremos allí, no solo construyendo el tonel y las barricas que necesite, sino también echando una mano en todo lo demás.

OCTUBRE DEL 34

El uno de octubre, todas las tablas de roble de las que sacarían las duelas, los aros y el material necesario para construir el tonel y las dos barricas ya estaba en Cabanela, pero con la ayuda de su primo de Paradela, Firme[28], que se presentó voluntario para el transporte y para poner en marcha la obra de los toneles, ofreciéndose también a ayudar a los del Caseirón en las faenas de la *casería*.

Realmente aquel ofrecimiento "voluntario" no fue exactamente así, sino que Isidora forzó la situación para que su hijo fuese a Cabanela con aquella excusa, puesto que ella estaba muy preocupada por su hija Leonor, que recientemente se había casado con el hijo de la casa de Pedro, y las noticias que le llegaban eran que cuando el marido se emborrachaba, Leonor recibía verdaderas palizas, algo nada excepcional en aquella casa puesto que así venía ocurriendo con los padres de su yerno.

Le encomendó a Nuel que le dejase a Firme estar unos días con ellos, y que procurase que fuese a dormir a casa de Leonor.

José del Caseirón les mostró su agradecimiento y los ubicó en la mejor habitación de la casa nueva, entendiendo que Firme fuese a dormir a casa de su hermana. De todas formas tuvo que vencer la reticencia de su mujer, la tía Pepa, como la llamaba todo el mundo, que no veía con buenos ojos que aquellos dos mozos

---

[28] Como se puede comprobar, en estas aldeas los nombres se repiten constantemente, debido a que se solía bautizar con el nombre del padrino o de un familiar próximo.

vivieran bajo el mismo techo de su hijastra, por lo que, si ellos se quedaban allí, la que debería ir a dormir a la casa vieja era María Ana. José, que transigía en la mayor parte de las ocurrencias de la madrastra, en aquello fue tajante: no solo se harían las cosas como él decía sino que los atendería debidamente y, durante el tiempo que estuviesen allí, se cocinaría como de fiesta, no las cuatro patatas con berzas y un poco de tocino que comían a diario.

Para escándalo de la madrastra, desde el mismo día en que se fue José, María Ana ya no se llamaba así, sino que Luciano, Malio, Firme y Nuel se dirigían a ella como Ariana. Desde el primer momento, hubo una gran complicidad entre los cuatro, mejor dicho entre los cinco, aunque por la noche, Firme iba a dormir a casa de su hermana y cenaba allí.

Las faenas propias de la *casería:* alimentar el ganado, especialmente la piara de cerdos que permanecían estabulados, dándoles cereales, patatas y verduras que a diario había que cocer en la *lareira*[29] de la casa vieja; ordeñar las vacas y ovejas, cuya leche en su mayor parte también se destinaba a los cerdos; cuidar el rebaño de ovejas, y no descuidar determinadas labores imprescindibles en fincas y viñedos, eran tareas que los cinco jóvenes sacaban adelante todos los días, dedicando sólo, Nuel y Malio, algunas horas para la transformación de la madera en duelas, y así poder iniciar la construcción del tonel y las barricas.

Para más irritación de la madrastra, Ariana, después de dar por finalizadas las tareas diarias, se quitaba sus harapientas ropas de trabajo y se vestía con la ropa que las hermanas le habían enviado desde Montevideo. El cambio de ropa obraba una transformación en la joven de dieciséis años, que la mostraba como una chica atractiva, hasta el punto que Malio se vio obligado

---

[29] Cocina antigua de leña hecha sobre piedra.

a poner a Nuel en su sitio, pues la miraba no precisamente como un hermano. Entendió la advertencia de su amigo, y también que entre la inocencia de Ariana y la experiencia de sus treinta años había un abismo que no debía pretender salvar en aquellas circunstancias; y por si fuera poco, el rosario de la noche había sido suprimido, rezándolo solo la tía Pepa, mientras todos se quedaban de tertulia hasta avanzadas horas.

A los pocos días, no habiendo novedad en casa de Pedro, y dejando a su hermana tranquila por la presencia de su primo Nuel en Cabanela, Firme regresó a su casa. El marido de Leonor debió entender el mensaje, ya que su cuñado le había transmitido con todo detalle la destreza de Nuel en el arte del boxeo, que incluso había logrado algún título en Buenos Aires... La efectividad del mensaje se vio porque, durante todo el tiempo que Nuel permaneció en la aldea, el marido de su prima se mantuvo sobrio.

∞

José se instaló en casa de unos feligreses de la Iglesia del Carmen de Oviedo, también devotos carmelitas, que los frailes del convento le recomendaron. Fue solo la noche del día 3 de octubre, porque al día siguiente por la tarde ingresó en el Hospital Provincial de Llamaquique, donde permanecería durante las pruebas, la intervención y algunos días del postoperatorio. El día 5 lo operaron sin ninguna complicación. Ese día no era muy consciente de lo que estaba pasando, pero al día siguiente le llegaron todas las noticias de golpe: el día de su operación había dado comienzo una huelga general decretada por el Comité Revolucionario Socialista, presidido por Largo Caballero, en todo el país. Por lo que oía al personal sanitario y lo que contaban las visitas, ese intento de insurrección había fracasado en todos los sitios menos en Asturias, donde los mineros pasaron rápidamente a la acción, controlando toda la cuenca minera, logrando que se les rindieran 23 cuarteles de la Guardia Civil en las primeras horas. También se formaron inmediatamente milicias obreras que obtuvieron los primeros triunfos en las inmediaciones de Oviedo, concretamente en La Manzaneda, que lograron vencer a un batallón de infantería y a una sección de Guardias de Asalto. Se había declarado el estado de guerra en Asturias.

Estas noticias corrieron como la pólvora por todo el Hospital Provincial, y, al entender de José, no afectaban a todo el mundo por igual, pues unos las vivían con preocupación y otros con euforia: los que las vivían con euforia, por el cambio que se avecinaba, les preocupaba que el movimiento insurreccional en la capital de Oviedo no hubiese triunfado en los primeros momentos; para los demás era un motivo de esperanza, pues seguro que el Ejército y la Guardia de Asalto vencerían a los insurrectos. Sin embargo, por el goteo de noticias, supieron que el Ejército y la Guardia Civil se habían concentrado en los cuarteles y en los puntos estratégicos de la ciudad para defenderla de las columnas de los mineros, que, según se supo más tarde, el día 6 penetraron en la ciudad y ocuparon el Ayuntamiento; pero ahora ya no solo era el boca a boca, sino que las explosiones, a veces cercanas y otras lejanas, ponían a enfermos y sanitarios en alerta. El día 7 ocuparon el cuartel de carabineros y la estación de ferrocarril, y el Cuartel de la Guardia Civil lo hicieron el día 8, junto con la Fábrica de Armas en la madrugada del día 9; solo quedaban sin tomar los cuarteles de Pelayo y Santa Clara, que quedaron cercados.

En esos cuatro días, José ya casi se había recuperado de la operación, aunque estaba claro que aún no podía abandonar el Hospital, porque le seguían haciendo las curas, si bien lo esperaba en cualquier momento, porque las plantas se estaban saturando con una riada de heridos que llegaban continuamente.

Interesada o desinteresadamente, al hospital llegaban de continuo noticias sobre cómo se desarrollaban los acontecimientos: Buena parte de Asturias ya se encontraba en manos de los mineros, incluidas las fábricas de armas de Trubia y La Vega, y en toda la provincia se organizó un Ejército Rojo[30], que ya llegaba a un número de 30.000 efectivos, en su mayoría obreros y mineros. En contraposición, también se habían desplegado las tropas gubernamentales en cuatro frentes: una, a través del puerto de Pajares comandada por el general Bosch; otra, desembarcando en Gijón legionarios comandados por Yagüe; el tercer frente, por el oeste comandado por López Ochoa procedente de Galicia y el cuarto, procedente de Santander, por una columna que llegaba de Bilbao.

Con el transcurso de los días ya no hacía falta que las noticias fuesen interesadas o desinteresadas, puesto que los hechos ponían de relieve la realidad, y esta era que, fuera, se estaba librando una batalla en toda regla: *Las asesinas fuerzas republicanas consiguen avanzar a base de colocar a los prisioneros en la cabeza de las columnas, pero esos canallas nos tienen a nosotros enfrente con dinamita, porque antes muerte y venganza que deshonor.* No eran precisamente alentadoras aquellas palabras de un miliciano de la cuenca, que ingresaba con una mano destrozada; otro herido, que procedía de Pumarín, alertaba de las matanzas de civiles inocentes que los moros y legionarios estaban haciendo, no solo en su barrio sino también en otros.

José del Caseirón nunca se había metido en política, era de una familia humilde y vivía del modo más sencillo, con el esfuerzo de su trabajo en el campo; solo

---

[30] Ejército conformado de acuerdo con ideologías revolucionarias de izquierda.

quería que lo respetasen en sus creencias, como él respetaba al que no las tenía, o como respetaba al amo de su *casería*, cumpliendo con el pago de la renta. Pero en aquellos pocos días hospitalizado, todos sus principios estaban siendo bombardeados, como lo estaba siendo la capital de su provincia: había sido bombardeada la Universidad y el teatro Campoamor, dinamitada la Catedral e incendiadas iglesias. Oviedo, por las noticias alarmantes que les estaban llegado, ya solo era un montón de ruinas, con cientos de muertos, heridos y desaparecidos. Las columnas de humo que se veían desde las ventanas en todas las direcciones, el resplandor de las llamas por la noche y el ruido infernal de los tiros, bombardeos y explosiones eran la certificación de una realidad que iba más allá de lo que se podía explicar.

—Estos lodos vienen de aquellos polvos... —le susurró casi al oído su compañero de cama, es decir, de la cama de al lado, puesto que habían sido trasladados a una sala múltiple, acercándose a él en la ventana—. En septiembre ya pintaban bastos... cuando los carabineros descubrieron en San Esteban de Pravia, a bordo del buque "Turquesa", el contrabando de armas, gestionado por Indalecio Prieto, que los socialistas estaban cargando en camiones de la Diputación. ¿Por qué se soltó a los diputados del PSOE, entre los que estaba Indalecio Prieto?... ¿Por su inmunidad parlamentaria? ¡Y un carajo! ¡Ahí tienen las consecuencias! Los mineros, sin armas no se hubieran atrevido a montar todo esto.

José confiaba en él, pues habían tenido varias charlas y sabía que era un hombre de Iglesia, pero, pese a que más que hablar susurraba, no le dio pie para continuar hablando; de todas formas, José no tenía argumentos que enfrentar ni que apoyar.

—No importa de donde venga todo esto, lo cierto es que no va a beneficiar a nadie —le musitó tímidamente José, que retrocedió hasta la cama y se acurrucó en ella, más dolorido por los acontecimiento que se estaban viviendo que por su propia herida, la cual se estaba cerrando sin contratiempos.

Las cosas dentro del hospital no estaban para ningún tipo de posicionamiento, ya que entre el personal sanitario había de todo: quienes simpatizaban con la revolución y quienes apoyaban al gobierno republicano, incluso quienes no estaban ni con unos ni con otros; y entre los camilleros que traían a los heridos había más pro milicianos que neutrales o seguidores del gobierno.

Inesperadamente para él, el día 11 recibió la visita de un miembro de la familia de la casa en la que se hospedaba, no solo interesándose por su salud, sino también para ponerle al día de lo que había ocurrido en el convento carmelita, pues sabían de su amistad con alguno de los padres, y de los lazos que le unían con la orden. En primer lugar, le hizo la advertencia de que no dejase trascender su condición de hombre de iglesia, ni mucho menos que tenía algo que ver con el Carmelo Seglar. Para justificarlo, casi como un secreto al oído, le hizo un escueto relato de los acontecimientos en la calle, respecto a la Iglesia y a los religiosos: *El día cinco se había asesinado al párroco de La Rebollada; en Oviedo se incendió el convento de las benedictinas de San Pelayo; en Mieres mataron a dos novicios pasionistas, lo mismo que hicieron en Moreda con el párroco; el día 6, asaltaron el convento de los Pasionistas en Mieres, y varios fueron asesinados; este mismo día, en Oviedo, asaltaron el Seminario del monasterio de Santo Domingo, el cual incendiaron el día 7 y fusilaron a seis seminaristas; también incendiaron el Palacio Arzobispal; el día 8 y 9 hubo asesinatos de civiles, de frailes, de sacerdotes, de ingenieros de minas; ayer asaltaron las cajas del Banco de España, y hoy habréis oído las explosiones: colocaron minas en la catedral que destruyeron las vidrieras y parte de la Cámara Santa.*

Debido al gran trasiego de camillas, de enfermeras moviéndose a lo largo del pasillo, de heridos que requerían atención, nadie reparaba en ellos, pero en la cara de José se estaba reflejando el horror de lo que escuchaba.

—Me envía mi madre a contárselo, porque es posible que pudiera ingresar algún fraile carmelita y... por su bien y por el de él, no lo identifique.

— ¿Ha ocurrido algo en el convento?

—Sí, los frailes tuvieron que ponerse a salvo ante las noticias que les llegaban, pero el prior, el padre Eufrasio y el padre Antolín permanecieron allí hasta que el convento se convirtió, prácticamente, en la frontera entre defensores y atacantes. No pudieron salir por la puerta principal, y el padre Eufrasio, después de poner a salvo el "Sacramento", se encaramó en la tapia y resbaló, cayendo de una buena altura. Mal herido, fue recogido por una familia, que lo ocultó, y donde permanece escondido desde entonces. Pero mi madre teme que pueda ingresar aquí, por eso me envía para advertirle.

La advertencia fue importante, porque al día siguiente, doce de octubre, de no haberlo hecho dos enfermeros, lo hubiera delatado él; pues, pese a la indumentaria, lo reconoció al instante: la chaqueta azul, la camisa negra rayada, el pantalón negro, las zapatillas de paño con hebilla, la boina y el bigote no lograron hacer desaparecer la figura de fraile que José tenía ante sí cuando los enfermeros lo sentaron en una silla con ruedas, puesto que se estaba quejando de un fuerte dolor en la cadera. Lo reconoció de inmediato: el padre Eufrasio era enjuto, descarnado, con una nariz fácilmente reconocible; pero, gracias a la advertencia, lo miró disimuladamente, volviéndose al ver que se le acercaban sanitarios. No corrió la misma suerte con dos enfermeros que se acercaron para llevarlo, que de inmediato lo identificaron como un cura.

Un par de milicianos, que daba la sensación de que ejercían una función inspectora en el hospital, ya que se los veía con frecuencia recorriéndolo, al tener noticia de que era un cura se acercaron al corrillo.

— ¿Qué pasa aquí?

—Es un fraile, según dice su documentación, apuntó alguien.

—Pues a este me lo llevo yo.

Avisado el director, puso reparos, afirmando que él era el responsable de entradas y salidas del hospital, lo que hizo que el miliciano se pusiera violento.

— ¡Me cago en la madre que lo parió, a este hijo de la gran p. me lo llevo yo a fusilarlo!

Entre los dos milicianos cogieron al fraile de los brazos y lo condujeron hacia la salida. Allí certificaron por escrito que lo llevaban a las autoridades, puesto que el coche de la entrada pertenecía al Comité.

Fue la última vez que José vio al padre Eufrasio, y desde la ventana siguió la estela del coche, que se perdió por la calle Santa Susana, permaneciendo ante el cristal todo el tiempo que tardó en reprimir la emoción, que se había convertido en unas lágrimas silenciosas que le recorrían el curtido rostro de campesino. Más tarde supo que lo habían fusilado en el mercado viejo de San Lázaro, perdonando a sus ejecutores.

∞

El 18 de Octubre, dos semanas después de comenzar la insurrección, se rindió el último reducto y las tropas gubernamentales ocuparon las cuencas mineras; fue como si los galenos estuvieran esperando ese momento para firmar el alta de José, que salió del hospital con la intención de abandonar Oviedo lo antes posible..., posible que no lo fue tanto, pues la destrucción de la ciudad era aún mayor de lo que suponía y eso conllevaba que las comunicaciones tenían retenciones en cualquier dirección. Pero su preocupación e impaciencia por saber lo que había ocurrido en el occidente, y concretamente en Grandas y Pesoz, lo llevó a ingeniárselas para llegar a Pola de Allande a través de diversos itinerarios, utilizando todo tipo de vehículos.

Llegó a Grandas al atardecer del día 20, sábado, cuando del Ayuntamiento salían varios concejales, puesto que aquella tarde se había celebrado un pleno para analizar la situación. José caminaba lentamente, con un paquete que tenía que ir cambiando de mano, para que no le tirara la herida, quizás un tanto irritada por el largo viaje. A modo de corro, en torno a la puerta, se habían distribuido varios jóvenes que gritaban y amenazaban a los que pretendían abandonar el edificio.

— ¡Rojos, asesinos! ¡Canallas! ¡Pagareis esta revolución que no pudisteis ganar!

Abriendo brecha en el círculo apareció Nuel, que, sin intimidarse, apartó a uno de los que gritaban y le dijo algo, de modo que el cabecilla se hizo a un lado y pudieron salir el resto de los concejales sin mayores percances.

José aceleró el paso y se acercó al hijo de su amigo, que al verlo lo saludó efusivamente, interesándose por su salud y quitándole el paquete que, veía, llevaba con esfuerzo.

—No teníamos ninguna noticia suya, y estábamos preocupados. ¿Qué pensaba hacer ahora, no pretendería bajar caminando hasta Cabanela?

—No, seguro que no llegaría. Pensaba acercarme a Santa María y allí hacer noche en casa de López.

—Pues no va a ser necesario. Luciano se empeñó en que trajese el caballo y lo tengo ahí amarrado, en el corralón.

Le ayudó a subirse a la silla, luego ató el paquete a la montura y le dio las bridas, iniciando el camino hacia

Santa María. José estaba intrigado por lo que había pasado en Grandas, y qué tenía que ver el alboroto del Ayuntamiento, pero no sabía cómo iniciar la conversación. Por otra parte, él también traía una serie de sentimientos encontrados, porque había sido testigo de las atrocidades cometidas por los revolucionarios, pero que no se quedaban atrás de las cometidas por las fuerzas gubernamentales a través de la brigada de legionarios y moros. Las dudas se las despejó Nuel que, teniendo él más ansias de saber lo que había ocurrido en Oviedo, enseguida se anticipó a contarle cómo estaban las cosas.

—Eso que acaba de ver en la plaza del Ayuntamiento no es más que una algarada de los simpatizantes falangistas, pues hasta aquí también llegó la marea azul. Sin embargo, en todos estos días en que se llevó a cabo el intento revolucionario en Asturias, tanto en Pesoz como en Grandas, solo estuvimos pendientes y preocupados por lo que estaba ocurriendo en las Cuencas y en Oviedo. Cuando vimos pasar las fuerzas de Ochoa, supimos que era algo muy serio, mucho más que una huelga. —José escuchaba aquellas palabras aliviado, pues se había temido lo peor, porque era consciente, aunque él no quería meterse en política, que en los dos municipios había las dos corrientes ideológicas más extremistas, y una chispa podía saltar en cualquier momento—. Pero... no soy yo quien tiene que contar, usted es quien trae las noticias más frescas y la visión real de lo que pasó allí.

Nada más coronar el alto de Santa María, ya se iniciaba el descenso hacia Cabanela, y el caballo ralentizó el paso asegurando donde posaba cada una de las pezuñas, pues, aunque se trataba de un camino de carros, en algunos lugares, las últimas lluvias habían dejado al descubierto piedras y cantos rodados. Cuando se introdujeron en la profundidad del primer bosque, agradecieron la aparición de una luna pletórica en un firmamento estrellado, que horadaba con sus rayos el follaje, iluminando la estrada. Una suave brisa de otoño, de aire cálido del sur, mecía las ramas del castañal, que de continuo iba dejando caer su fruto. Para cuando fueron conscientes de que aquel tic-tac de las castañas rebotando sobre el suelo era el anuncio de que este año se adelantaba la cosecha, ya José le había relatado a Nuel, con todos los pormenores, lo que había visto y vivido en Oviedo.

—No crea José que yo estoy a favor de esa barbarie, de esa actuación sin control... Lo que ocurre es que los obreros y el pueblo en general ya están hartos de tanta explotación; y la Iglesia, no en todos los sitios ni toda ella, pero, mayoritariamente en los pueblos, siempre ha sido cómplice de los poderosos y de los caciques.

—Esa Iglesia que tú dices no es mi Iglesia: la mía es la de la Virgen María, la madre del Hijo de Dios que nació pobre, en un pesebre... Y Jesucristo no predicó la riqueza, sino que dijo: *El que socorre a un pobre, me socorre a mí, y antes entrará un camello por el agujero de una aguja que un rico en el reino de los cielos...* Nuel, no quiero hablar más de esto, te respeto, pero nunca me tendrás en el bando de los comunistas; lo que yo he visto... no me lo han contado —y cambió el tercio—. Por cierto, ¿cómo va la obra?

— ¿La obra?... Ah, el tonel y las barricas... Bueno, no muy allá, nos hemos dedicado más a ayudar a Luciano que a la carpintería, pero ya están encauzadas. Me temo que tendremos que seguir compaginando las dos cosas, pues usted no está en condiciones, y aún tardará en poder incorporarse a pleno rendimiento; además mi padre nos advirtió que: *¡hasta que os necesiten!* Y por lo que veo —cogiendo una castaña del suelo—, el "apañar" castañas ya está ahí.

∞

Finalizada la construcción del tonel y las dos barricas, ni a Nuel ni a Malio les pareció oportuno levantar el taller de carpintería de Cabanela y aceptaron un encargo de la casa de Canuto que haría que, finalizada la recolección de las castañas, y ya casi en el mes de diciembre, pudieran ayudarles en la matanza, pues el invierno se presentaba con tintes fríos, propios para adelantarla. En realidad, las motivaciones quizás estuvieran fundamentadas en la buena relación de Nuel con Ariana y de Malio con una moza de Cela, que vino voluntaria para ayudar en la cosecha de castañas, ofreciéndose también para la matanza. Esta motivación despertó las alertas de José, a instancia de la tía Pepa, y tan pronto como se hizo la matanza y ellos finalizaron el encargo, los despidió agradeciéndoles todo lo que habían hecho por él y por la familia.

Ariana perdió la alegría y las esperanzas cuando su padre le habló, fuera del alcance de la madrastra. José cuidó ese detalle, ya que, desde su regreso la tía Pepa había vuelto a sus fueros, y, ahora más que nunca, desempeñaba el papel de auténtica madrastra con su hija.

—María, hija, Pepa me ha contado lo del nombre... y cómo te cambiabas de ropa... Y me ha dicho que no se rezaba el rosario en esta casa. Tienes dieciséis años y él treinta, pero lo más importante, él no es creyente y defiende unas ideas que van contra nuestras creencias. Así que... te prohíbo que tengas alguna esperanza respecto a ser su novia.

—Padre...

—No hay nada de qué hablar. Eres todavía una niña. Si tu santa madre viviera, te estaría diciendo lo mismo que yo. Respeta su recuerdo.

José, como todos los años, le devolvió el favor a su amigo Manuel, tratando toda la cera de la cosecha de

San Feliz, y aprovechó el encuentro para agradecerle todo lo que había hecho por él, y le ofertó varios robles de la parte alta de Rebolonzo, como devolución de la madera que él le había enviado. Pero su mayor interés con su amigo fue el disculpar la oposición a un posible noviazgo entre Maria y Nuel, por la gran diferencia de edad y por la diferencia de credo entre los dos.

Manuel entendió perfectamente la disculpa de José, ya que en el modo diferente de pensar, veía más inconvenientes que ventajas; y concluyó con él que no era necesario extenderse sobre ese asunto, puesto que ahora veía a Nuel muy ocupado, tanto en la profesión como en el Ayuntamiento, y estaba seguro de que no tenía tiempo para más, salvo para picar aquí y allá.

∞

Tras la represión que siguió al levantamiento revolucionario de octubre, el PCE volvió de nuevo a la clandestinidad, si bien esta no afectó a Nuel, en cuanto que formaba parte de una candidatura unitaria de izquierdas con los republicanos y los socialistas, dedicándose por tanto más a su responsabilidad de concejal que a la militancia.

También, desde que Adela y los niños estaban en San Feliz, Nuel regresaba a casa cada vez que tenía oportunidad, puesto que sus sobrinos le habían cautivado por completo, y le encantaba ejercer de tío, lo cual vino muy bien para el caserío porque ayudaba en determinadas tareas, para las que se necesitaban unas manos fuertes; además, la mayor permanencia en casa le sirvió para ver la necesidad de aumentar la plantación de árboles frutales, dado que allí se daban unas condiciones climáticas especiales... *iNo hay nada más que ver cómo florecen los naranjos!,* dijo para justificar la decisión que acababa de tomar.

Aún le quedaban algunos ahorros y, sin pensarlo mucho, le propuso a Malio que lo acompañase a Valencia para regresar con frutales: más naranjos, limoneros, melocotoneros..., y quería también probar con almendros. Para convencer a Malio, le bastó solo decirle que harían parada y fonda en Madrid, pudiendo allí contactar con el Partido, y así tener noticias de primera mano, de cómo se estaba llevando a cabo la política para crear un Frente Popular que agrupase a toda la izquierda, de cara a unas futuras elecciones, puesto que el año 1935 estaba transcurriendo convulso y no era de adivinos el atisbar unas elecciones generales en el horizonte.

Mientras tanto, Ariana echaba de menos el oír su nuevo nombre, pues ya ni Luciano se atrevía a pronunciarlo. Sin embargo, lo recordaba de continuo, en sus largos días de pastoreo, cuando alguna oveja levantaba la cabeza y se dirigía a ella con un *beee...* de llamada, que solía ocurrir al no ver a su cría, o al querer acudir al abrevadero, o cuando consideraban que era la hora de regresar a casa, y ella siempre se dirigía al animal del mismo modo: *Pastora, que no me llamo bee..., soy Ariana; Torda, ya te dije que no soy bee..., me llamo Ariana.* Día a día, la melodía de su nombre se interiorizaba más en ella, pero su música era cada vez más el tono de su voz y no el de la voz de Nuel, que se iba difuminando en el recuerdo, pues ya había pasado casi un año desde la última vez que la había escuchado. Pero él seguía presente en todo: en la rueca y en el huso que le había hecho, regalándoselos el día que se despidió, los cuales llevaba siempre consigo; en el rosario de la noche, sentada en torno al *lar* junto a su padre, la madrastra y el hermano, desgranando cada misterio con el recuerdo de Nuel sentado a su lado en las largas tertulias de la noche; en la bodega, al contemplar el tonel y las dos barricas, que vio cómo nacían de las manos de Nuel y de Malio; en tantos momentos vividos en aquel otoño de 1934 que hicieron que, en su interior, se fuese apagando la ingenuidad de niña para florecer los sentimientos de mujer, sentimientos que su madrastra y su padre querían apagar a toda costa. Pero estos, pese a la ausencia, a la distancia y a la prohibición, continuaban creciendo imparablemente, al ritmo de su huso, que confeccionaba ovillos y ovillos de hilo de lana sin parar.

∞

El 18 de julio de 1935, como todos los años, pero este con una esperanza, acudió a la fiesta de Santa Marina en Vilarmarzo. Se puso su mejor vestido, el que había reservado del último paquete de sus hermanas para ocasiones especiales. El espejo le decía que llamaría la atención en la fiesta y que debería salir de casa sin ser vista por la madrastra. Salió sin que la madrasta la viese, porque Luciano le cubrió la salida, y los mozos, que nunca habían reparado en ella, ese día lo hacían asombrados, por el conjunto de la figura de mujer que contemplaban, muy atractiva, destacando sus formas aquel vestido entallado de generoso escote. La tez blanca de la cara, muy cuidada (un amplio pañuelo de cabeza había sido el guardián en las largas jornadas de intemperie), hacía que destacaran unos preciosos ojos amielados, mezcla de verde y castaño, combinando con una ondulada melena. Pero su esperanza no se cumplió; Nuel no estaba en la fiesta, pese a las alabanzas que ella le había hecho de la misma, reiterándole que la fiesta era el día *18 de julio...*

∞

Después de más de un año dándole al huso, Ariana logró acopiar una gran cantidad de ovillos de hilo de lana, pese a que muchos fueron utilizados para hacer escarpines y otras prendas. Muy próximo el *feirón* de Grandas de mediados de julio, el más importante de la zona en aquella época, José seleccionó los cerdos que llevaría al mercado, y los marcó, afeitándoles un trozo de lomo. También preparó un buen surtido de velas, pues las suyas tenían fama en los dos concejos, y no solo se adquirían por motivos religiosos, sino también como sustitutas del candil cuando se agotaba el petróleo. Su hija, aquel año, tenía sumo interés en asistir también al mercado, y bajo la complicidad del hermano, José permitió que pusiese a la venta varias docenas de escarpines y los ovillos que no necesitaba. El sábado dejaron todo preparado, y el domingo, un par de horas antes de amanecer, cargaron en el caballo las mercancías, agregando a lo anterior dos quesos y dos mantecas envueltas en hoja de higuera, con el fin de ir los dos, ella y Luciano, libres para dirigir y arrear la docena de cerdos seleccionados. La última advertencia de su padre fueron los precios, pues era preferible regresar con todo antes que malvenderlo.

No se dio el caso, ni malvenderlo ni regresar con ello, pues, cuando el reloj del ayuntamiento estaba dando la una, casi todas las mercancías estaban despachadas; solo les quedaban una pareja de cerdos, macho y hembra, que Luciano estaba tratando con un reticente posible comprador, pues ya era el tercer o cuarto intento que hacía.

—Por lo que valen, es mi última palabra, si no, por donde han venido vuelven. —El aldeano, viendo la firme decisión del joven, no tentó más la suerte y le tendió la mano.

—Vale, son míos. Chaval, eres duro de pelar.

Mientras Luciano contaba el dinero, guardándolo con el resto obtenido de todas las ventas, Ariana escuchó pronunciar un nombre, que casi tenía olvidado.

— ¡Ariana! Ariana... —se volvió hacia la voz que reconoció de inmediato— ¡Qué alegría verte, después de tanto tiempo! No pareces la misma. Has crecido y... ¡te has hecho mayor!

Allí estaban, uno frente al otro, mirándose, contemplándose: Ariana, a punto de estallar de alegría, pero conteniéndose; Nuel, sin poder disimular la suya..., hasta que Luciano rompió el ensimismamiento.

— ¡Nuel, cuánto tiempo!

Celebraron el encuentro en el Café Express, y decidieron prolongarlo yendo a comer a Casa Lixeiro. Luciano no veía el modo de contener la atracción que sentían el uno por el otro, y él era el responsable de su hermana. Estaban a punto de declararse, se veía en la expresión de ambos, pues aquel año y medio de separación no había sido nada más que un muro de contención, que ahora estaba a punto de desbordarse, y para evitarlo, su ocurrencia fue: *Dentro de unos días es la fiesta de Santa Marina en Vilarmarzo, ¿Por qué no dejáis para entonces el deciros lo que tengáis que deciros?* "Pues sí que lo he arreglado", se decía para sus adentros, mientras se despedían hasta el día 18 de julio.

Antes de salir para San Feliz, Nuel buscó por los establecimientos a su amigo el maestro, don Mariano, como le llamaba todo el mundo, y Acín, como él le llamaba, puesto que sabía que a media semana acababa el curso y, de inmediato, partiría con su esposa Manolita, con la que se había casado recientemente, hacia Huesca, para pasar las vacaciones en su Jaca natal. Lo encontró y tuvieron una despedida cordial, con mutuos deseos de que las cosas se desarrollasen con normalidad, pues los dos compartían la misma preocupación por lo que estaba ocurriendo.

—Acín, cuídate, y cuida de Manolita. Si llega a ocurrir algo..., largaos de Jaca, donde se te conoce como el maestro republicano, según me has contado; pero, tampoco vengas para acá, donde ya ves cómo están los ánimos. Creo que La Falange no nos va a perdonar el que trajésemos a Alejandro Casona a dar la charla que tanto éxito tuvo entre los jóvenes.

—Nuel, creo que te alarmas en exceso... Cierto que tienes más experiencia política que yo, pero la cultura no puede ser enemiga de nadie, y tanto tú, desde la concejalía, como yo desde la escuela, es lo que hemos hecho, promocionar la cultura.

—Es verdad que tengo más experiencia que tú..., y el cariz que están tomando las cosas me hace ser precavido. Bueno, no alarguemos esto. Buen viaje y una feliz vuelta.

Nuel le tendió la mano, pero Acín selló la despedida con un abrazo.

—Adiós, amigo.

EL ALZAMIENTO

La derrota de la Revolución de Octubre había mostrado el camino de cómo conseguir las cosas: bastaba con provocar continuas crisis de gobierno para avanzar posiciones. Así, la crisis que provocó la CEDA[31] en abril de 1935, negándose a conmutar la pena de muerte a dos dirigentes socialistas de la Revolución de Asturias, llevó a que Lerroux formase un nuevo gobierno, dejando fuera a la CEDA; pero, al no conseguir los apoyos parlamentarios necesarios para gobernar, se vio obligado a aceptar las exigencias de la derecha, de modo que en el gobierno del 6 de mayo de 1935, la mayoría no la tenían los republicanos de centro-derecha, sino la derecha no republicana. Comenzó entonces, de verdad, la rectificación republicana en el sentido de que se cumplieran las exigencias revanchistas de los patronos y terratenientes.

En la cuestión agraria, se puso fin a la política reformista, puesta en marcha en octubre del 1934. En lo social, se llevó a cabo una contrarreforma socio-laboral, suspendiendo los Jurados Mixtos y declarando ilegales las huelgas abusivas. Fueron despedidos miles de obreros, bajo pretexto de haber participado en las huelgas de la Revolución de Octubre, o simplemente por pertenecer a un sindicato; y, como consecuencia final, la congelación de salarios y el aumento de la jornada laboral.

Respecto a la cuestión militar, Gil Robles reforzó el papel de los militares de dudosa lealtad hacia la Repú-

---

[31] Confederación Española de Derechas Autónomas.

blica, estando entre los más significados el general Fanjul, el general Franco y el general Mola, entre otros. Y la puntilla fue un proyecto de revisión de la Constitución, que provocó graves desavenencias en el Parlamento, abriéndose nueva crisis de gobierno: fue sustituido Lerroux por un hombre de confianza del Presidente de la República Alcalá Zamora, el financiero liberal Joaquín Chapaprieta. Este gobierno, enseguida quedó tocado por el escándalo del estraperlo, que junto con otras vicisitudes políticas hicieron que el Presidente encargase la formación de un nuevo gabinete a un independiente de su confianza, Manuel Portela Valladares, el 15 de diciembre de 1935. Valladares lo hizo excluyendo a la CEDA, y entonces, de nuevo a empezar, porque no contaba con el suficiente respaldo en las Cortes. Finalmente, Alcalá Zamora disolvió el Parlamento el 31 de enero, convocando elecciones para el 16 de febrero de 1936, la primera vuelta, y el 1 de marzo, la segunda.

Se llegó a las elecciones en un ambiente de creciente radicalización, como demostraban las candidaturas: un Frente Popular, mediante un pacto firmado en enero de 1936 por Izquierda Republicana, PSOE, PCE, POUM[32] y Esquerra Republicana de Catalunya, pacto que agrupaba a todas las izquierdas. La coalición de los grupos de derecha estaba formada por la CEDA y Renovación Española, con un programa basado en el miedo a la revolución social; y la Falange y el PNV[33], por su cuenta.

Logró la victoria el Frente Popular, pero basado en las ciudades y en las provincias del sur, mientras la derecha triunfó en el norte y en el interior del país. Azaña fue nombrado Presidente de la República. Su objetivo de nombrar a Indalecio Prieto como jefe del

---

[32] Partido Obrero de Unificación Marxista.
[33] Partido Nacionalista Vasco.

gobierno, por considerarlo representante del ala moderada del PSOE, no llegó a buen fin, dadas las divisiones dentro del partido socialista; lo cual dio paso a un gobierno presidido por Casares Quiroga, formado exclusivamente por republicanos de izquierda, sin la participación del PSOE. Una vez más, el nuevo gobierno nacía ya debilitado y se seguía debilitando según adoptaba medidas: inició rápidamente la acción reformista de ampliar la amnistía a todos los represaliados por la revolución de 1934; restableció el Estatuto catalán; alejó de Madrid a los generales más sospechosos: Franco, Mola y Goded; reanudó la reforma agraria, con ocupación de fincas, y tramitó los nuevos estatutos de autonomía, como el de Galicia y el País Vasco.

El ambiente social era cada vez más tenso: la izquierda obrera había optado por una postura claramente revolucionaria; la derecha, por el fin del sistema democrático. Ambas posturas dieron lugar a sucesivos enfrentamientos callejeros, muy violentos, entre grupos falangistas, milicias socialistas, comunistas y anarquistas. En tanto, avanzaba la conspiración militar y política contra el gobierno del Frente Popular. Por los militares, conspiraban Franco, Goded, Fanjul, Varela y Mola, entre otros, y por los políticos, Gil Robles, Calvo Sotelo, José Antonio Primo de Rivera, también entre otros; y todo ello aliñado con el apoyo de Hitler y Mussolini. La primera respuesta a este caldo de cultivo no se hizo esperar: el 12 de julio, fue asesinado en Madrid un oficial de la Guarda de Asalto, llegando la respuesta al día siguiente de madrugada, con el asesinato de José Calvo Sotelo.

∞

El día 18 de julio de 1936, amaneció espléndido; un sábado de verano caluroso desde el inicio del día. Nuel tenía motivos para empezarlo contento, ilusionado: se preparaba para asistir a la fiesta de Santa Marina en Vilarmarzo, y allí se encontraría con Ariana. Sin embargo, la reunión que había mantenido tres días antes en Tineo con sus compañeros de partido, en la que analizaron la situación, repasando punto a punto todos los acontecimientos desde octubre de 1934 hasta el lunes día 13 de Julio pasado, no le hacía albergar ilusiones para la esperanza, más bien le prevenía de lo que estaba por acontecer.

Había quedado de encontrarse con Malio en el cruce de la carretera de Grandas con el camino que subía de Salime, cerca del Remolin, un pequeño bosque de castaños y robles de la propiedad de San Feliz, para continuar en dirección a Santa María y luego a Vilarmarzo, ya que Malio también tenía concertada allí su cita con Amparo, la chica de Cela. No obstante, la conversación durante todo el trayecto estuvo copada por los acontecimientos pasados y por los futuros, nada halagüeños, que creían inminentes.

Ariana y Nuel, desde el momento en que se vieron, no se separaron ni un minuto. Por la mañana asistieron a la misa y a la procesión, luego a la subasta para la Santa. A medio día se juntaron con Malio y su amiga, que a su vez acompañaba a los de Ventela de Cela, y también con los de casa de Canuto de Cabanela, y con Luciano, buscando un lugar de sombra, que encontraron al costado de una *meda* de trigo (almiar), donde extendieron el mantel y pusieron en común todas las viandas que cada grupo llevaba. Antes de que dieran por finalizada la comida, en el prado de la fiesta ya empezaron a sonar los primeros acordes de la gaita, amenizando los postres, e invitando a mozos y mozas a acudir a bailar. El grupo de amigos, que continuaba a la sombra, no se apuró en abandonar el lugar, sino que, una vez que recogieron, continuaron de tertulia, pues tenían un lugar privilegiado para contemplar todo lo que estaba ocurriendo en la fiesta. Ariana y Nuel, con la excusa de dejar sitio para recoger, se habían movido un poco, y aprovecharon la distancia para hablar en intimidad, siendo mucho más elocuente Nuel, ante la timidez de Ariana, declarándole su amor, pues los sentimientos iniciales hacia ella, retenidos por ser todavía muy joven, ahora ya no tenía excusa para no expresarlos, pues a la vista estaba que era toda una mujer, y no solo por estar a punto de cumplir los dieciocho años.

—Yo me moría por verte durante este último año, pero... ya sabes lo que piensa padre... —se atrevió a decirle temerosa.

—Tu padre no es mala persona, piensa diferente a como pienso yo y le cuesta admitir que sea ateo, pero me respeta. Me conoce a mí y a toda la familia de siempre; además, es el mejor amigo de mi padre, así que no se opondrá a que iniciemos un noviazgo.

—Tengo miedo, Nuel, no por él, sino por la madrastra, que lo envenena contra mí.

—Tenemos a Luciano de nuestra parte, y hoy por hoy Luciano es muy importante para tu padre en la *casería*, seguro que le hará entrar en razón.

La gaita había dado paso al acordeonista y su acompañante, el batería, y la fiesta se estaba animando, en cuanto al baile y en cuanto a los asistentes. Para no perder el puesto de privilegio, pues el sol todavía apretaba fuertemente, las parejas del grupo de Cabanela salían a bailar y regresaban después de una o dos piezas, siendo Luciano el que no perdía comba, pues primero sacaba a una moza, después a otra y luego a otra. Ariana había salido ya a bailar algunas piezas, solo con Nuel, y Malio continuaba con Amparo en el baile. Algo parecía no ir bien, cuando desde su atalaya Nuel vio cómo varios mozos rodeaban a Malio y a su pareja, y, entre los provocadores, pudo distinguir a dos destacados falangistas, que le decían algo a Malio. Estaba a punto de saltar a la pista de baile, cuando algunos muchachos del pueblo de Vilarmarzo y varios paisanos cercaron a los dos camisas azules, que además llevaban este atuendo, y los sacaron fuera del prado, separándolos de sus amigos, que quedaron perplejos ante la inmediatez de las medidas que había adoptado los organizadores de la fiesta, que no estaban dispuestos a que unos energúmenos la enturbiaran.

Sin que la cosa pasara a mayores, a partir de entonces se apoderó de la fiesta el miedo y el temor. Los comentarios se hacían en corros, entre amigos, pero con desconfianza, teniendo en cuanta con quién se hablaba. El rumor de que los militares habían dado un golpe de estado enseguida se extendió como la pólvora. Nadie se lo podía creer, solo la fanfarronería de aquel grupo de derechas, que jaleaba las consignas de los falangistas, hacían que el rumor tomase cuerpo.

A las ocho de la tarde seguían llegando noticias que confirmaban que algo gordo estaba pasando en España, por lo que los organizadores de la fiesta decidieron poner fin a la misma. En seguida se empezó a dispersar la multitud, siendo aún de día, así los asistentes podrían regresar a sus casas sin problemas. Sin embargo, Tasio de Cereixeira tenía sus dudas, por lo que se acercó a su amigo:

—Nuel, yo, antes, no te quise decir nada, porque no estaba seguro, pero ahora sé de buena tinta que estos fachas de mierda venían dispuestos a montarla, concretamente quieren ir a por vosotros. Algo tenían tramado, porque no están todos aquí, saben que vais a regresar por Cabanela y, por algún punto, os estarán esperando. Así que los de Vilarello y yo hemos pensado que es mejor que regreséis a Grandas por Vitos, Vilarmayor y Creixera; los de Escanlares irán con vosotros hasta Grandas.

—Gracias, Tasio, no es momento de facilitarles a esa canalla las cosas. Advertiré a Malio y haremos lo que dices. Tengo que hablar con el Alcalde para ver cómo se va a organizar todo de cara a la nueva situación, si es que los rumores se confirman.

Con la debida cautela, pusieron sobre aviso a sus amigos, advirtiéndoles que no regresarían con ellos, y que procuraran llegar de día a casa. Ariana se despidió de Nuel desconsolada, presintiendo que nada bueno iba a ocurrir, y este la reconfortó tranquilizándola, pero, sobre todo, apartándola al otro lado de la *meda*, y despidiéndose de ella con un apasionado beso, que fue como un sello en el compromiso que habían adquirido.

Aquella noche, en casa del alcalde de Grandas, la reunión de este con los concejales que conformaban la coalición republicana duró hasta altas horas de la madrugada, y acordaron que, en tanto no recibieran otras órdenes, lo que había que hacer en el municipio era mantener el orden, pues la guardia civil en situaciones como estas estaba para eso; por lo tanto, lo más importante era tener a raya a los incontrolados, por una y otra parte, y en especial disuadir a los falangistas de que dieran cualquier paso que pudiera hacer que se desatasen los enfrentamientos. De todas las formas, al día siguiente convocarían el pleno para poner en práctica todo esto.

Lo de los incontrolados no era un aviso vano, pues los exaltados de izquierdas, como respuesta al golpe, en los primeros días quemaron la ermita de Bedramon, cerca de Paradas, no lejos de Berducedo y la Mesa, lo cual no contribuía a las intenciones del Ayuntamiento de mantener el orden. También presionaron y llegaron a amenazar al cura de Vilarpedre, sacándole dinero, lo mismo que hicieron con el cura de Negueira, sin llegar a mayores, incluso llegaron a detener a uno de los personajes más importantes de la derecha y de la Falange en Grandas, por el cual intercedió el propio alcalde Antonio Alvarez, logrando que quedase libre.

Los días 19, 20 y 21 fueron verdaderamente días de expectativa y vigilancia, días de angustia y temor, viendo cómo se estaban desarrollando los acontecimientos.

El día 22 se podía dar por finalizada la sublevación, pero no por fracasada del todo, puesto que España, en ese momento, estaba dividida en dos zonas. La fiel a la República, que ocupaba la mitad de la Península: la mitad oriental de Aragón (menos las tres capitales), Cataluña, País Valenciano, la Región de Murcia, Andalucía oriental (menos la ciudad de Granada), Madrid, Castilla La Mancha, además de las provincias de Badajoz y de Huelva, y aislada de esta zona quedaba la franja cantábrica formada por Asturias (menos Oviedo y Gijón), Cantabria, Vizcaya y Guipúzcoa, siendo el territorio leal superior en extensión al rebelde. Y la zona de los sublevados o rebeldes, que ocupaba el resto, más el Protectorado español de Marruecos y los dos archipiélagos, Canarias y Baleares (excepto Menorca). Por tanto, este día podía decirse que daba comienzo la guerra civil entre españoles.

Asturias, salvo Oviedo y Gijón, era republicana, y puesto que desde Galicia podría venir la primera presión, una vez finalizasen los bombardeos republicanos sobre el Ferrol que habían dado comienzo el día 21 con hidros Savoia-Marchetti, era de suponer un avance de las fuerzas de tierra por el occidente. Por tanto, la primera medida que se ordenó para el concejo limítrofe con Galicia fue la requisa de armas en todas las casas de los posibles elementos subversivos, las de los falangistas y las de los de derechas más radicales.

El miércoles día 22, Nuel se estaba preparando para subir a Grandas, cuando un coche negro se paró en la carretera, justo por encima de San Feliz. Supuso que tenía algo que ver con él y subió aceleradamente. Así era, tres milicianos del comité de Tineo lo estaban esperando para iniciar la requisa de las armas en el concejo, empezando por Grandas, y los necesitaban a él y a Malio, puesto que debían saber por qué casas comenzar. A la altura de Salime pararon el coche y Nuel bajó por un atajo a buscar a Malio. A media mañana ya estaban en Grandas, y ante el alcalde presentaron la documentación que autorizaba el trabajo que habían venido hacer.

No había duda de la primera casa: la de los dos hermanos que con más pasión se habían adherido a la causa falangista, y les constaba que allí había armas, al menos las de caza, pero eran sospechosos de poseer más; también era la casa de la persona por la que había intercedido el alcalde, logrando su puesta en libertad.

Cuando la comitiva de los cinco llegó al viejo portalón de madera, uno de los de Tineo levantó la aldaba de hierro y la hizo chocar varias veces con la base metálica, no dejando lugar a dudas de que era una llamada urgente. La respuesta tardó en llegar, pero cuando lo hizo, fue, no abriendo la puerta, sino corriendo la tabla que dejaba al descubierto una mirilla redonda, que tan pronto como se iluminó, de inmediato volvió a oscurecerse, pero ahora no con la opacidad de la tabla sino con la oscuridad del negro agujero de un cañón, que de inmediato escupió el fuego de sus entrañas, segando la vida de un miliciano de Tineo y dejando herido a otro.

Aquella era la primera víctima de la Guerra Civil en Grandas. Tras la sorpresa inicial, socorriendo a los que se creía heridos, vino a continuación el perseguir e intentar detener a los autores de aquel atentado, pero ya era tarde: habían huido saltando por las ventanas de la parte de atrás de la casa, y por las huertas encaminaron sus pasos hacia los sitios de protección, que seguramente ya tenían previstos. Los que saltaron no fueron dos, sino tres. Más tarde se supo que los dos her-

GUADIMIRO RANCAÑO LÓPEZ

manos, en compañía del criado, buscaron refugio en el conejo de Illano, siendo éste quien les servía de enlace y les proporcionaba provisiones. Después el destino fue Fonsagrada, donde lograron agruparse con otros falangistas de la zona, con el fin de regresar victoriosos.

Aquel duro golpe, que conmocionó a todo el concejo, no paralizó la misión de requisar, y a Malio y Nuel se unieron otros republicanos indignados, formando varios grupos de requisa, cuyo fin no era otro sino debilitar la "quinta columna"[34] que pudiera surgir ante el avance de las tropas. Además, se armó con viejas escopetas a pelotones de republicanos, distribuyéndose por distintas partes del concejo con el fin de no facilitar el acceso a los invasores de Galicia, ni la formación de una quinta columna. Indudablemente no sabían a quien se enfrentaban. Esta toma de posiciones solo duró los primeros días de la insurrección, puesto que las tropas de Galicia, acompañadas de falangistas, entraron en Grandas el día 9 de Agosto arrasándolo todo.

Antes de que llegasen las fuerzas Nacionales, Nuel lo veía claro: allí no había forma de resistir, pues no disponían ni de armas, ni de milicianos, no había ejército, y en el cuartelillo de la Guardia Civil, solo unos números, que no se sabía muy bien cuál era su posición.

La solución la trajo Luis de Tineo, cuando desde la cuenca minera se personó en Grandas con algunos mineros para formar el Comité Revolucionario. Antes de convocar una reunión con todos los miembros del Partido, visitó a Nuel en su casa.

—Nuel, llegó la hora de la acción de verdad. El crimen de nuestro camarada no va a parar en él. Si no les paramos los pies, no solo los comunistas del concejo estaréis en peligro sino todos los republicanos y sus familias. Así que traemos órdenes del Consejo de for-

---

[34] Simpatizantes del Golpe de Estado que pudieran organizarse para ayudar a las Fuerzas Nacionales que entraban desde Galicia.

mar en Grandas un Comité Revolucionario con compe-
tencias en los dos concejos, en Grandas y en Pesoz.
—Nuel lo miraba atónito, pero con más preocupación
que sorpresa.

—Luis..., entiendo que hay que poner medidas pero... ¿no es excesivo un "comité revolucionario"? —Tenía
en mente muchos de los desmanes ocurridos durante la
Revolución del 34.

—Galicia está en sus manos, y el avance lo van a
intentar no solo por la costa sino también por Grandas.
Tenemos órdenes de ponerles el mayor impedimento,
volando, si es necesario, el puente de Salcedo.

Este puente quedaba a poca distancia de San Feliz,
y era mucho más que un puente. El imaginarse su vo-
ladura significaba ver saltar por los aires un modo de
vida común entre pueblos y aldeas de varios ayunta-
mientos: Valledor, Grandas, Negueira... En la tristeza y
preocupación de Nuel también se reflejaba su modera-
ción conformada por los largos años de experiencia sindical y política, de lo cual tenían tomada buena nota en
el Comité Central del Partido, de cara a tener un interlocutor experimentado para tratar con los más exaltados de la CNT. Luis intentó disipar su preocupación,
anunciándole cuales serían sus próximas responsabilidades.

—El segundo cortafuegos lo tenemos que preparar
en Tineo y en Cangas, pues desde allí tendrían un corredor perfecto para llegar a Oviedo. Por tanto, tú y
Malio saldréis hoy mismo para Tineo.

Inés, cuando había visto parar el coche negro debajo de Paradela, y descender hacia la casa al miliciano, no tuvo un buen presagio, y se alegró de que su
hija Adela hubiese acudido con sus nietos al Puente de
Salcedo para hacer alguna compra en el bar-comercio.

Al finalizar la conversación entre su hijo y Luis, la
cual pudo escuchar desde la cocina porque los dos la

mantuvieron sin el menor recato en la antojana de la casa, un intenso escalofrío le recorrió el cuerpo.

En el trayecto a Grandas, Luis le complementó a Nuel las órdenes que traía.

—Al frente del Comité quedará Manuel Naveiras y su hermano —Nuel asintió, pues le parecía acertada la elección.

Después de una larga reunión en el Ayuntamiento, en la que los asignados como responsables, aceptaron formar parte del Comité, Nuel hizo un aparte con el alcalde.

—Antonio, esto se ha acabado, aquí ya no podemos hacer gran cosa —le dijo Nuel a su amigo—. Muchos de los más significados hemos decidido apoyar la República como milicianos, ya lo sabes; unos desde aquí, y otros partimos hoy mismo para Tineo, puesto que allí se ha establecido un frente organizado. Yo te aconsejo que vengas con nosotros, si no al frente, en la retaguardia también se necesitan manos.

—Sanfeliz, creo que te estás equivocando: al contrario, debemos permanecer aquí como concejales, porque aún somos la corporación elegida democráticamente.

— ¿Democráticamente? Qué le importa a la Falange la democracia. No nos van a preguntar quiénes somos, ni a pararse en analizar nuestra conducta; directamente, van a ir a por nosotros; ya lo has visto el primer día de requisa.

—Contra mí no tienen nada, soy un comerciante republicano, con una fonda, y un alcalde que no ha hecho sino cumplir con su deber. Puedo entenderte a ti, que te has significado como comunista y actualmente eres el Secretario de la Célula de Grandas...; es más, yo te aconsejo que te vayas; pero, contra mí, nada tienen.

Era inútil insistir, Antonio Alvarez estaba convencido de que contra él no tenían nada, salvo el ser un demócrata republicano.

Malio y Nuel se dirigieron a sus casas para, después, por el Valledor, encaminarse hacia Tineo. La tardanza de Malio le estaba extrañando, pues había quedado en pasar por San Feliz para dirigirse al Puente de Salcedo. Más tarde, cuando emprendieron, ya de noche, el camino con intención de pernoctar lo más arriba posible, Nuel no salía de su asombro por lo que le estaba relatando Malio: *Llegué a Salime, y desde la Iglesia veo que me están franqueando el puente; cierto que eran los más significados falangistas del pueblo, pero los conocía desde niños, crecimos juntos, así que me acerqué sin prevención; sin mediar palabra me sujetaron entre los tres más fuertes, y con una gran excitación gritaron: ¡Este hijo de puta al río!... Y lo hubieran hecho de no acercarse corriendo Mary Luz, gritándoles: ¡No lo hagáis!, ¡no lo hagáis!... Te extrañará, porque Mary Luz no es menos defensora de la Falange que ellos, pero quizás por eso la obedecieron.*

∞

Cuando llegaron los nacionales a Grandas, al frente venían los falangistas de la zona, incluidos los que habían perpetrado el atentado del primer día. Los augurios que Sanfeliz le había hecho al Alcalde se quedaron cortos. Por la denuncia de un vecino registraron su tienda-fonda, encontrando una caja de dinamita en la trastienda, prueba suficiente para detenerlo y conducirlo a la cárcel de Lugo. Este vecino había sido detenido, después del asesinato del miliciano de Tineo, como sospechoso de ser el tercero que saltó por la ventana, pero, al no haber pruebas que lo incriminaran, fue puesto en libertad. En el pueblo se supo, y todo el mundo tenía la certeza de ello, que había sido una prueba falsa puesta por orden de los hermanos falangistas del atentado.

Sin otras pruebas, solo por su militancia en el sindicato agrario y por su ideología socialista, Secundino Villarmarzo, también fue detenido y conducido a Lugo.

A estas detenciones sucedió una ola de terror, con apresamientos y palizas a la gente de izquierdas que no quería colaborar con el nuevo orden.

No todos los republicanos y militantes de izquierda se marcharon como milicianos; muchos de los que quedaron intentaron resistir, pretendiendo hacer frente a los invasores con viejas escopetas de caza; así, en aquella primera semana, se oyeron tiros de resistencia en el Puente de Salcedo y en la Casía... en un intento de impedir el avance hacia el Valledor. Los hermanos Naveiras lograron escapar y llegar a Francia.

Mientras tanto, en el municipio, seguía abriéndose camino el odio, las inquinas y las envidias, mediante denuncias que finalizaban con detenciones y desapariciones: este fue el caso de Marcelo del Tronco de Vilabolle, padre de familia numerosa de 8 hijos, teniendo el mayor 15 años; era un humilde trabajador, con escasos medios, sin más mérito para ser detenido que su filiación política.

Después de la detención del Alcalde, Marcelo tuvo la visión de esconderse. En Vilabolle lo tenía fácil, pues a la falda de las fincas del *vilar* estaba el monte de la Escureda, un bosque de castaños y robles de gran extensión y de difícil acceso por muchos lugares. Logró que no lo detuvieran, hasta que un delator informó a los falangistas de que por la noche acudía a su casa para comer y ver a su familia.

Tras la valiosa información obtenida, el jefe de la Falange de Grandas montó un piquete con los más enaltecidos falangistas, que salieron a darle caza. Lo hicieron una noche sin luna, quizás porque la propia luna no quiso ser partícipe de tan grande felonía; rodearon la casa y se apostaron estratégicamente, dejando como única salida el camino que conducía al *vilar*. Sin otra escapatoria, nada más salir de casa, de madrugada, cuando aún los primeros rayos no habían asomado, y el canto del gallo anunciaba el nuevo día, justo en ese momento en que realidad y sombras se confunden, a Marcelo le recorrió un premonitorio escalofrío por todo el cuerpo, cuando sobre sí presentía miradas ocultas desde todos los rincones. Sin pararse a comprobaciones, inició una vertiginosa carrera hacia las fincas donde podrían darle refugio los trigales o los maizales, pero su carrera fue inútil, porque de los mismos, como figuras surrealistas, emergieron camisas azules que vestían vecinos de pueblos cercanos, por él bien conocidos, que cercenaron su huida desesperada.

Le dieron caza, acorralándole entre insultos y desprecios que hacían alusión a su condición política. En los primeros momentos recibió también los primeros castigos de unos captores sin piedad, que lo redujeron con saña, alevosía y desprecio, pese a que todos ellos conocían su condición de padre de familia numerosa y de buena persona, servicial con la vecindad y siempre dispuesto a ayudar, de lo cual algunos de sus verdugos podrían dar fe, y, pese a ello, no omitieron el amarrarle las manos a la espalda, sin que pudiera limpiar un hilo de sangre que descendía por su cara, producto de los golpes innecesarios de la retención, puesto que, salvo la primera huida de casa, ante la barrera de camisas azules delante del trigal, ya no se resistió.

Y de esas trazas, humillándolo, le hicieron subir desde el *vilar* hasta el pueblo, sin prisas, como esperando a que los labriegos iniciasen sus primeras faenas y así pudieran contemplar cuál era el destino de un *comunista de mierda*: ser arrestado, y puesto a disposición de las verdaderas autoridades.

Tampoco se ahorraron el sufrimiento de su esposa e hijos, que tuvieron que soportar el desgarro de ver a

334

su marido y padre pasar por delante de casa amarrado, apaleado y escoltado por los esbirros de la Falange. Ni el llanto desgarrador de María, que se dirigía suplicante a los más conocidos, para cuyas familias había trabajado en labores de costura y lavandería, ni el grito aterrado de unos niños que contemplaban a su padre conducido como una alimaña a la que acabasen de dar caza, sirvieron para que el corazón despiadado de sus captores hiciesen el mínimo gesto de piedad; al contrario, mostraban una actitud altiva, de falsa dignidad, para que aquella acción sirviera de escarmiento a todo el vecindario, que ya se había arremolinado en torno a Marcelo y a sus verdugos, siguiéndoles, como escolta, por distintas *caleyas*, hasta que coronaron el campo de la Iglesia. Pasaron aquellos "devotos falangistas" ante un San Antonio que contemplaba atónito el paso doliente de uno de sus hijos que, aunque no creyente, no dejaba de participar cada año, el 13 de junio, con todos sus hijos en la fiesta del Santo.

La comitiva de acompañamiento, que en el último tramo increpaba e insultaba con más fuerza al grupo de falangistas, sobre todo, de un modo directo, por parte de un vecino que la Falange tenía como un simpatizante suyo, se vio de pronto frenada por el cabecilla, que echó mano del arma corta que llevaba en el cinturón.

— ¡Hasta aquí habéis llegado, nadie os da vela en este entierro! Si no dais la vuelta y volvéis al pueblo, os frío a tiros aquí mismo.

No se trataba de una amenaza vana, conocían sus bravuconadas, pero aquello era diferente: la mirada henchida de ira, el iris a punto de explotarle ensangrentado, denotaban que la amenaza se podría hacer realidad ante el más mínimo movimiento, por lo que, impotentes, arropando a María y a los hijos mayores que la acompañaban, regresaron a la aldea desde el cruce de caminos que se bifurcaba hacia Grandas y hacia Creixeira, tomando ellos el primero.

Lo tuvieron detenido en Grandas tres días, luego vino la Guardia Civil de Fonsagrada y lo llevaron para Lugo.

Lugo era el destino, pues la Falange, acompañada de la Guardia Civil, también se presentó en Susalime, después de haber detenido a uno de Vilarpedre que los acompañaba.

En Susalime, a la puerta de la casa, encontraron a una mujer enjuta, envejecida por el trabajo, con el pañuelo negro atado sobre la cabeza y limpiando las manos en el mandil.

— ¡Vieja! ¿Dónde está el comunista de tu hijo? —se dirigió a ella el que parecía ejercer de jefe del grupo, y que no era precisamente un guardia civil.

Al ver al vecino de Vilarpedre detenido, que era amigo de su hijo, les suplicó.

— ¡Por favor! ¡No lo detengan! ¡Él no ha hecho Nada!

El cabecilla dio un paso adelante y de una bofetada la apartó de la puerta. Desde el suelo les continuó suplicando que no hicieran nada a Manolín. Uno de los guardias, con más ensañamiento que sarcasmo, le dijo:

—Vieja, cuando oigas un tiro empieza a preocuparte por tu hijo.

Entraron en la casa y al rato se oyó un tiro... Al poco salieron con Manolín esposado, demostrando con aquel acto de crueldad a lo que estaban dispuestos. Se llevaron a los dos, y a Manuel de Susalime a Lugo, donde murió fusilado.

∞

De don Antonio Alvarez, el alcalde, se tuvieron noticias porque hubo juicio, y no fueron suficientes varias intercesiones, ni la súplica de su esposa, doña Mercedes, pues fue condenado y fusilado, previo a haberle comunicado: *Mañana su marido será fusilado, si quiere, venga a despedirse...* Al día siguiente acudió acompañada del hijo pequeño.

De Secundino también se supo, pues su hermana se trasladó a Lugo e intercedió en su defensa a través de la influencia de sus hermanos de Montevideo. Hubo juicio y condena a prisión, siendo liberado meses más tarde. Se dijo que por influencia del Gobierno Uruguayo.

Pero de Marcelo no se tuvieron más noticias, salvo que no pasó más allá del Puerto del Acebo, quedando enterrado al borde de alguna cuneta.

∞

Las noticias que llegaban a Cabanela eran confusas; a Ariana solo le interesaba una: *¿Dónde estaba Nuel?* El mutismo era total, no había noticias, solo se hablaba de los que detenían y llevaban a Lugo.

Esta preocupación le llevó a otra: recientemente habían recibido carta de Montevideo comunicándoles que su hermano Francisco venía a España de visita, y que desembarcaría en Barcelona el veinte de julio. Lo que ya no sabía es que no desembarcó ese día sino al día siguiente de lo previsto, y lo hizo en zona republicana. Tenía 28 años y no había hecho el servicio militar. De nada sirvieron los ruegos de que solo había venido a visitar a su familia; tampoco la justificación de que disponía del permiso correspondiente para regresar a Uruguay; pese a todo, fue movilizado y enviado por la República al frente de Aragón.

Asegurada la zona sur occidental asturiana por los Nacionales, entre otras, la primera medida que adoptaron fue movilizar a los mozos que estuvieran en reemplazo, incluso los del siguiente, y Luciano no tuvo escapatoria, acababa de cumplir veinte años.

A todo el dolor acumulado en el corazón de Ariana, por no saber nada de Nuel, ahora había que sumar que sus dos hermanos estaban en el frente, y como repetía su padre con gran dolor, *enfrentados.* Esta certeza la tuvieron en Cabanela por dos cartas escuetas, con muy poca información, pero la suficiente para saber que los dos hermanos estaban en el frente de Aragón, cada uno en distinta zona.

La imposibilidad física de poder llevar a cabo todas las tareas de la *casería* abocó a José del Caseirón a enviar a su hija a la primera feria que pudo celebrarse en Grandas para deshacerse de varias cabezas de ganado. Después de cerrar el trato de la venta de la última oveja, cuando se dirigía al corralón para desatar la caballería con intención de volver a casa, se cruzó con una mujer joven, vestida de negro, que le sobresaltó. Era Manolita, poco mayor que ella, la mujer del maestro. Se detuvo a su altura y la saludó.

—Hola María. ¿Sabes algo de Nuel? —ante la cara de estupor-miedo de su interlocutora, continuó tranquilizándola—. No tengas temor, Nuel seguro que fue mucho más precavido que mi marido; él nos advirtió que tuviésemos mucho cuidado, pero mi pobre esposo pensaba que nada tenía que temer, pues era solo un maestro. Sin embargo, no fue así; en una visita que hicimos a Zaragoza, unos compañeros de su promoción de magisterio lo reconocieron; no tardaron en denunciarlo como "maestro republicano", pues enseguida vinieron a buscarlo a la pensión donde nos hospedábamos. Al día siguiente, 7 de agosto, apareció asesinado.

Su entereza se rompió en llanto, que intentó ahogar en los brazos tendidos de Ariana, fundiéndose con ella en un intenso abrazo.

Una vez se despidieron, no tuvo duda; subida a la montura, encaminó sus pasos hacia San Feliz. La recibió Inés, que se alegró de verla, pues su hijo le había hecho la confidencia del compromiso entre los dos en la fiesta de Santa Marina. Intentó tranquilizarla, pero tampoco ella tenía noticias de Nuel, aunque la experiencia le decía que las malas noticias tienen alas, y si Nuel no estuviera bien o le hubiese ocurrido algo, ya lo sabrían. Le compartió también otra tristeza, la misma que tenía Ariana por sus hermanos: su hijo pequeño Firme, que había sido movilizado por reemplazo por la República, también estaba en el frente, y no sabía si en el lado republicano o en el nacional, puesto que Oviedo y Gijón estaban en manos de los sublevados; y, para concluir, su sobrino de Paradela, Firme, al que Ariana conocía por haber estado ayudando en su casa, había sido detenido acusado de pintar en los pretiles de la carretera, en dirección a Grandas, frases injuriosas al Alzamiento, y por ello enviado a alguna cárcel o campo de concentración.

Continúa en:
NUEL SAN FELIZ–EL CAMINAR DEL ROJO

GUADIMIRO RANCAÑO LÓPEZ

OTROS TÍTULOS DEL AUTOR:

 -MÁS ALLA DE LAS FRONTERAS (Drama)

 -ENTRE DOS JUVENTUDES (Drama)

 -EL VALLE DEL SILENCIO (Drama)

 -EXTRAÑO PASAJERO (Drama)

 -EL GRAN EAAAO (Drama)

 -EL LORITO (Sketch)

 -EL BOTIJA Y EL TERO (Relato)

 -CUENTOS DEL ABUELO (Cuentos)

Lightning Source UK Ltd.
Milton Keynes UK
UKOW01n1356100917
308890UK00002B/20/P